Choco late
Choco late
Choco late
JN099939
Shigeharu & Kuze
「社長、会議に出てください!」

社長、会議に出てください！

海野　幸

キャラ文庫

この作品はフィクションです。
実在の人物・団体・事件などにはいっさい関係ありません。

目次

口絵・本文イラスト／ミドリノエバ

喉元に食い込むワイシャツの襟がやけに硬く感じる。

ネクタイをきつく締めすぎたか。それともここしばらくスーツを着ていなかったせいか。思えば社会人になってから、一ヶ月もスーツの上着に腕を通さずに過ごしたのは初めてだ。

（それとも俺がこの場に馴染んでいないから息苦しく感じるんだろうか）

転職先の中途採用面接を受けに来た重治は、控室で居心地悪くパイプ椅子に座り直す。

小学校の教室より少し狭い広さの控室には、自分の他に二十名ほどの人間がいる。集まっているのは二十代と思しき若者ばかりで、皆示し合わせたようにカジュアルな服装である。スーツを着ているのは重治くらいだ。今年で三十四歳。服も年齢も明らかに周囲から浮いている。

（……中途採用面接だよな？　新卒採用じゃなく）

ビルのエントランスで用向きを告げ、受付も済ませている。場所は間違いないはずだが、場違い感が尋常でない。

考えるほどに頭が重くなって、俯いて目頭を押さえた。スーツを着るどころか、家を出て電車に乗るのも久しぶりだ。体だけでなく頭もすっかり鈍っている。

十年以上勤めていた会社を辞めたのは一月ほど前。

辞めた直後は放心してしばらくベッドから出られなかった。激務続きで疲労がたまっていたのか、あるいは心労が重なったのか、布団に潜り込んで泥のように眠った。

とはいえいつまでも引きこもっていられるほどの蓄えはない。とりあえず動き出さなくてはと転職サイトに登録したのが二週間前のことだ。

鳴沢重治。医療器具メーカーの営業部所属。最終的な役職は係長。

会社員として重治が語れる内容はおおむねこれくらいだ。

転職サイトの担当者とはメールとオンラインでの面談を続けていたが、希望を尋ねられても「営業の仕事ができればなんでも」という返事しかできなかった。十年以上営業一筋でやってきたのだ。今更他の仕事ができるとも思えない。

仕事が見つかるならどんな会社でも構わなかった。少々捨て鉢になっていたのは否めない。就職に対してというより、人生に対して若干自棄を起こしていた。以前の会社を辞めた理由が、ゲイであることが周囲にばれたという穏便ではないものだったせいもある。

以前の会社に在籍中、重治は同じ会社に勤める後輩男性と交際していた。その相手が深夜のオフィスで重治を押し倒してきたのだ。その現場を同僚に目撃され、噂が広まり会社を辞めざるを得なくなった。

馬鹿馬鹿しい理由で離職する羽目になったものだと思う。

恋人とは別れた。意外とそのショックも尾を引いている。もとはと言えば相手のせいで会社を辞めざるを得なくなったというのに。

傷心も癒えぬまま就職サイトに登録した自分に、担当者は張り切って様々な会社を紹介してくれた。

機械的に担当者とやり取りをしながら、三十過ぎてからまともな恋愛なんてするものじゃなかった、と何度も思った。感情の発露する場所が土砂で詰まってしまったようで、どんな会社の資料を持ってこられてもさほど興味も関心も湧かない。

だが、資料の中に久瀬商事の名前を見つけたときはさすがに反応せざるを得なかった。

久瀬商事といえば金属資源事業を主力とした大手商社だ。こんな会社が中途採用をしているのかと驚いた。資料を斜め読みしたところ、ヘルス系アプリの開発事業部で企画営業を募集しているらしい。待遇も悪くない。

健康関連商品を扱うという点では前職と少しばかり重なる部分もあるかもしれない。以前勤めていた会社は知名度の低い中小企業で、最終的な役職は係長止まりの自分が久瀬商事に採用されるとは思えなかったが、万が一ということもある。初めての転職活動の小手調べにと、その場で担当者に「ぜひ面接を受けてみたい」と返事をした。

受かれば儲けものくらいに考えていたが、控室に集まった若者たちを見たらさすがに怯んだ。

（やっぱり何か、間違えたか……？）

椅子から立とうとしたその時、控室のドアが開いて重治の名前が呼ばれた。面接の順番が回ってきたようだ。逃げだすこともできず、重治は緊張した面持ちで椅子から立ち上がった。

「まず簡単に、自己紹介をお願いします」

控室の半分もない狭い面接室に柔らかな声が響く。目の前にいるのは長テーブルの前に並んだ三人の面接官だ。

その向かいに座る面接希望者も同じく三名。真ん中に重治が座り、左右にはラフな服装をした二十代前半と思しき男性が座っている。

控室の様子から採用希望者が全員若いのはもうわかっていたが、面接室に入った重治は驚きを新たにすることになった。室内で待ち構えていた面接官たちもまた二十代にしか見えない若者たちだったからだ。

アルバイトの人間でも雇ったのかと思ったが、各々の肩書が最高技術責任者にエンジニアリングマネージャー、さらに社長と聞いて眩暈(めまい)を覚えた。質(たち)の悪い冗談かと疑ったが、それでもなんとかこの場に留(とど)まっているのは社長と紹介された青年が久瀬玲司(れいじ)と名乗ったからだ。苗字からして久瀬商事の創始者と関係のある間柄なのは間違いない。

(この若さで社長かぁ……)

重治から見て右端の席に腰かけた久瀬は二十代の後半といったところだろうか。面接が始まってからずっと手元の資料に視線を落としたままでこちらを見ない。面接官の中で唯一スーツを着用している辺りにぎりぎり社長らしさを感じるが、そもそも他の二人がジーンズなど穿(は)いていることが重治には信じられなかった。

中央に座るエンジニアリングマネージャーは若いながらも落ち着いた物腰なのでまだ役職に就いているのも頷けるが、ぼさぼさの髪に眼鏡をかけた最高技術責任者は踵を潰してスニーカーを履き、退屈したように上半身を揺らしているので大学生にしか見えなかった。

重治は周囲にそれとばれぬよう、そっと溜息をつく。これはもう、面接を受けるまでもない。自分のような三十路を過ぎた人間など端からこの場にはお呼びではなかったようだ。

理解したら緊張がほどけた。どうせ受からないのだと思えば周りを観察する余裕も出てくる。左隣に座る青年の自己紹介を聞きながら面接官たちを眺めていたら、ふいに久瀬が顔を上げた。

俯いていたときから鼻筋の通った綺麗な横顔をしているとは思っていたが、真正面からその顔を見た瞬間、危うくむせてしまいそうになった。

久瀬の瞳が重治を捉える。鋭い眼光に心臓が跳ね、とんでもなく眩しい光を見た直後のように目の奥の筋肉が強く引き絞られた。暗いところで音もなく光る雷を見てしまったような鮮烈な印象に息を呑む。

切れ上がった二重に、筋の通った高い鼻。引き結ばれた唇の形が綺麗だ。額に落ちる前髪には色気がある。問答無用で他人の視線を引きつけるその顔立ちは、もはや視覚の暴力に近い。

どこかでぱちぱちと静電気が弾けるような音がして、何かと思ったら自分の瞬きの音だった。眩しいわけでもないのに瞬きを繰り返してしまう。

先ほどとは違う理由で、これが社長かと愕然とした。もっとその外見を生かした職業がいくらでもありそうなものを。もしや話題作りのために、本業はモデルをやっている人物に社長の肩書をつけてこの場に連れてきたのではないか。そんな疑いすら湧いてくる。

久瀬の視線は一瞬で重治から離れ、熱心に自己紹介をしている男性に移る。これまで顔を上げようともしなかった久瀬に目を向けられて張り切ったのか、ますます声の調子を上げた男性が息継ぎをした瞬間、久瀬が口を開いた。

「もういい」

抑揚のない、低い声が室内に響く。

大きな声ではなかったが、その場の空気が凍りついた。中途半端なところで男性の自己紹介は途切れ、その先が再開される気配はない。

久瀬は興味もなさそうな顔で手元の資料に目を落とすと「自己紹介は簡潔にしてくれ」とだけ言ってまた口をつぐんだ。

自己紹介を遮られた男性が「すみません」と消え入るような声で言う。重治の反対隣に座っている男性がごくりと唾を呑む音がやけにくっきりと耳を打った。

他の面接官二人は特に慌てる様子もなく、「それでは、鳴沢さんお願いします」と重治に水を向けてくる。冷淡な久瀬の反応には慣れている様子だ。

重治は事前に用意しておいた無難な自己紹介を口にするが、久瀬はこちらを見ようともしな

い。一切の感情が伝わってこない冷え冷えとした横顔を見ながら自己紹介を終えた重治は、口を閉ざすや、ああ、と胸の中で嘆息した。

（なんなんだ、この人。参った、こんな所で――）

こんな所で、こんなタイミングで、こんなことを考えている場合ではないことくらい百も承知だが、本音を抑え込んでおくことができなかった。

（めちゃくちゃ好みだ……！）

これが面接の真っ最中でなければ前のめりに倒れていたかもしれない。辛うじて背筋を伸ばして椅子に座っているが、背骨がびりびりと痺れている。

鮮烈な美貌と冷ややかな物言い。こういうタイプに自分は弱い。

先日破局を迎えた元恋人もそうだ。相手は同じ営業部で、三つ年下の後輩だった。年下らしい気まぐれさと強引さで重治を振り回し、それを悪いとも思っていない様子だった。重治の方も年下の我儘につき合わされるのが楽しく、だから社内で迫られたときもうっかり流されてしまったのだ。

あの日、人気のない深夜のオフィスでぐいぐい重治に迫ってきた恋人は、闖入者が現れるなり強気な態度を掻き消して、半分泣きべそをかきながら「鳴沢さんに無理やり迫られたんです！」と弁解した。その言葉を社内の人間がどれくらい本気で信じたかは知らないが、元恋人が保身に走って被害者面をするものだから重治は職場にいられなくなった。

三人目の自己紹介が始まっても目も上げない久瀬を見て、この人だったら、と想像する。恋人との濡れ場を他人に目撃されても動じることなどなさそうだ。

元恋人も、それくらいふてぶてしく振る舞ってくれればよかったのに。

そう考えた瞬間、ここ一ヶ月頭を占めていた元恋人の顔から色彩が抜けた。カラー写真がセピアに色を変えるように。あれほど鮮明だった輪郭も揺らいでかすむ。

（こんな人を前にしたら見劣りもするか……）

元恋人も比較的顔立ちの整った人物ではあったが、久瀬とは比べるべくもない。

相手とは地元のゲイバーでたまたま遭遇した。まさか同じ会社に勤める人間がこんな場所にいるとは思わず、柄にもなく運命的なものを感じてつい、「つき合わないか」と自分から告白したのだ。

それまで特定の恋人を作らず、上手に後腐れのない関係を築いてきた重治にとっては決死の覚悟だった。運命という言葉に多少酔っていたのもある。だとしても、お互い尊重しながら支え合っていこうと思う気持ちは本物だった。

それをあっさり反故にされて鬱々と落ち込んでいたが、そこまで悲観的になることもなかったのかもしれない。別れた恋人よりいい男なんてごまんといる。久瀬を見てつくづく思った。

この一ヶ月、落ち込んでまともに背骨も立たない状況が続いていたが、ようやく目が覚めた。思考が明瞭になると、自分が何にこんなにも落胆していたのかもはっきりしてきた。別れた恋人への未練が断ち切れないのだと思い込んでいたが、どうやら違う。

（それよりも、相手から手を放されたことが辛かったんだな）

あんなに四六時中相手の機嫌を取って、我儘だってさんざん聞いてきたのに、最後の最後で見捨てられたという事実に打ちのめされたのだ。

重治に襲われた、と元恋人が社内に吹聴して回っているとき、当の重治は一切弁解をしなかった。日常から切り離されそうになって必死で足掻く元恋人の顔を見たら、相手を責めるよりもどうにかしてやりたくなってしまったからだ。

最後に残った情だったのかもしれない。あるいはもっと切実な感情に突き動かされていたような気もする。どちらにしろ見捨てることはできず、元恋人を庇って会社を辞めた。

そこまでしても、相手は自分を追いかけてこなかった。

（わかってたじゃないか）

自分に追いかけてもらえるほどの価値などない。理解していたからこそ特定の恋人を作らないようにしていたのに、どうして期待なんてしてしまったのだろう。

どう考えても面接中にはそぐわない事柄をあれこれと考えていたら、最後の一人の自己紹介も終わっていた。

「それでは弊社で働こうと思った理由を、ご自身のPRを交えて教えてください」

エンジニアリングマネージャーに声をかけられたのは、最初に自己紹介をした男性だ。久瀬いる。
から「もういい」と言われた動揺が尾を引いているのか、はい、と答える声が弱々しく掠れて
「わ、私は、前職ではWEBサイトの設計と、デザインを担当しておりまして……その」
完全に委縮してしまっている。内容も自己紹介で述べたことを繰り返しているが、動転して
いるのか本人はそれに気づいていないらしい。それでも自分が空回っていることだけは肌で感
じるのだろう。何度も言葉をつかえさせ、最後は青ざめて俯いてしまった。自己紹介を途中で
遮られ、久瀬からあんな冷淡な目を向けられたのだから無理もない。
室内の空気が重くなる。このままではこの青年が巻き返すことは難しそうだ。面接が始まっ
た直後はあんなに潑剌としていたのに。せめて最初の状態に戻してやりたい。
（――どうにかできないか？）
お節介にもそんなことを思ってしまった。
窮地に陥っている相手を見ると放っておくことができないのは重治の性分だ。自分を裏切り、
保身に走った元恋人を庇ったくらいだからその度合いはお人好しレベルで済むものではない。
それで会社すら辞めている。ここまでくるともう悪癖に近いなと自分で呆れたが、ようやく普
段の調子が出てきたとも言える。
「はい、もう結構ですよ。ありがとうございました」
マネージャーが青年に声をかける。久瀬よりはよほど温かみのある声だったが、青年は無念

そうに項垂れてしまった。青年のアピールが上手くいかなかったのを目の当たりにしたせいか、重治の反対隣に座る男性も顔を強張らせている。これはいけない。とにかく空気が悪い。

「それでは、鳴沢さんどうぞ」

マネージャーに促され、「はい」と歯切れよく重治は答えた。

「私は久瀬商事の名前に惹かれて御社を志望いたしました。他に理由はありません。どんな会社でもなすべき仕事は変わりませんので」

向かいに座る面接官がぎょっとした顔をした。久瀬まで目を上げてこちらを見た。ほとんど表情は変わっていないが、眉間に不機嫌そうな皺が刻まれる。

ろくでもない志望動機だが事実だ。なぜこの会社だったかと言われたら、久瀬商事の名に興味を引かれたからという以外の理由などない。どうしてもこの会社で働きたいという熱意があるわけでもなかった。

ならばまともに自分をアピールするより、この重苦しい空気を蹴散らした方がまだやりがいがある。自分のひどい志望動機を聞けば、隣の青年の印象だっていくらかよくなるに違いない。

久瀬は重治から興味を失ったように視線を手元に落としてしまったが、マネージャーと技術責任者はぽかんとした顔でこちらを見たままだ。ストップをかけられるまでは好き勝手やってやろうと気楽に口を開く。

「十年以上勤めた前職では、無遅刻無欠勤が自慢でした。健康維持のための筋トレも欠かしません。今はもう趣味に近いです。おかげで社内でも表彰されました」

「筋肉を？」

思わずと言ったふうに技術責任者が口を挟んできたので「営業成績をです」と笑顔で言い返す。

「優秀だったんですね」と返したのはマネージャーだが、その表情は半信半疑だ。

「ていうか、筋トレと営業成績ってなんか関係あります？」

技術責任者が不思議そうに首を傾げる。初めて雑談らしいものが出た。

「営業は足を使うので体力がいりますし、見目も武器になりますから。なんの特徴もないこの顔ですと、次にお会いするときにお客様から忘れられていることが多いんです。よほど身体的特徴でもあればよかったんですが、この通り中肉中背なもので」

重治の身長は百七十センチ。顔も体も平均値で、どこに行っても埋没してしまう。

「なら筋肉でもつけて姿勢を良くして、マッチョな営業が来た、と思ってもらおうかと」

朗らかに答えると、マネージャーの口元が緩んだ。

「言うほどムキムキにも見えませんが……確かに姿勢はいいですね」

「おかげさまでお客様の無茶振りにも、理不尽なクレームにも最後まで背中を曲げずに対応できます。足腰も鍛えていますので、靴の裏がすり減るまで歩き回って新しい顧客も探してきますよ」

技術責任者の口元がわずかに歪む。今時そんなやり方を実行するのかと嗤ったらしい。

トップが若手で構成された会社で一昔前のやり方を売りにしたら冷笑されるのも当然だ。だが重治はそんな呆れた視線も笑顔で跳ね返す。営業なんてこれくらい神経が太くなければ務まらない。

時代遅れなアピールをする重治の登場に勇気づけられたのか、次の男性は多少リラックスした状態で話ができたようだ。自分は違うと言いたげに、なんだかよくわからない横文字を目いっぱい使って喋っていた。勢いがあって大変よろしい。

問題は反対側で項垂れている青年だ。

次の質問に移ったとき、重治は青年が話す間ずっと相槌を打ち続けた。もちろん無言でだ。なるほどなぁ、素晴らしい、と、声に出さずとも伝わるように、頷く角度や速さを変えてやる。

面接官たちは基本的に無言で話を聞くばかりでほとんど相槌を打たない。久瀬に至っては目を向けようともしないのだ。そういう状況で一人喋らされるのは神経が磨り減る。

せめて隣にいる自分が聞いているぞとアピールしてやると、少しは緊張がほどけたのか先ほどよりは青年の口調も滑らかになった。

少しずつ頬に赤みが戻ってきた青年を見て、重治は微かに目元を緩める。どうせならもう少し場を和ませようと自分の質問には特に目新しくもない返答をして、他の二人のまっとうさが際立つように意識した。

「それでは、質問は以上です」

マネージャーに声をかけられ、重治たちは揃って立ち上がる。ありがとうございました、と頭を下げたとき、左右の青年たちがそれなりに満足げな顔をしているのを目の端で捉えて重治も何かやり切った気分になった。

部屋を出るとき一礼すると、マネージャーと技術責任者が会釈を返してくれた。

けれど久瀬だけは、最後まで目を上げようとしなかった。


九月も半ばを過ぎているが、午後の日差しにはまだたっぷりと夏の名残が感じられる。

面接の帰りにコンビニでビールとつまみを買った重治は、自宅アパートのローテーブルにそれを広げ、早速一杯やりながらリクルーターから送られてきたメールを改めて読み返した。

「あ、やっぱり久瀬商事じゃなかったか」

ビールを飲みながら独り言ちる。面接会場が六階建ての小さなビルだった時点で何かおかしいと思っていたが、よく見たら社名も違う。リバースエッジ。久瀬のくの字もない。

リクルーターから渡された資料に久瀬商事の名前がでかでかと書かれていたので勘違いしてしまったが、久瀬商事は単にこの会社の最大の出資会社であり、リバースエッジで開発したアプリを導入しているというだけの話らしい。

重治は手元の携帯電話から顔を上げ、１Ｋの小さなアパートを見回した。

前の職場で働いていたときはそれなりに片づいていた部屋が、今は見るも無残に荒れている。洗濯物は畳まれることなく部屋の隅に積み上げられているし、ゴミ箱からカップラーメンの容器や空のペットボトルが溢(あふ)れていた。カーテンはずっと閉めっぱなしで、最後に開けたのがいつだったかもう覚えていない。この一ヶ月、頭に濡れた綿を詰められたゾンビのような状態で生きていた自分の姿をようやく客観視した気分だ。

やっとまともに回り始めた頭で、今更のようにリバースエッジについて調べてみる。

社員は社長も含めて八名。起業からまだ二年も経(た)っていない新しい会社だ。

久瀬商事の系列会社かと思ったが、会社のホームページを見る限りそのようなことは書かれていない。あくまで久瀬商事は出資をしているだけか。扱いはベンチャー企業に近い。

しかし社長の名前は久瀬である。久瀬商事となんの接点もないとは思えない。

ネットで久瀬玲司の名前を検索すると、すぐにその素性がわかった。久瀬商事の代表取締役の息子らしい。大学を卒業してすぐリバースエッジの代表取締役に就任したそうだ。息子が立ち上げたベンチャー企業に親が出資している、という構図だろうか。

(となると、面接で話した俺の志望動機も無茶苦茶だな。久瀬商事に惹かれたって、父親の威光目当てって言ってるようなもんだからかなり心証悪かっただろ)

さらに検索を続け、久瀬の年齢を知って驚いた。今年で二十四歳。自分より十も年下だ。相手の言葉を短く切り捨てる低い声と鋭い一瞥(いちべつ)の威圧感は相当なものだったので、せめて二十代の後半だと思っていた。

若いなぁ、と改めて思い、つくづく場違いな場所に面接を受けに行ってしまったと苦笑した。もう少しまともに頭が動いていたら、年齢不問なんて言葉が単なる飾りでしかないことに気づけただろう。ベンチャーなんて若さとスピードを要求されるような現場に、三十路すぎのオッサンが乗り込んでいくなんて噴飯ものだ。

（書類選考と、今回の面接一発で採用決めるのかな。最終面接で三人同時に面接受けるってのもあんまりないか。もう一回くらい面接あるのか？　単に時間短縮してるだけか）

どちらにしろ、自分に声がかからないことは間違いない。

次はもう少し身の丈に合った会社にエントリーしよう。幸い下降していた精神状態も底を打った。久瀬の恐ろしく整った顔を見て衝撃を受けたおかげだ。ショック療法のようなものか。本当に、感電したような気分だった。

（面接は落ちただろうけど、立ち直るきっかけになったのはよかったな）

巷では滅多にお目にかかれない美貌を拝めただけで満足だ。久瀬にもその会社にもなんら未練はなく、ビールをぐっと飲み干して次の面接先を探す。自分の転職活動はここからだ。

心機一転リクルーターとやり取りをしていた重治のもとにリバースエッジからメールが届いたのは、それから一週間後のことだ。

この度は誠に残念ながら、というありふれた文面を予想してメールを開いた重治は目を瞠ることになる。

その内容が、まさかの採用通知だったからだ。

十月最初の月曜日、半月前に訪れた小さなビルの前に立ち、マジかぁ、と重治は呟く。

久瀬の会社から採用通知が来たときは何かの手違いだろうと思ったが、間違いでもなんでもなく自分は採用されたらしい。あの面接態度でなぜ、と思わざるを得ない。

来月から出社してほしいと言われ、半信半疑ながらここまで来てしまった。アプリ開発など関わったこともない年かさの自分が何を求められているのだろうと改めて首を傾げたが、せっかく採用されたのだ。覚悟を決めてビルに入る。

会社は六階建てビルのワンフロアを丸々借りているらしい。リバースエッジが入っている五階でエレベーターを下りたが、フロアはしんと静まり返っている。時刻は九時十分前。始業時間は九時からだと聞いているが、まだ誰も出社していないのか。

辺りを見回しつつ、エレベーターホールからオフィスに続く長い廊下を進む。半分ほど進んだところで左右に伸びる廊下が現れた。右手にはトイレと給湯室、左手には面接の際に控室と面接室として使われていた部屋が二つある。ここまでは面接のときに見て知っていた。

さらに進むと突き当たりに両開きの扉が現れた。押し開いて、おお、と思わず声を上げる。

壁やドアといった仕切りがない開放的なオフィスだった。デスクも見慣れた長方形のそれではなく、楕円形やクローバーのような形のものが点在している。そして始業間際だというのに、オフィスには誰もいない。

以前勤めていた会社は長方形のデスクが整然と並び、始業時間の五分前にはほとんどの社員が自席についていた。落差に眩暈を起こしそうだ。

オフィスを見回していたら、窓辺で「んごっ」という異音がした。近づいてみると、ノートパソコンの置かれたデスクの向こうから誰かが身を起こした。キャスター付きの椅子を三つ並べてベッドにしていたらしい。

眠たげな顔でこちらを見上げてきたのは、無精ひげを生やした眼鏡の男性だ。面接のときに面接官として同席していた。確か、最高技術責任者の江口と言ったか。

江口は眩しげに重治を見上げ、何度も瞬きをした。

「え……あ、もしかして、今日から来る人？　え、てことはもう十月？　マジか……」

よれたトレーナーを着て、寝癖のついた頭もそのままにあくびをする姿は寝起きの大学生にしか見えない。この様子だと昨日から会社に泊まり込んでいたらしい。昨日は日曜のはずだが、ここもそれなりにブラックな会社なのかもな、と顔には出さず考えて頭を下げる。

「本日よりお世話になります。鳴沢重治と申します。よろしくお願いいたします」

再び顔を上げると、江口からへらりとした笑みが返ってきた。

「面接のときも思ったけど、鳴沢さん真面目だね。うちの会社、あんまりちゃんとしてる人いないからびっくりしないでね？」

重治もにこりと笑って「肝に銘じておきます」と答える。年上の重治に敬語を使わず話しかけてくる江口を見れば、フランクな会社であることは想像に難くなかった。

「他の皆さんは？　そろそろ始業時間ですが……」

「うちはフレックス制だからもうちょっと遅れて来るよ。大体十一時には全員揃うかな」

フレックス。聞いたことはあるが前の会社には存在しなかった制度だ。十年以上勤めていた前の会社は毎日朝礼があり、社員全員がタイムカードに打刻をしていただけにすぐには慣れそうにない。

「早速ですが、私の席は？」

「あ、うちは自分の席とかないから好きなところに座っていいよ」

「パソコンとかは……」

「そういえば長谷川(はせがわ)がなんか用意してたかも。そろそろ来るはずだから訊(き)いてみて」

長谷川というと、面接のときに同席していたエンジニアリングマネージャーか。

三十分ほどすると長谷川もやって来たが、重治の顔を見るなり「今日からでしたっけ？　てことはもう十月!?」と声を裏返らせた。みんな揃って時間の感覚が曖昧らしい。それだけ忙しい会社なのだろう。

「すみません、パソコンは用意してあるんですけどまだセットアップとかできてなくて」

真新しいノートパソコンを立ち上げ、慌ただしく作業を始めた長谷川の隣に重治も腰かける。

「私の他にも新しく採用された方はいらっしゃるんですか？」

作業の合間に尋ねると、長谷川は画面を見たまま「いえ、今回採用したのは鳴沢さんだけですね」と答えた。

「長谷川さんも江口さんも技術部の方ですよね。営業部の方は……」

「あ、うち営業部とかないんですよ。全員技術なんで」

軽快にキーボードを叩き（たた）きながら長谷川が口にした言葉に、重治は表情を強張らせた。

「今までこの会社には営業の人間がいなかった、ということですか？」

「はい。あ、でも社長は営業の仕事もしてますよ。お客さんのところに行ったりしてますし」

「社長だけですか」

それでは久瀬一人にとんでもない負荷がかかっているのではないか。それで会社が回るのか。この規模の会社ならギリギリいけるか、などと考え込んでいたら、長谷川に申し訳なさそうな顔を向けられた。

「社長からは鳴沢さんに仕事内容を教えておくよう言われてるんですけど、僕も営業の仕事はさっぱりで、特にお教えできることはないんですよ。ですから、営業の仕事に関してはお好きに動いてもらって構いません。うちは他の社員もみんなそんな感じで好き勝手にやってますから」

出社初日に飛んでくる指示とも思えぬ丸投げぶりに絶句してしまった。

長谷川は声を失う重治には気づかぬ様子でパソコンに視線を戻し、目元に柔らかな笑みを浮かべる。

「鳴沢さん、前の会社ではずっと営業の仕事をなさってたんですよね？　医療器具の販売でしたっけ」

「え……ええ。病院やクリニックを回って、自社製品の販売と、導入後の保守対応を担当していました」

「じゃあ、そういう感じでうちのアプリも売り込んでもらったらいいんじゃないでしょうか」

「いいんですか、それで」

長谷川はきょとんとした顔でこちらを見て、もちろん、と微笑（ほほえ）んだ。

「僕たちより鳴沢さんの方がよほど営業のことはよくご存じでしょう？　あ、もちろん社内の仕事でわからないこととか困ったことがあればお教えしますから。何かあればすぐ言ってくださいね」

はい、と返事をしつつ、重治は素早く長谷川の表情を観察する。

ろくに仕事内容も教えてくれないなんて新手の嫌がらせかと疑ったが、長谷川の態度からそういった悪意は感じられない。むしろ善意で重治に好きにしてほしいと口にしているようだ。

「営業の仕事に関することは、社長にお訊きすればいいんでしょうか？」

尋ねると、長谷川の表情がわずかに翳った。急に歯切れも悪くなる。

「まあ……そうですね。でも社長はいつも忙しそうなので、あまり手を煩わせない方がいいかもしれません」

「質問をしてはいけないんですか？　業務中も？」

長谷川は視線を泳がせ、困ったように眉を下げてしまった。

「いえ、鳴沢さんが声をかけられるのなら、それでも構わないと思います」

なんとも要領を得ない言い回しだ。何を言わんとしているのか気になったが、そうこうしているうちに他の社員も出社してきて意識がそちらに流れてしまった。

社員たちは次々とオフィスにやってくるが、スーツを着ている人間は重治の他に誰もいない。長谷川はスラックスに薄手のセーターを着ているので辛うじてフォーマルな印象だが、他は示し合わせたようにジーンズにトレーナーにスニーカーというラフな装いだ。

そして揃いも揃って若い。最年長は江口だが、それでも二十六歳だという。一番下は今年の春に大学を卒業したばかりの二十二歳。重治一人で平均年齢を引き上げている。

「すみません、そろそろミーティングの時間なので具体的な業務内容の説明はその後で」

セットアップを終え、重治にノートパソコンを手渡した長谷川が言う。毎週月曜日は十一時から全体ミーティングがあるそうだ。重治は他の社員の邪魔にならぬようオフィスの隅にある大きなテーブルに移動して、ノートパソコンから自社のホームページを覗いてみた。

リバースエッジで作っているのは、法人向けヘルスアプリ『ポケットヘルスナビ』だ。

企業理念には、サステナブルな企業経営だの、従業員への健康投資だの小難しい言葉が並んでいるが、詰まる話が、従業員の健康状態を向上させれば生産性がアップし事業は活性化、業績も上がるでしょうからそのお手伝いをさせてください、という話らしい。

久瀬の会社では、従業員の生産性と健康の関連を数値化して算出するアプリを作っている。睡眠時間や食事内容をアプリに入力して日々の健康値を評価しつつ、定期的に健康維持のためのオンライン面談も行う。面談は医療国家資格保有者が行うため、この部分だけは外部委託をしているらしい。面談と記録を繰り返し、社員の健康を促進するのが狙いだ。

導入事例のページには、一番目立つ場所に久瀬商事の記事がある。

社員の健康状態にまで気を遣うなんてさすが久瀬商事。などと最初は単純に感心していたが、企業がこうしたアプリを導入するのは新卒へのアピールという面もあることにだんだん気づいてきた。久瀬商事のホームページでも、新卒向けページでやけにこのアプリが紹介されている。

世の中には健康経営優良法人認定制度なるものがあるらしい。経済産業省が推進しているもので、認定基準をクリアした企業は健康経営優良法人と認定される。二十日連勤、残業時間百時間超えなんてブラック企業では絶対に取れない称号だ。学生にとってはホワイト企業か否かを見分けるわかりやすい指針になるのかもしれない。

以前勤めていた会社も健康器具を扱っていたが、こうした言葉を耳にする機会はなかった。改めて勉強をし直さないと、などと思っていたら、フロアに大きな声が響き渡った。

「とりあえずミーティングだ！　ほら、時間だから始めるぞ！」

号令をかけたのは江口だ。重治が座っていたテーブルにノートパソコン持参でやって来る。定例ミーティングは会議室ではなく、他より大きなこのテーブルで行われるらしい。

江口が「早くしろー」と声をかけても周りの反応は鈍い。というより、誰も彼も自分のパソコンにかじりついて身動きがとれない状態だ。

「ちょっと待ってよ、ログの修正がまだで……！」

「こっちもエラーコード吐きっぱなしなんだけど」

「先週の仕様変更の件でユーザーから問い合わせのメールガンガン来てるけど、これ誰が対処するやつ？」

「ちょっと、今こっちで電話してるから静かに……！」

フロアには重治も含め八人しかいないはずだが、そうとは思えないほどの喧騒だ。どうやらこの会社は圧倒的に人手が足りないらしい。

しばらく待って、ようやくバタバタとミーティングが始まった。重治は隣に座った長谷川に「久瀬社長は？」とそっと耳打ちした。もう十一時を過ぎるというのにその姿はまだない。

「社長なら客先に直行です。それに、社長は基本的にミーティングには参加しません」

「全体ミーティングなのにですか？」

「自分が出席する必要はない、と」

大企業の社長ならそれでいいかもしれないが、この会社は人数が少ない。社長が音頭をとらなくて大丈夫なのだろうか。

問題ないから出席しないいんだろうな、などと考えていた重治だが、その予想はミーティングが始まってものの数分で打ち壊された。

「だから、アバターをもっと洗練させた方がいいんだって。グラフィックにもっと力入れようよ。着せ替えとかもできるようにして」

なんの前置きもなく江口が口火を切ると、周囲から「ええ？」という低い声が上がった。

「法人向けアプリだぞ。着せ替え要素なんて必要ないだろ。それよりスマートウォッチとの連動必須にしようぜ。睡眠時間の記録を手打ちでやらせるって、お前……」

「一般ユーザー向けアプリ開発の話は？　いつかやろうって言ってばっかりだけど」

「新しいことより先に、先週の仕様変更で出てる不具合どうにかしようよ」

「いい加減お客様対応係決めようって。まともな応対できるの長谷川くらいじゃん」

何かお題目のようなものを決めてミーティングを始めるわけでもなく、全員が好き勝手に喋り出したので目を白黒させてしまった。みんなして自分の意見を主張するのはいいが、それを受け止め次に展開させようとする者がいないので、問題提起はされてもそれを解決する意見は

一切出てこない。

なんだこのミーティング、と口を半開きにしてしまった。

せめて議事録でも取ろうとしたが、議論が白熱してくると会話に専門用語が多用され始め、重治には何を言っているのか理解することすらできなくなってしまう。ヒートアップする議論を止めようにも、どこで誰の肩を持てばいいのかさっぱりわからない。

荒れに荒れるミーティングをぼんやり眺めていることしかできなくなってきた頃、背後でオフィスのドアが開いてその場の全員がぴたりと口を閉ざした。

ドアを押し開け室内に入ってきたのは、久瀬だ。

他の社員がコンビニ帰りのようなラフな格好なのに対し、久瀬はかっちりとしたスーツ姿だ。インナーもTシャツなどではなく、ワイシャツにネクタイとどこまでも固い。

(この人、顔だけじゃなくてスタイルまでいいのか)

面接のときは腰かけていたのでわからなかったが、遠目にもわかるくらい久瀬の背は高い。さらに手足が長く、腰の位置まで高いモデル体型だ。

一般人離れした見目の良さに束の間見惚れてしまってから、我に返って重治は声を上げた。

「お早うございます」

営業の基本は挨拶。社長がやって来たとなれば自然と声にも張りが出る。他の社員たちの声も次々と重なるかと思いきや、数人が「……ざす」とぼそっと返しただけなのには驚愕した。

そういえばこの会社の人たちはオフィスに入ってくるとき、誰も朝の挨拶をしなかった。そういう社風なのだろうか。久瀬もこちらを一瞥しただけで、会釈さえよこさない。

「……それじゃ、今日のミーティングはここまでということで」

久瀬の登場が潮となったのか江口が解散を宣言して、全員がぞろぞろと席に戻っていく。気がつけば、何ひとつ進展のないミーティングに一時間も費やしていた。

これでいいのかと思いはしたが、新参者の自分に提言などできるわけもない。

（まずは自分にできることをするか）

まずは顧客リストなど確認したいところだが、営業部がない以上、尋ねられる相手は久瀬くらいしかいない。

ぐるりとフロアを見回して、一番奥の席に座る久瀬に目を留めた。

周囲の席から少し離れた場所に置かれたそのデスクは、他のデスクと違って明らかに一人掛けだ。この会社には自分の席というものがないらしいが、さすがに社長である久瀬には決まった席があるようだ。重治はまっすぐ久瀬の席に近づいていく。

「久瀬社長、お早うございます。本日よりよろしくお願いいたします」

パソコンの画面に目を落としていた久瀬に声をかけると、背後の空気がピリッと張り詰めた。

他の社員たちが、そっとこちらの気配を窺って（うかが）いるのがわかる。

久瀬がゆっくりと顔を上げる。目が合う直前、緊張して鼓動がわずかに狂った。

目や鼻や唇が、ミリ単位の精度であるべき場所に置かれたような美しい顔がこちらを向く。なんの表情もないのがますます顔立ちの端麗さを際立たせて怖いぐらいだ。目が合った瞬間、睫毛(まつげ)の先で静電気が弾けた気がして素早く目を瞬かせた。事業内容より、この顔だけで業界の話題をかっさらえそうだ。

久瀬の美貌に見惚れるのもほどほどにして、重治は用件を口にする。

「名刺の準備があればいただきたいのですが。顧客リストもあれば、ぜひ。すでに社長が営業をかけたところに出かけて行っては先方の心証が悪くなる可能性もありますので」

久瀬は黙り込んで返事もしなかったが、気にせず淀(よど)みなく話しかけるとこちらを見返す視線が揺れた。作り物めいて美しい久瀬の顔にわずかな表情が浮かぶ。

「名刺は、確か長谷川が発注してたはずだ。後で受け取ってくれ。顧客リストは共有フォルダに入れておく。フォルダの場所がわからなかったら長谷川に訊いてくれ」

「わかりました。ありがとうございます。午後から早速外回りに行ってきます」

一礼してその場を去ろうとしたら、久瀬の低い声が追いかけてきた。

「即戦力を見込んで採用したんだ。早急に結果を出してくれ」

早々に釘(くぎ)を刺されてしまった。

背後で誰かが押し殺した溜息をついた。プレッシャーをかけられたのは重治なのに、まるで自分が無理難題を振られたかのような反応だ。その矛先が自分に向くのを恐れているかのように、全員が息を潜めて仕事をしている。久瀬が来る前はもっと緩い空気だったのに、まるで葬式のような雰囲気だ。

（ミーティング前に長谷川さんが言ってたのはこのことか）

久瀬に声をかけられるのならそうしてくれても構わない、というようなことを言っていた。長谷川や他の社員たちは、久瀬に声をかけるのをよほどためらっているものと思われる。

しかし重治にとっては、具体的な指示は出さずにプレッシャーだけかけてくる上司など珍しくもない。うろたえることもなく「承知しました」と返して背後を振り返る。

まずは長谷川から名刺をもらおうと思ったが、肝心の長谷川は部屋の奥で電話中だ。ただ待つだけなのも芸がない。重治は長谷川に視線を向けたまま「社長」とのんびりした声で久瀬を呼んだ。

「面接には私より若くて使えそうな子たちがたくさんいたようですが、どうして私を採用してくださったんですか？　即戦力の他に何か決め手が？」

顔を背けていたせいで、問いをぶつけた瞬間に久瀬がどんな表情をしたのかはわからない。代わりに他の社員たちがサッとこちらに視線を向けたのがわかった。皆同じような疑問を覚えていたのかもしれない。久瀬の返事に耳をそばだてている。

三人いた面接官のうち、誰が自分を推してくれたのかは知らないが、最終的な決定権は久瀬にあるはずだ。社内のメンバーより明らかに年上の自分を採用しようと思うに至った理由が知りたかった。

長谷川の電話が終わるまでの世間話のつもりで、わざと久瀬には視線を向けずに返事を待つ。目を合わせれば、久瀬は視線を逸(そ)らすことで会話の終了を告げてくるだろう。だがこうして相手の顔も見ずに返事を待っていれば、久瀬は態度で会話を退けることができなくなる。おまけに返事を待っているのは重治ばかりではない。他の社員たちが聞き耳を立てているのだ。長谷川の電話が終わるのが先か、久瀬が根負けするのが先か、どちらだろう。

「前職で蓄えた顧客情報があるだろう」

受話器を耳に押し当てて忙しなくメモをとる長谷川を眺めていたら、久瀬がぽつりと呟いた。思ったより早かった。重治は唇に笑みを浮かべて久瀬を振り返る。

「以前の顧客に自社アプリを売り込みに行け、と?」

無言で頷き、今度こそ話を切り上げるべくパソコンに目を向けかけた久瀬になおも尋ねる。

「私個人が担当していた顧客情報なんてすぐに底をつきますよ。それだけでこんなオッサンを採用したんですか?」

自らオッサンと口にすると、反射のように久瀬の目がこちらを向いた。思っていても口に出さないようにしていたことを他人の口でなぞられると、誰でもつい反応してしまうものだ。

久瀬はわずかに目を揺らし、迷うような沈黙を漂わせた後で低く呟いた。

「あとは、場の空気を攪拌(かくはん)する力」

重治は軽く目を見開く。予想だにしていなかった回答だ。

即戦力が欲しいというのはなんとなく想像がついていた。この職場は明らかに人手が足りていないし、新人に一から仕事を教えている余裕はなさそうだ。以前の顧客情報もそれなりに使えると判断されたか。しかし、最後の一押しがよくわからない。

（場の空気を、攪拌……？）

どういう意味だろうとは思ったが、久瀬はもう自分の仕事に戻ってしまい、これ以上重治と会話をするつもりはないと全身で示している。仕事の邪魔をしてまで尋ねる内容でもないかと、重治は黙礼して久瀬に背を向けた。

振り返った瞬間、それまで重治たちのやり取りを窺っていたのだろう社員たちからぱっと視線を逸らされた。席に戻る重治にちらちらと視線を向ける者はいても、声をかけてくる者はいない。久瀬の耳を気にしているのか。

（これはどうにかしないとな）

久瀬の登場ですっかり委縮してしまった社員たちが気の毒で、そう思わざるを得なかった。困っている相手を見るとお節介にも手を伸ばしてしまうのは性分だ。

何より、この場にいるのは全員自分よりずっと年下だ。下に二人も弟がいたせいか、年長者の責任のようなものを勝手に感じてしまう。

（こういうの、放っておけないんだよなぁ……）

いろいろと条件が揃いすぎている。内心溜息をつき、重治は外出のための準備を始めた。

営業の仕事は空振りの連続だ。営業を仕掛けてくる相手をとかく人は警戒する。高いものを売りつけられるのではないか、不要なものを買わされるのではないか、と。

よほど向こうがこちらの商品に興味でも持ってくれていれば話は別だが、そういうことは滅多にない。ほとんどは相手になんの興味も持たれていない状況からのスタートだ。

立て続けにけんもほろろな態度をとられれば心が折れるのが当然だが、重治は一日中歩き回ってなんの成果もなかったとしてもけろりとした顔で帰ってくるのが常だった。

前向きなわけではない。どうせ上手くいきっこないと端から期待せず動いているので落胆しないだけである。

子供の頃、家庭内で終わりなきトライアルアンドエラーを繰り返した成果と言えるかもしれない。失敗が続いて膝をつきそうになっても、我慢して挑戦を続けることが大切だ。そう自分に言い聞かせ続けるうちに、失敗してもへこたれない人間になっていた。

だから新しい職場に出勤した初日、名刺とアプリの入ったタブレットと資料を手にたった一人で外回りに出かけるときも重治はさほど悲愴(ひそう)な顔をしていなかった。

会社を出た重治は迷わず電車に乗り込む。向かった先は千葉(ちば)の板金工場だ。

小一時間ほど電車に揺られ、行き慣れた道を歩いて工場へ向かう。途中でちょっとした菓子折りを買い、まずは工場の隣に併設された事務所に顔を出した。

「こんにちは、突然お邪魔します」

事務所には、紺色の作業着に身を包んだ胡麻塩頭の男性が一人いた。この工場で働く顔見知りの工員だ。顔にくっきりとした皺を刻んだ七十近い相手は、咥え煙草で「おう」と重治に軽く手を上げてみせる。

ここは重治が以前の職場で世話になっていた工場だ。何度も足を運んでいるので相手も打ち解けた様子で「どうした。不具合でも出たか？」などと尋ねてくる。

「いえ。以前の会社は退職しましたので、今日は転職のご挨拶に参りました」

「ん？　ああ、そうか。そういや退職するとか言ってたな。もう新しい働き口見つかったのか。また医療器具のメーカーか？」

「いいえ。今回はアプリ開発に携わるお仕事を」

相手は軽く口を開くと、唇の間からぷかりと煙草の煙を吐いた。

「何開発だって？」

「アプリですね。スマートフォンなんかに入っているアプリケーションソフトです」

「スマホか。俺は持ってねぇな」

興味もなさそうに男性が呟いたところで事務所の外から怒鳴り声が響いてきて、重治と男性は同時に窓に目を向ける。

工場の搬入口から、首に手拭いをかけた老人が飛び出してきた。後から紺の作業着を着た男性もついてくる。首に手拭いを巻いているのはこの工場の社長で、社員をしきりと叱りつけているようだ。社長はもう八十歳になるはずだが、未だにああして現場で仕事をしている。

「今日もお元気ですね、社長は」

「元気過ぎて困っちまうよ。朝からずっとあの調子で」

「何かトラブルですか?」

「お客さんが無茶な納期で仕事振ってきてね。あいつが電話口で軽々しく短納期の仕事を引き受けちまったもんだから、社長の機嫌が悪くてさ」

社長に怒鳴られてぺこぺこと頭を下げているのは真っ白な髪を作業帽子に押し込んだ男性だ。こちらももう六十はとうに超えているだろうに、社長に怒鳴られ新入社員か何かのように肩を竦めている。

「ちょっと行ってきます」

見ていられず、重治は持参した菓子折りを手に事務所を出る。背後から「よくやるなぁ」とからかい交じりの声が響いてきたが、放っておけなかった。

「社長、ご無沙汰しております!」

さんざん工員を怒鳴りつけていた社長が息継ぎをする瞬間を狙って声をかけると、二人が同時にこちらを振り返った。

「なんだ、この忙しいときに！」

社長は苛立ちを隠さず重治にまで声を荒らげたが、いつものことと気にせず笑顔で菓子折りを差し出した。

「転職したのでご挨拶に参りました。社長にはぜひご報告しておきたくて。以前の会社では本当にお世話になりました」

　そう言って丁寧に頭を下げると、社長がハッと鼻を鳴らした。

「なーにがお世話になっただ。調子のいい」

「本当にお世話になりっぱなしでしたよ。いつも無茶な納期を聞き入れていただいて」

「無茶とわかってるなら調整しろ、どいつもこいつも……！」

　今まさに無理な納期で四苦八苦しているせいか、社長の顔は怒りで赤黒く染まっている。重治は眉を下げ、努めて穏やかな声で社長に語りかけた。

「社長のところは困ったときの最後の駆け込み寺だったんですよ。短納期でも仕事が丁寧で、不具合の少なさは他の追随を許しませんでした。どれだけ甘えさせていただいたかわかりません。私たち営業がふがいないばかりに、いつもご迷惑をおかけして申し訳ありませんでした」

　最敬礼で頭を下げると、再び鼻を鳴らされた。だが、今度のそれはまんざらでもなさそうな響きがこもっている。実際の仕事の担当者でなくとも、誰かから誠心誠意頭を下げられて少しは溜飲が下がったのかもしれない。社長の声から険が抜けた。

「まあ、わざわざ挨拶に来たなら茶でも飲んでけ」

「ありがとうございます。このお菓子、よろしければ皆さんで召し上がってください」

「おう、悪いな。おい、お前これ事務所に持ってけ」

先ほどまで頭ごなしに怒鳴りつけていた工員に社長が菓子折りの入った紙袋を手渡す。相手は少しほっとしたような顔で「はい」と返して足早に事務所に向かった。

「で、わざわざ挨拶に来るってことは、新しい職場でもうちに仕事を頼みたいのか？」

「いえ、どちらかというと社長にお勧めしたい商品がありまして」

「なんだ、セールスかよ」と社長は露骨に顔をしかめたものの、「昼飯の間くらいなら聞いてやる」と言ってまた工場に戻っていった。

社長の後ろ姿を見送ってから事務所に戻ってみると、最初に重治を迎えてくれた男性と、社長に叱られていた男性が揃って重治を待っていた。

「鳴沢さんもよくやるよなぁ。普通あの状況で社長に声かけるか？　触らぬ神に祟りなしって言うだろうに」

煙草をふかしながら呆れ半分に呟く男性に苦笑を返す。しかし社長に叱られていた男性からは「いや、鳴沢さんのおかげで助かったよ」と大げさに感謝されてしまった。

「なんか知らないけど、鳴沢さんが来ると社長の機嫌がよくなるから助かる」

「そういえば前もこんなことあったよな。よその会社の営業がしこたま社長から絞られてるとき、たまたま鳴沢さんが来て……」

「あったねぇ。鳴沢さんとは全然関係ない会社の営業だったのに、なぜか鳴沢さんがフォロー入れてたんだよね」

「あれ、俺たちも助かったよな。社長がおかんむりになると工場の空気がぎすぎすになってやりにくいったらねぇんだ」

「鳴沢さんが来ると空気がよくなるね。空気清浄機みたいだよ」

なんとも面映ゆい気分で二人の言葉に耳を傾けていた重治は、空気清浄機という言葉に反応して瞬きをする。思えば出がけにも久瀬から空気がどうとか言われたような。

（場の空気を攪拌する力だったか……。あれ、社内の空気を変えたいってことか？）

面接中、重治は自分の採用を諦め、同席していた二人の受け答えがしやすいよう心を砕いていた。そういうところを買ってもらえたということだろうか。

久瀬がオフィスに入ってきた瞬間の社員たちの顔を思い出す。あれほど熱く議論を交わしていたのに、久瀬の登場で熱も言葉も霧散した。久瀬が来てから、室内の空気は息苦しいほどに凝固していたものだ。

あれをどうにかしろということか。営業の仕事とも思えないが。

「鳴沢さん、お茶淹れるけど飲む？」

考え込んでいたら工員から声をかけられた。先ほど社長に怒鳴られていたときとはまるで違う福々しい笑顔を見て、重治も口元を緩める。

（まあ、頼まれるまでもなく放っておけないんだよな）

自分では悪癖でしかないと思っていたが、たまには他人から感謝されることもあるらしい。

それが知れただけでも、千葉くんだりまで足を運んだ甲斐があったというものだ。


午後一に会社を出て、帰ってきたのは夜の十時を回る頃だった。

他の社員もまだ残業をしている時間帯かと思いきや、五階のエレベーターホールは静まり返り、廊下の奥から物音もしない。辛うじてオフィスに明かりがついていたので中に入ってみると、奥の席に久瀬が一人で腰かけていた。

「ただいま戻りました」

がらんとしたオフィスに重治の声が響き渡る。キーボードを叩いていた久瀬はちらりとこちらを見たものの、何も言わずまたパソコンの画面に目を戻してしまう。

「他の皆さんはもうお帰りですか？」

無視されても気にせず声をかけると、ややあってから「ああ」という短い返答があった。

「昨日は江口さんがここに泊まり込んでいたようだったので、てっきり残業が日常茶飯事なのかと思ってました」

「アプリの仕様を変更したばかりだから念のため待機してたんだろう。普段は滅多に泊まり込みなんてさせない」

　身構えていたほどブラックな環境ではないらしい。そうでしたか、と返しながら適当な席に座ってパソコンを立ち上げる。すると、目ざとくそれを見つけた久瀬に「まだ何かやっていく気か」と鋭く声をかけられた。

「急ぎでないなら明日にしろ。無駄に残業代を稼ぐな」

「あ、すみません。あの、勤怠の打刻ってどうやるんだかよくわからなくて。長谷川さんからパソコンでやれって言われたんですけど」

　久瀬は「まさかそのためにここまで戻ってきたのか？」と眉を寄せる。

「パソコンからログインして退勤時間を入力するだけだ。わざわざ帰社する必要はない」

「そうでしたか。前の会社ではタイムカードを打っていたのでぴんと来なくて。で、どうするんでしたっけ？」

　教えを乞うべくノートパソコンを持って立ち上がろうとすると、「持ってこなくていい」と久瀬が立ち上がった。大股で歩いてきて、重治の傍らに立ち手早く操作を教えてくれる。

「随分帰りが遅かったが、今日はどこを回ってきたんだ？」

　無事打刻したところで低い声が降ってきた。見上げた久瀬の顔に表情はない。もしやサボりを疑われているのだろうか。

　重治はスーツのポケットから名刺入れを取り出す。そこから十枚ほど名刺を出してデスクに並べると、斜め上で久瀬が息を呑む音がした。

「半日でこれだけ回ったのか?」

「名刺の交換をしていただけたのはこちらの方々だけですが、実際はもう少し回ってます」

「以前の会社でつき合いのあった会社か」

「いいえ、私が担当していたお客様のところには回っていません。ほとんど飛び込みですね」

重治の答えに、久瀬は明らかに不満げな顔をした。

「どういうことだ。こっちはお前が前の会社で築いた人脈を見込んで採用したんだぞ」

「当てがないわけではないんですが、いきなり行くのはちょっと難しいというか。私もこちらに就職したばかりで自社アプリのなんたるかをよくわかっていませんし、専門的な質問をされたら言葉に詰まります。もうちょっと素振り的なものをやらせてもらえませんか」

獲物は大きいほど慎重にいきたい。そう伝えると、久瀬も納得したのか眉間を緩めた。しかし改めてデスクの上の名刺を見るや、またも険しい表情になってしまう。

「お前……どこまで行ってきたんだ。千葉……? しかもこれ、町工場か?」

「そうですね。少しばかり遠くまで足を延ばしてきたので帰りが遅くなりました」

なぜこんな所に、と眉を寄せる久瀬に、重治は名刺を差し出してみせる。

「こちら、前の会社でおつき合いのあった工場なんです」

「担当していた客のところには行っていないと言ってなかったか?」

「お客様ではなく、うちの製品の筐体なんかを作ってもらっていた工場ですね。不具合が出たときは私もよく顔を出していたのでそれなりに顔見知りで、転職したご挨拶を兼ねてお声がけしてみました」

「挨拶がてら町工場にうちのアプリを紹介したのか？　どうしてそんなところに」

久瀬は立ったまま喋っているので、椅子に座っているこちらはどうしたって見下ろされる形になる。彫りの深い顔に濃い陰影ができていつも以上に威圧感が強い。これは他の社員たちが怖がるわけだ。重治は美形に見下ろされるのが嫌いではないので怯えもしないが。

「とりあえず、座りませんか？」

重治は久瀬を見上げ、空いている隣の椅子を示す。

話をするどころか挨拶にもろくに返事をしない久瀬だ。「忙しい」と背を向けられてしまうかと思いきや、予想に反して久瀬は黙って隣に腰を下ろしてくれた。

目線の高さが等しくなると威圧感も減った。それでもなお、他者を圧倒する美貌と硬質な無表情は健在だ。

この人は社外の人間と接するときもこんな顔なのだろうか。客の前で愛想笑いの一つもできなかったら致命的だ、などと考えていたら「なんだ」と睨まれた。

「町工場に行った理由は？　こんなところがうちのアプリを使うとは思えないが」

焦れた口調で尋ねられ、重治は首を傾げた。

「そうですか？　アプリの説明をしたら結構興味を持ってもらえましたよ。健康経営には耳馴染みがなさそうでしたが、ＩＳＯを引き合いに出したらすんなり理解してくれましたし」

ＩＳＯはスイスに本部のある「国際標準化機構」という民間機関の略称で、国際的な標準の規格を認証する組織だ。ここで定めているＩＳＯ規格によって、世界規模で同じ品質、同じレベルの物を提供することが可能になる。その内容は品質マネジメント、環境マネジメント、情報セキュリティーなど多岐にわたり、各々の分野でＩＳＯと略して呼ばれることも多い。町工場でも品質を保持する目的でＩＳＯを取得しているところは多かった。

健康経営も、健康に関するＩＳＯのようなものだと伝えるとすぐに理解してもらえた。

そういった角度からの説明は初めて耳にするのか、久瀬は口の中で「健康に関するＩＳＯ」と何度か呟く。

「だとしても、町工場が健康経営優良法人を目指してどうする。新卒に対するアピールになるとも思えないが」

「新卒採用は関係なく、アプリ本来の用途に興味を持ってくれたんです。もともとこれは社員の健康を促進、維持するためのものでしょう」

食事、睡眠、運動を細かく入力し、足りない部分はフォローして、病院にかかるほどではないが作業効率を下げる小さな不調を解消することを目的としているはずだ。

「職人さんは肩こりとか腰痛がかなり作業効率に響くらしいんですよ。ＩＳＯを取得してる工場なんて分単位で作業時間が決まっているところも少なくありませんし、万全の体調で作業できるかどうかは大事な問題です。職人さんこそ体が資本じゃないですか」

虚をつかれたような顔をする久瀬に、重治はこんな質問を投げかけてみる。

「もしかして、このアプリは久瀬商事の依頼を受けて作成したものでは？」

久瀬は軽く目を見開き、わずかに顎を引くようにして頷いた。

「……そうだ。大学時代もアプリ開発の会社を起業したが頓挫して、立ち往生していたところに久瀬商事から声がかかったんだ。法人向けのヘルスアプリを作らないかと」

人手不足のこのご時世、優秀な新卒の獲得はどんな会社でも優先事項だ。打てる手はすべて打とうとして目をつけたのが健康経営優良法人で、そのためにポケットヘルスナビを導入したのだろう。最悪認証を取得できなくとも、こうしたアプリを社内で使っているというだけで新卒に対するアピールにはなる。久瀬自身、それを売りにこれまで多くの企業に営業をかけていたようだ。

「本来の用途で必要な人にリーチしたってことじゃないですかね。ここの工場の社長が面白がってくれて、何件か知り合いの工場を紹介してくれました」

「それでこれだけの工場を回れたのか」

「といっても半分以上は飛び込みですよ。営業は足で稼ぐのが基本です」

面接の際、同じようなことを言って江口に失笑されたのを思い出し「古臭いですけどね」と肩を竦める。しかし久瀬は笑わなかった。

「飛び込み営業か……。あまり効果があるとは思えなかったが、そうでもない、か？」

真剣な表情でそんなことを言い始めたので驚いた。まさか本気で足を使う気か。打たれ強さに定評がある自分ならともかく、この会社の若い社員たちにこんな割に合わない仕事が耐えられるとは思えない。

「待ってください、私は他にやり方がないのでそうしているだけです。社長たちはもっと効率的なやり方をご存じでしょう。アフェリエイト広告とかアドネットワーク広告とか、あとＤＳＰ広告とか？」

足しか使えないと思っていた重治が予想外の言葉を吐いたせいか、初めて大きく久瀬の表情が変わった。目を見開いてこちらを凝視してくる。

無表情を貫いていたときは声をかけるのもためらわれるほど近寄りがたかった雰囲気が一瞬で霧散した。笑顔でも見せてくれたらガラリと印象が変わりそうだとは思っていたが、こんなささやかな表情を乗せただけでもこれほど気安い雰囲気になるのかと驚いた。目の前に飛んできたトンボに驚く子供のような顔ではないか。

実は人より表情が豊かなタイプなのかもしれない。そんな考えが頭をよぎったが、久瀬はすぐに表情を抑え、「そっちこそよく知ってるみたいだが」と低く呟く。

「いえ、なまかじりの知識です。名前くらいしか知りません。若い方はそういうのを駆使してくださぃ。私は昔ながらのやり方でコツコツやりますから」

一瞬で消えてしまった表情をもう一度見たくて、じっと久瀬の横顔に視線を注ぐ。久瀬もちらりとこちらを見たが、煩わしげに眉を寄せられただけで表情は変わらない。重治個人はこういう塩対応も好きなのだが、今は少しだけ惜しい気持ちになった。

「とりあえず、本日の成果はこの程度です。何件かアプリの紹介はしてきましたが、導入には至っていません」

重治の報告を聞いた久瀬は目を伏せ、何か考え込んでいる様子だ。成果が出なかったことに落胆しているのだろうか。それとも本気で自分も飛び込み営業をかけるつもりか。

言葉はなくとも、険しい表情からじわじわと焦りがにじみ出てくるのが見えるようだ。

黙って見ているのも忍びなく、重治はスーツのポケットを探って小さなチョコを取り出した。

「まだ仕事を続けるなら、甘いものでも食べて少し休憩したらどうですか？」

デスクに置かれた正方形のチョコを見て、久瀬がゆっくりと瞬きをする。

移動中にコンビニで買った一つ数十円のチョコだ。一つでは足りないかと、ポケットに残っていた分を鷲掴（わしづか）みにして久瀬に差し出す。

「……こんなもの持ち歩いてるのか」

「食事をする時間がないとき口に放り込むとちょっと腹が膨れるんですよ」

「きなこ味？」

「チョコの中にきなこを固めたものが入ってます。タンパク質もとれていいでしょう」

「この量のきなこでとれるタンパク質なんて微々たるものだぞ」

呆れた口調で呟いたものの、久瀬は差し出されたチョコに手を伸ばした。

「ありがとう」

いらない、と一蹴されることも予想していただけに驚いた。まじまじとその顔を見詰めていたら「なんだ」と睨まれ、重治は取り繕うことなく本音で返す。

「素直にお礼を言ってもらえたもので驚いて」

「礼くらい言う」

むっとした顔で言い返され、だったら、と身を乗り出した。

「その調子で他の社員にもちょっとしたお礼を言った方がいいと思います。挨拶もきちんと返しましょう」

挨拶をしましょう、なんて一企業の社長に言うことではないが、今朝からずっと気になっていたのだ。

「社長があんまり冷淡に振る舞うから他の社員が完全に怯えています。良くありませんよ。社員あっての会社でしょう」

久瀬の眉間に深い皺が寄る。機嫌を損ねたか。だが社内の風通しを良くするためには必要な助言だ。これで激しく叱責されたら今後はこうした物言いを控えよう。久瀬が自分に何を求めて採用してくれたのかよくわからないので、とりあえずジャブを入れて様子を見る。

久瀬はしばし黙り込んだ後、ぐっと口角を引き下げて重治から目を逸らした。

「……覚えておく」

返ってきたのは叱責でも暴言でもない。予想外に寛容な反応に目を丸くしてしまった。前の職場にいた上司なら、もっと分厚いオブラートに包んだ進言でも容易に呑み込んでくれなかっただろうに。

気がついたら反対側のスーツのポケットに手を突っ込んでいた。ごそごそと中を探っていると、「なんだ」と久瀬から不審そうな目を向けられる。

「これだけでは菓子が足りないような気がしまして」

「いらない。一つで十分だ。別に腹は減ってない」

違います、とうっかり言い返しそうになった。久瀬の腹加減ではなく、こちらの心持ちの問題なのだ。意外なほど素直に話を聞いてくれた久瀬にもっと菓子を与えたい気分だったのだが、久瀬は本当にチョコを一つだけ取って席を立ってしまう。

重治は手早く帰り支度を済ませると、机の上に置き去りにされたチョコを摑んで久瀬の机に向かう。重治が近づいてくるのには気づいているだろうにパソコンから目を上げようとしない久瀬のデスクに、どうぞ、とチョコを置いた。

「今食べなくても、カバンの中にでも入れておいてください。人間空腹を覚えると顔つきも険しくなりますから」

久瀬はしばらく沈黙していたが、重治が一歩も引かないと悟ったのか、呆れたような溜息をついてこちらを見た。

「もらっておく。ありがとう」

「どういたしまして。それでは社長、お先に失礼いたします」

体の脇に手を添え、きっちりと頭を下げて挨拶をする。笑顔で身を起こせば、しかめっ面の久瀬と目が合った。

「……お疲れ様」

挨拶をしましょう、と指摘したら、早速きちんと挨拶を返してくれた。嬉しくなって笑みを深くすれば、久瀬にうるさそうな顔で顔を背けられてしまった。これ以上つつくと本気で久瀬の機嫌を損ねてしまいそうで、会釈だけしてその場を立ち去る。

(思ったより断然素直な人なんだな)

オフィスを出て、エレベーターホールに向かう重治の足取りは軽い。同時に、この会社でもやっていけそうだ、という微かな希望が芽生えた。

オフィスには壁やドアといった仕切りもなければ決められた自分の席もなく、久瀬以外の社員は大学生のようなカジュアルな服装で出勤時間もばらばらだ。ほとんどの社員が十近く年下のこの職場でやっていけるだろうかと若干不安だったが、どうにかなるかもしれない。

ーターに乗り込んだ。

朝、このフロアにやって来たときとは打って変わって浮かれた顔で、重治は軽快にエレベーターに乗り込んだ。

自社製品を知らずして客に売り込むのは難しい。

特に重治にはアプリ開発に関する技術的な知識がない。となれば、作る側ではなく使う側の視点に立ってセールストークを展開するのが順当だ。

聞けばリバースエッジの社員は全員ポケットヘルスナビを使っているというので、重治も早速アプリを携帯電話にインストールしてみた。

まずは毎日の睡眠時間、食事、運動量を入力する。アプリはスマートウォッチと連動させれば歩数や睡眠時間を手入力しなくて済むし、データも正確になる。これまでずっとアナログ時計を使っていた重治だが、これを機にスマートウォッチを購入した。

ある程度データが溜まったらオンラインで面談を行い、一人一人に合った食事や運動などのプログラムを提案してもらう。

外回りが多い重治は一日一万歩以上歩いているため運動面はいいとして、問題は睡眠と食事だ。客先との約束を優先するため食事を抜くことなどざらにある。睡眠時間は平均して四時間程度。一応倒れないぎりぎりのラインを狙っているのだが、かなりの頻度で四時間を切っているのを改めて可視化されるとさすがにまずい気がしてきた。

アプリ内では自分自身のアバターが作れる。その他、一日の健康値を総評してくれるキャラクターもいて、一日の終わりに自身の行動を怒られたり褒められたりする。架空のキャラクターといえども怒られるのは嫌なので、少しだけ眠る時間が早くなった。

久瀬の会社に入社してから三週間も過ぎると、外回りだけでなく内勤の仕事も増えてきた。主にカスタマーサポートや顧客ヒアリングだ。

きっかけはやはり重治のお節介である。

社内で仕事をしていたら、近くの席に座っていた社員が何やらひどく困った顔で電話の応対をしているのに気がついた。ぼそぼそとした声でしきりに何か謝っている。

気になって、隣の席にいた長谷川に「彼、どうしたんですか？」と小声で尋ねてみると「お客さんのクレーム対応だと思います」と同じく小声で返された。

「それって技術的な質問をされたりするものですか？」

「いえ、大抵は使い勝手が悪いとかそういう内容です。すぐには解決できないことが多いので、こちらとしてもああやって謝るしかないというか……」

そういうことならと重治はすぐさま席を立つ。不思議そうな顔をする長谷川を横目に電話中の社員に近づくと、軽くその肩を叩いて唇の動きだけで「代わります」と伝えた。

社員は突然声をかけられて動揺した様子だったが、しどろもどろに電話の相手に「少々お待ちください」と伝え、大人しく重治に受話器を手渡してきた。

「お電話代わりました。カスタマーサポートの鳴沢と申します」

受話器を渡してくれた社員の隣の席に腰を下ろして電話を続ける。もしも技術的な質問をされたら隣の彼にフォローしてもらうつもりだったが、長谷川が言う通り電話の内容はアプリの操作性の改善を求めるものだった。

延々と繰り返される内容に、重治はハキハキとした口調で飽きることなく相槌を打つ。ついでに他にも気になる点などないか聞き出して、最後は「貴重なご意見ありがとうございます。社内で検討させていただきます」と言いながら深々と頭を下げた。

受話器を置くと、最初に電話に応対していた社員が目を丸くしてこちらを見ていた。

「……電話しながら頭下げる人、初めて見た」

「そうですか？　うちの営業部では最初に叩き込まれました。電話口でもお辞儀をしろと」

「相手には見えてないのに？」

「見えなくても、体の動きは声に伝わるんですよ」

相手は半信半疑といった顔をしたが、丸めていた背中をさりげなく伸ばしたのを重治は見逃さなかった。やる気を出したのかと思ったが、電話を見下ろすその横顔はいかにも憂鬱そうだ。

社内の人間は技術畑の者ばかりで、エラーコードと一日中にらめっこするのは苦にならなくても、生身の人間と話をするのは苦手らしい。その点、重治は顧客への説明や聞き取り調査、クレーム処理にも慣れている。

「もし電話の応対でお困りでしたら、いつでも私に回してくれて大丈夫ですよ」

軽い気持ちでそう伝えると、たちまち相手の顔色が変わった。

「いいの？　本当に？」

「ええ。私が社内にいるときでしたらいつでも」

「うわ、助かる！　ありがと！」

相手の声が大きかったからか、それとも周囲の社員たちもそれとなく重治たちの会話に耳を傾けていたからか、それ以降、他の社員からも声をかけられることが増えた。

気がつけばカスタマーサポートは重治に任された重要な仕事の一つとなっていた。電話の応対は皆苦手意識があるようで、重治の存在はかなり重宝されている。

週に一度のミーティングは相変わらず技術的な話題についていけないが、せめてもと議事録をとることにした。最初は聞き慣れない単語に四苦八苦したが、何度も耳に入れているうちにだんだん聞き取れるようになってきた。後で意味を調べて自分なりに噛(か)み砕き、ミーティングと同時進行でなんとか議事録をまとめられるようになってきたところだ。

基本的にミーティング中は黙ってやり取りを拝聴している重治だが、たまにどうしても口を出してしまうことがある。

例えば今。先ほどから江口(えぐち)の隣で何か言いたげにもごもご口を動かしている宮田(みやた)から、重治はどうしても目が離せない。宮田はこの会社で一番小柄で細身で、後ろ姿は高校生にしか見えない。声も小さく、ミーティング中も滅多に発言することはなかった。

　ミーティングの内容は先ほどから、ポケットヘルスナビのアバターを改良するか否かで揉めている。江口はどうしても改良したいらしいが、周りからは「手間がかかりすぎる」「そこを改善することでユーザーが増えるとは思えない」と難色を示されている。

「一般向けのアプリならまだしも、うちは企業向けでやってるんだからそういう遊び的な要素は必要なくない？」

「いや、いずれはこのアプリも一般向けに展開したいし、飽きがこないように……」

「具体的に一般向けの計画が出てから考えようよ、そういうことは」

「いきなり動くより事前に計画しといた方がスムーズになるだろぉ？」

　宮田はたまに口を開きかけるものの、声を発する前に他の誰かが発言をしてしまいすごすごと俯くことを繰り返している。放っておけず、「あの」と重治は挙手とともに発言した。

「とりあえずやってみたらいいじゃないですか、アバターの改良ってやつ」

「はぁ？」と、怒声に近い声がどこからか上がった。

「とりあえずって何？　よくわかってないくせに簡単に言われても困るんだけど？　知識ない奴に限ってすぐに修正とか変更とか言い出すんだよな……」

　苛立った口調でブツブツ呟く社員にも動じることなく、重治はにこりと笑みを返す。

「実際にアプリに反映させなくても、試しにやってみるとかは?」

「試しって……」

「無理ですかね。前の会社だとよく本作の前に試作機なんか作ってたんですけど、そういうことはしないんですか?」

「いや、ていうか、本当にやるって決まったわけでもないのに誰がそんなこと……」

それまで、できる、できない、やりたい、無理だ、と勢いよく行き交っていた言葉が途切れ、会話が澱む。

「宮田さん、どう思います?」

会話の隙間を縫って宮田に尋ねると、細い肩がビクッと跳ねた。おろおろと周囲を見回した宮田は全員が自分の発言を待っているのを見て、意を決したように口を開いた。

「……僕、それ、やってみたいです」

自分からは積極的な発言をあまりしない宮田の申し出に、全員が驚いたような顔をする。

「僕の仕事、今はわりと落ち着いてるので。グラフィックの作業は好きですし」

「え、そうだっけ?　宮田いける?」

はい、と返した宮田の声は小さいが、目は真剣だ。自分が、と言い出す機会を窺っていたのだろう。

重治はその様子を見て、再び勢いよく挙手をした。

「でしたらグラフィック改良の件は私が企画書にまとめて社長に送っておきます。出来上がり次第宮田さんにもチェックしてもらっていいですか？」

「あ、ありがとうございます……。僕、そういうのまとめるの苦手なので助かります」

ぺこりと頭を下げた宮田の顔がわずかにほころんでいる。背中を押せただろうか。「任せてください」と胸を叩く。

ミーティングが終わると、別の社員が重治に近づいてきた。先ほど重治に荒っぽい口調で言い返してきた社員だ。

「あの、さっき、さすがに言い過ぎたかなって……。すみません」

ばつの悪そうな顔でそんなことを言う相手に、重治は笑みを返す。

「本当のことですから気にしませんよ。素人考えですみません。それに最近、厄介なクレームが増えてますからね。イライラする気持ちもわかります」

労うと、前よりさらに深々と頭を下げられてしまった。

最初こそ、年上の後輩という扱いにくい立場の重治を持て余して遠巻きにしていた社員たちも、こちらが歩み寄りの態度を崩さず、仕事のフォローなどもするようになってから少しずつ声をかけてくれるようになってきた。

ミーティングの後、重治は議事録をまとめて久瀬にメールで送る。

月曜日のミーティングに久瀬は顔を出さない。「俺は出席しない」と本人が宣言しているそうだ。現場のことは現場に任せるというスタンスなのか。

　ならば社員の誰かが毎度ミーティングの内容を久瀬に送って社内の問題点を共有しているのかと思えば、そういうこともこれまでしていなかったらしい。なんのためのミーティングだと驚いて、先週から重治が久瀬に議事録を送っているのだが取り立てて返事はない。議事録に目を通しているのかもわからない状態だ。

　メールを送信した重治は、コーヒーのカップを片手に傍らを通りかかった江口に声をかけた。

「江口さん、やっぱりミーティングに社長も呼んだ方がいいんじゃないですか？」

　江口は足を止めると「え、なんで……？」と強張った顔で尋ねる。

「なんでって、ミーティングの内容が散漫過ぎるからです。今日は少し進展しましたけど、毎回揉めるばかりで決着が出ないじゃないですか。せめて社長がいればもう少し指針が立てやすくなるんじゃないかと……」

「いや、絶対やめといた方がいい」

　重治の言葉を遮って、江口は断固とした口調で返した。

「何言っても、社長には全部否定される未来しか見えない」

「そうだよ。そもそもあの場に社長がいたらみんな緊張して何も喋れなくなるって」

　近くの席に座っていた他の社員まで江口に追従してきた。

「社長は資金繰りに忙しくて滅多に会社に来ないし、業務内容なんて基本全部こっちに丸投げだから。下手にミーティングに引っ張り込んであれこれ言われるくらいだったら最初から参加してもらわない方がいい。どうせ技術のこととか全然わかってないんだろうし」

　かなり辛辣な物言いだが、江口の言葉を否定する社員は一人もいなかった。びっくりするほど久瀬は社員からの人望がないようだ。

「社長って、何かそこまで言われるようなことでもしたんですか？」

「何かしたってわけじゃないけど、普段からあんな態度取られたら……」

「朝の挨拶なんかは最近してくれるようになったじゃないですか」

「それくらいはむしろしないとおかしいだろ、社会人として」

　貴方(あなた)たちだって最初はろくに挨拶もできなかったじゃないですか、という言葉は呑(の)み込んで、重治は控えめな微笑とともに相槌を打つ。

　挨拶一つでは周囲の評価はそう変わらないか。たまには社員に礼も伝えるようにと進言しておいたのだが、そちらの実現はまだ叶(かな)っていないらしい。そもそも久瀬の方にどの程度社員に歩み寄る気があるのかわからない。

（この前話をしたときは、わりと素直にこっちの言い分に耳を貸してくれたんだけど）

　その場を立ち去る江口の背中を見送り、どうしたものかな、と腕を組む。

　真顔で考え込んでしまい、はたと我に返って苦笑を漏らした。誰から頼まれたわけでもないのに、業務に関係のないことに頭を悩ませてどうする。

我ながら無益なことをしていると思ったが、一度気になってしまうと放っておけない。他の社員に対して冷淡な振る舞いをする久瀬も、そんな久瀬に怯える社員も、どちらも居心地の悪そうな顔をしている。そういう現場を目の当たりにすると、どうにかしたくなってしまう。しないではいられない。

(悪癖だな)

胸の中で迷いなく言い切って、重治は外回りに出るべくパソコンの電源を落とした。

その日、朝から外回りに出ていた重治が帰社してみると、やけにフロアが静まり返っていた。手元の時計を確認してみるが時刻は二十時を過ぎたところで、普段ならまだほとんどの社員が残っている時間帯である。

不思議に思いながらオフィスの扉を開いてみると、やはり社員のほぼ全員が業務中だった。だが、それにしてはやたらと空気が重い。この時間になると誰かしら夜食の買い出しなどに行くので賑やかなのだが、通夜の最中のような静けさだ。

もしやとオフィスの奥に目を向けると、思った通り久瀬がいた。

たまに久瀬がオフィスにいると、社員たちはあからさまに緊張した様子で押し黙ってしまう。

普段はあちこちで飛び交っている雑談も、このときばかりは潮が引くように消えていく。

「ただいま戻りました」

腹の底から声を出すと、社員たちが弾かれたように顔を上げ「お疲れ様です」とぽつぽつ返事をしてくれた。重治が率先して挨拶をするようになってから、周囲もそれに感化されてきたようだ。

久瀬は手元に目を落としてまるでこちらを見ていなかったが、唇が「お疲れ」と動いたように見えた。

ほら見ろ、社長も案外素直な人なんだぞ、と周りを見回すが、他の社員は久瀬と目が合うことすら恐れているのか、久瀬にはちらりとも視線を向けない。

ここで自分がやいのやいの言っても始まらないので、大人しく空いている席に着いた。メールの確認などしながら、それとなく久瀬の様子を窺う。

険しい表情でパソコンを見ていた久瀬が、ちらりとフロアに目を向けた。近くの席に座る長谷川を見ているようだ。自分の作業に没頭している長谷川を睨むような目で見詰め、緩く握った拳を口元に当てる。大きく肩を上下させ、一つ深呼吸をしたらしい。

一連の動作の後、久瀬は厳めしい顔で口を開いた。

「――長谷川」

久瀬の呼びかけに、長谷川だけでなく離れた席に座る社員たちにまで緊張が走ったのがわかった。「はい」と裏返った声で返事をした長谷川に、久瀬は指と視線で近くに来るよう促す。

ふらふらと立ち上がって近づいて来た長谷川に、久瀬が低い声で何か言った。決して大きな声ではないが、静まり返ったオフィスでは少し離れた席に座る重治にも内容が聞き取れてしまう。どうやら長谷川のまとめているチームの進捗遅れを指摘しているらしい。「どうリカバーするつもりだ」と長谷川に尋ねる声に怒気はないが、抑揚もないのでひやりとする。

仕切りのないオフィスは開放的だが、こういうときに少し居心地が悪い。ふと見れば、近くに座っている社員たちが揃ってげっそりした顔をしていた。中にはそそくさと帰り支度を始める者もいる。

長らく久瀬と話し込んでいた長谷川が席に戻ってくる頃には、オフィスに残っているのは久瀬と長谷川と重治、それから宮田の四人だけになっていた。

「長谷川、今日は早めに帰れ」

長谷川がパソコンを再起動させる前に久瀬が素っ気なく声をかける。でも、と長谷川は食い下がろうとしたが「お前一人でどうにかなる問題でもないだろう」と言われ項垂れてしまった。

(そうかもしれないけど、言い方……)

「鳴沢、お前ももう帰れ」

唐突に名前を呼ばれ、重治はピッと背筋を伸ばす。見れば奥の席から久瀬が厳しい顔でこちらを見ていた。

「フレックスで出社してる連中と同じ時間帯まで当たり前に居残るんじゃない」

「でもまだ」

「無駄に残業代を稼ぐな」

まだ二十一時ですよ、と続けようとしたが一刀両断されてしまった。ただでさえ馬鹿にならない人件費に残業代のおまけまでつけたくないのは当然だ。

長谷川と顔を見合わせ、帰りましょうか、と頷き合う。宮田もそれに気づいたのか、そわそわとパソコン周りを片づけ始めた。

どうせなら三人で帰ろうかと宮田に声をかけようとしたら、先に久瀬が割り込んできた。

「宮田、お前はまだもう少し作業していけ」

デスクの上を片づけていた宮田の手がぴたりと止まる。戸惑ったように視線を揺らしたのは一瞬で、宮田は小さな声で「はい」と答えるとまたパソコンに向き合った。

思わず久瀬と宮田を凝視してしまったが、二人ともこちらを振り向かない。代わりに長谷川に目を向けると、視線で廊下を示された。促されるまま長谷川と二人、「お先に失礼します」と声をかけてオフィスを出る。

「フレックスで出勤してるとはいえ、宮田さんももう就業時間はすぎてますよね？　どうして彼だけ居残りを？」

エレベーターホールで声を潜めて尋ねると、「いつものことです」と肩を竦められた。

「今年に入ってからですかね。よくああやって社長から名指しで残されてますよ」

「宮田さんだけ？　作業に時間がかかるタイプなんですか？」

「そんなことありません、むしろ作業の手は早い方です。でもあの通り物申すのが苦手なところがあるので、社長から無理な納期の仕事を回されてるのかもしれません」

「そんな横暴な」

「本当ですよね」と眉を下げて笑う長谷川に憤る様子はない。長谷川も宮田と同じく、強く物申すことができないタイプの人間らしい。

会社の前で長谷川と別れ、重治は近くのコンビニへ向かった。店内をうろつき、宮田が仕事の合間によく食べているツイスト状のチョコパンと、紙パックに入ったカフェオレを買って再び会社に戻る。一人残業を命じられた宮田に、せめてもの差し入れだ。

オフィスに戻るとすでに久瀬の姿はなく、宮田一人しか残っていなかった。先に帰ってしまったのだろうか。

重治は宮田の席に近づき「宮田さん」と声をかけてみるが反応がない。とんでもない勢いでキーボードを叩く音だけがオフィスに響く。理不尽に残業を要求されて自棄（やけ）になっているのかと思ったが、横から覗（のぞ）き込んだその顔には怒りも憤りもなかった。漂白されたような無表情だ。

極度に集中しているらしい宮田の邪魔をしないよう、そっとデスクにパンとカフェオレを置く。そのまま帰ってもよかったのだが、思い直して重治も宮田と同じデスクに腰を下ろした。

すでに打刻は終えていたが、気にせずノートパソコンを立ち上げたところで「あれ」と宮田が声を出した。

「鳴沢さん、帰ったんじゃなかったんですか？」

　夢から覚めたような顔で宮田がこちらを見ている。集中力を途切れさせてしまったかと思ったが、宮田はすっきりした顔で伸びなどしている。作業のきりがいいところだったらしい。

「遅くまでお疲れ様です。これ、よかったら差し入れどうぞ」

　パンとカフェオレを指さすと、宮田は「いいんですか」と顔をほころばせた。久瀬に居残りを言いつけられてよほどしょぼくれているかと思いきや、そうでもなさそうだ。

「それから、前にミーティングで出たグラフィック改良の件なんですけど、企画書をまとめてみたので後でざっと目を通してもらっていいですか？　今メールで送りますから」

「あ、もうできたんですか？　ありがとうございます、本当に助かります」

　わざわざ椅子を回してこちらを向き、深々と頭を下げてくる宮田に苦笑を返す。

「ミーティング中はいつも聞くばかりでろくな発言もできないのでこのくらいは。アイデアは出せませんがこうしてまとめることはできますから、何かあったらまた頼ってくださいね。苦手な部分は誰かに任せて、得意な分野で実力を振るってもらった方が効率もいいですから」

　宮田は少しだけ恐縮したような顔をしたものの、「そのときはまた、よろしくお願いします」と素直に頭を下げてくれた。

　宮田の差し入れを買う際、自分の分も買っておいた缶コーヒーを開けながら重治は尋ねる。

「作業はひと段落ついたんですか？」

「そうですね、今日のところはこれくらいでいいかな」

「急ぎの仕事ですか」

宮田はきょとんとした顔で「いえ、全然」と答える。

「急いではいないんですけど、新しいアイデアが出たときは一気にやった方がいいので。ここまでやらせてもらえてよかったです」

パンにかぶりつきながらそんなことを言う。

重治たちが帰り支度を始めたとき、宮田もそわそわとパソコン周りを片づけていたようだったが、あれは直前に無駄な残業代を稼ぐなと久瀬が口にしていたせいか。

（本当は、もう少し作業を進めたかった……？）

宮田はもそもそとパンを食べながらポケットヘルスナビを立ち上げ、今日の夕食を入力している。それを見て重治もアプリを立ち上げたが、今日は昼を食べ逃し、夕食もまだなので結局何も入力できなかった。

横から宮田が重治の画面を覗き込んできて「うわ、鳴沢さんの睡眠時間ヤバいですね」と引きつった声を上げた。

「そうですか？　一応四時間は寝てますが」

「それで足りるんですか？　ショートスリーパー？」

?!
COFFEE

「というわけでもないですね。土日は一日中寝てますから」

「慢性的な睡眠不足じゃないですか。ヤバいですって」

「でも、技術の方々も似たり寄ったりでは？」

「そんなことありませんよ」と宮田がアプリを立ち上げた画面を突きつけてくる。睡眠時間のログを見れば、宮田が毎日六時間以上の睡眠をとっていることは一目瞭然だ。

「すごい。健康的ですね」

「そりゃ、こんなアプリ作ってる会社に勤めてるんですから健康には気をつけないと」

「耳が痛いです」と苦笑して、宮田のログを見せてもらった。一年以上記録をつけているようだが、宮田は安定して一日六時間睡眠をとれているようだ。ベンチャー企業の技術者なんて年中睡眠不足状態かと思っていたがそうでもないようだ。それとも久瀬の会社が特別なのか。

　去年までログを遡ったところで、重治はふと指を止めた。

「……去年の秋口はかなり睡眠時間が減ってますね。この時期、忙しかったんですか？」

　パンを食べ終えて空袋を握りつぶしていた宮田は、一緒に画面を覗き込んで首を傾げた。

「この時期は、社長から残業を減らせってせっつかれてたんだったかな。人件費削減のために。だから今よりずっと早く帰ってたはずなんですけど、なんか、上手く寝つけなくて」

　睡眠時間が明らかに減少していたのはこの年の秋から年の瀬まで。年が明けてからはきっちり睡眠がとれているようだ。

ログを眺めてあれこれ考え込んでいるうちに宮田はパンとカフェオレを食べ終え、「ご馳走さまでした」と手を合わせた。

「それじゃ、僕ももう帰ります」

「お疲れ様です。ところで、社長はもう帰られました？」

「なんか電話しながらどっか行っちゃったので、たぶんまた戻ってくると思いますよ」

「そうですか。でしたら私は社長に確認したいことがあるので、もう少し残っていきますね」

お疲れ様です、と帰っていく宮田に手を振り、缶に残っていたコーヒーを一息で飲み干す。

オフィスの隅にあるゴミ箱にそれを捨て、さてあとどのくらいで帰ってくるかなと腕の時計を確認したところでオフィスに久瀬が戻ってきた。

久瀬はオフィスの隅にいた重治には気づいていない様子で、先ほどまで宮田が座っていた席が無人になっているのを見て小さく息を吐いた。そのまま自席に戻ろうとするので、こちらから「社長」と声をかけた。

「うわっ！　な、おま……っ、帰ったんじゃなかったのか！」

自分以外の人間がその場にいるとは思っていなかったのだろう。よほど驚いたのか久瀬の大声が室内に響く。

「宮田さんに差し入れでもと思いまして、さっきまで一緒に……」

そこまで言って、久瀬が両手に何か持っていることに気がついた。コンビニで買ってきたらしいドリップコーヒーだ。それも二つ。

「もしかして、社長も宮田さんに差し入れを？」

久瀬がぐっと言葉を詰まらせる。視線が揺れ、すぐには返事をしようとしない。沈黙の後、低い声で「両方俺のだ」と返してきたがさすがに苦しい。

「二本あるということは、宮田さんと少しお話でもするつもりでしたか？」

「俺の分だと言ってるだろう」

語気荒く言い放ち、久瀬は奥の席に向かって歩き出す。隠すこともないのに、と小さく笑い、重治もその後を追いかけた。

宮田にコーヒーを渡して、労いの言葉でもかけるつもりだったのだろうか。社員にも礼を言った方がいいと勧めた重治の言葉を実践しようとしていたのかもしれない。

「社長、そういうのいいと思いますよ」

久瀬の背中に声をかけると「何がだ」と苛立った口調で返された。

「いやあ、いいじゃないですか」

「だから何がだ」

肩越しに睨まれたが怖くもない。前の職場では、年上の上司に恫喝（どうかつ）されても柳に風と受け流してきた重治だ。十も年下の上司なんて何をされても可愛（かわい）げを感じてしまう。何より久瀬は根が素直だ。ついあれこれとお節介を焼いてしまいたくなるくらいに。

自席に戻った久瀬はドカリと椅子に腰を下ろし、不機嫌な顔でコーヒーに口をつける。その前に重治が立つと、一度は嫌そうな顔で目を逸らしたものの、思い直したような表情でもう一方のコーヒーを重治に差し出してきた。

「やる」

「私に？　いいんですか？」

「チョコの礼だ」

思わぬお返しに目を細め、重治は礼を述べてコーヒーの入った紙コップを受け取った。

「美味しかったでしょう。きなこチョコ」

「……美味かった。チョコの中にきなこがそのまま入ってるのかと思ったら、黒蜜で練ってあるんだな。食感が面白かった」

半ば重治から押しつけられたようなものなのに、律儀に感想を言ってくれる辺りが本当に素直だ。だからつい、また新しい進言が口をついて出てしまう。

「毎週月曜日にやっているミーティング、社長も出席されたらどうですか？」

コーヒーに口をつけていた久瀬が目だけ上げてこちらを見る。無理だ、とばかりに無言で眉を寄せられたが、当然その程度で引き下がるつもりはない。

「毎週は無理でもせめて月に一度とか。毎回熱い議論が繰り返されてますが、誰か取りまとめないとどうにもなりませんよ、あれは。私から議事録を送ってますが、目を通されてます？」

「見てる」という久瀬の言葉が紙コップの中でくぐもって響く。

「私は技術的なことに関してはさっぱりわからないのですが、全体的にとりとめがなさすぎるというか、問題提起をしても特に次の話題に発展せずもったいない気がします」

久瀬は無言でコーヒーをすすっている。否定しないということは久瀬も同じような感想を持ったということだろう。

「社長がしっかり手綱を握ってくださらないと、建設的な話し合いになりませんよ」

それまでコーヒーのカップに鼻先を埋めていた久瀬が、ようやく顔を上げてこちらを見た。

入社からそろそろ一ヶ月が経(た)つが、真正面から久瀬の端整な顔を見ると未(いま)だに重治は息を詰めてしまう。初対面のときに感じた、雷を見たような鮮烈な印象は健在だ。

それにしても、もう夜も遅いというのに久瀬の顔には疲れも浮いていない。これが若さだろうかと思っていたら、ふいと久瀬に目を逸らされた。

「俺がミーティングに入っても、周りを委縮させるだけだろう」

ぼそっと呟かれた言葉に目を瞠(みは)る。

「なんだ、わかってるんじゃないですか。でしたらもう少し柔和にしてくださいよ」

現状を正しく認識できているのなら話は早い。「割りばしを咥(くわ)えて笑顔の練習でもしてみますか?」などと自分の新人時代を思い出して提案してみたが、すげなく却下された。

「客相手ならわかるが、自社の社員に愛想を良くしてどうする」

「少なくとも社内の雰囲気はよくなると思いますよ。和気あいあいとした職場、いいじゃありませんか」

「……そんなもの、子供の遊びじゃあるまいし」

呻くように呟いた久瀬の表情は苦々しげだ。無理に話を進めようとしても突っぱねられそうで、会話の舵を切り直す。

「でも社長に対する社員の印象、相当悪いですよ？」

歯に衣着せぬ物言いで切り込んでみたが、久瀬は動揺しなかった。むしろ険しかった表情がほどけ「だろうな」と大したこともなさそうに返される。嫌われるのを承知の上であの態度を貫いているらしい。

「実際はこんなに社員の健康に気を配ってるのに、それが皆さんに伝わっていないのは惜しい気がするのですが」

「は？」と久瀬は怪訝そうな顔で眉を上げる。

一足先にコーヒーを飲み終えた重治はスーツのポケットから携帯電話を取り出し、ポケットヘルスナビを起動した。

「このアプリのデータをチェックして、従業員の健康管理をきっちりされてますよね？」

「管理なんて……」

「少なくとも全社員のデータは閲覧しているのでは？」

本来ならユーザーが他のユーザーのデータを見ることは不可能だが、アプリ開発をしている会社の人間ならそれくらいのことは容易い。

久瀬は返事に迷うように視線を揺らし、「業務の一環だ」と短く答える。

「社員の健康データをチェックするのがですか？　でも定期的なデータのチェックと面談、食事や運動プログラムの作成は外部に委託してるんですよね。社長がわざわざ確認する必要はないのでは？」

「何が言いたい」

焦れた口調で促され、随分態度に出やすいんだなと苦笑する。

「さっき宮田さんの睡眠ログを見せてもらったんです。定時で帰っているときの方が睡眠時間が短くて不思議だな、と思ったのですが、もしかして宮田さん、中途半端に仕事を残して帰ると気になって眠れなくなるタイプですか？」

問いかけに久瀬は何も返さない。だんだんわかってきた。久瀬の沈黙は肯定だ。

一度は睡眠時間が極端に減った宮田だが、年が明けるとまたまとまった睡眠がとれるようになっていた。ちょうど久瀬が宮田に残業を命じるようになった時期と重なる。長谷川はたびたび残業を課される宮田を憐れんでいたが、実際はどうだったのか。

唇を引き結んで何も言わない久瀬を見下ろし、重治はさらに尋ねる。

「社員の健康状態や心理状態に、随分と濃やかな配慮をしてらっしゃるじゃないですか。それなのに、どうしてわざと高圧的に振る舞って、憎まれ役を買って出てるんです？」

返ってきたのはまたしても沈黙だ。重治の言葉は大部分が的を射ているようだが、だんまりを決め込まれてしまっては話にならない。

重治はここまでの会話を思い返し、一番顕著に久瀬の表情が変わった言葉を拾い上げてみる。

「仕事に関して、子供の遊びだとでも言われたことが？」

ガタンと音を立てて久瀬が椅子から立ち上がった。

無言でこちらを見下ろす顔には表情がない。だがこれまでの無関心を装った無表情とは種類が違う。もう一歩踏み込んだらいきなり噛みつかれそうな不穏さを感じた。

急所を衝いてしまったか。さすがに背筋が強張ったが、鍛えた背筋で背を丸めることだけは辛うじて堪えた。顕著な反応があったということは、本音のそばまで近づけたということだ。

重治はまっすぐ久瀬を見上げて続ける。

「この社員数でミーティングのたびに議事録を作って、後から社長に確認してもらうなんて二度手間もいいところですよ。そんなことのために私を採用したんですか？　人件費の無駄遣いじゃないですか」

久瀬の唇が小さく動いたが、反論される前に重治は次々と言葉を重ねる。

「何か新しいアイデアが出ても、社長に承認してもらえるかわからないからと尻すぼみになるんです。あの場に貴方がいれば進む話も山ほどあったんですよ。全部承認するのは当然不可能でしょうが、どのくらいの無理なら通るか社員に示さないと足踏みするばかりで話が前に進みません」

久瀬の眉が吊り上がる。とげとげしい表情だが、直前に見せた無表情よりはよほど隙のある顔つきに見えた。他者を拒絶する冷え冷えとした怒りで覆い固められていた顔面にひびが入って、その下から生身の感情が溢れてくる。

「意思決定の現場に貴方が出てこなくてどうするんです。社長でしょう。最終的な結論を下すばかりではなく途中経過も観察してください」

「好き勝手なことを……」

「言いますよ。私以外の社員だって貴方のいないところで言いたい放題言ってます。その場にいないんだから当然じゃないですか。嫌ならちゃんとみんなの前に出てきてください」

久瀬の眉間にひと際深い皺が寄ったそのタイミングを見計らって重治は切り込む。

「それから、社員の前でそうやってわざとらしくしかめっ面を作らなくても結構です。いつもかなり頑張って怖い顔を作ってますよね？」

何か言いかけていた久瀬は息を呑み、わかりやすく顔色を変えた。

「つ、作ってない」

「注意したり叱ったりするのも本来苦手なのでは？」

「どうしてそう思う！」

焦って久瀬の声が大きくなる。冷然とした美貌はどう攻め込まれてもびくともしないように見えたが、つつかれると案外簡単に崩れてしまう。第一印象は当てにならないものだ。

身を乗り出してこちらの返事を待っている久瀬に、重治は肩を竦める。

「見ていたらわかります。さっき長谷川さんを呼ぶときもそうでしたが、社員を叱責するとき覚悟を決めたような顔で口を開くでしょう。役職に就いたばかりの社員が年上の部下を叱るときそっくりな顔でしたよ」

以前の職場で、重治はよく新人教育を任されていた。その中には、重治より先に係長などの役職についた者も数人いた。その人物が特別優秀だったというより、新人が仕事をとれるよう重治が自分の仕事もそっちのけでフォローに回ったり、自分の成果を新人につけたりしていたせいで昇進が早まったというだけの話だ。結果として重治の昇進が後回しになったわけだが、それは別段構わなかった。自分が指導した相手が結果を出してくれるのはむしろ嬉しいことだ。

しかし係長なんて所詮は中間管理職だ。さほど権限もないのに、上から降ってくる無茶な要求を上司然として下に伝えなければいけない嫌な役どころである。かつて新人教育を施した相手から、ひどく居た堪れない顔で上からの指示を言い渡されるたび、気にするなよ、と声をかけてやりたくなったものだ。

「年下の上司のそういう顔は、これまで山ほど見てきましたので」

久瀬は唇を戦慄かせ、ぐっと奥歯を嚙みしめる。睨みつけたところで重治が動じないことはもう嫌というほどわかっているのだろう。重治から目を逸らし、逡巡するように目を伏せた。

久瀬の瞳がゆらゆらと揺れている。と思ったら、久瀬が唐突に椅子に腰を下ろした。デスクに肘をつき、指先で額を押さえて息を吐く。

「……厳めしい顔でもしていないと社員に舐められるだろう。ただでさえ全員そう年が変わらないのに」

溜息交じりにこぼされた声は疲れきっていて、重治は目を瞬かせた。立っているときも座っているときも胸を反らし気味にしていた久瀬が、こんなふうに背中を丸める姿は初めて見る。

若くて自信満々な社長かと思いきや、存外そうでもないらしい。むしろ若いことを気にしているふうですらある。

社員たちに舐められぬよう、距離を置くことで社長としての威厳を出そうとしていたということか。それで四六時中あのしかめっ面か。そう思うとなんだか可愛らしくさえ思えてしまって、緩んだ口元を慌てて手で押さえた。

子供の遊び、という言葉に久瀬が強く反応したところを見ると、社員たちと和気あいあいと仕事をしている様子をそう貶された経験でもあるのかもしれない。その失敗を経てこうした行動に出ているのだ。その試行錯誤を笑うのは失礼だ。

しかも久瀬のそうした真意を、社員の誰もわかっていない。社長という重圧を背負いながらの孤軍奮闘ではないか。

自然と口元から笑みが引き、重治は至極真面目な顔に戻って久瀬に声をかけた。

「この会社の人たちは全員若いので、貴方の気苦労には誰も気づいていないみたいですね」

久瀬の肩が小さく揺れ、伏せられていた顔がゆるゆると上がる。前髪の隙間から見えた瞳が天井の光を跳ね返し、眩しさに微かに目を眇めてから重治は微笑んだ。

「お疲れ様です、社長」

そう声をかけた途端、久瀬の唇から緩い息が漏れた。張り詰めていた表情がほどけ、寝起きのような、ひどく気の抜けた顔になる。

なんだ、と重治は忍び笑いを漏らす。こんな年相応の顔もできるのか。

我に返ったのか、すぐに表情を引き締めてしまった久瀬に、重治はもう一度誘いをかけた。

「やっぱり社長もミーティングに参加しましょうよ。社員に怖がられている今の状態を払拭しましょう。周りが怖がっていては新しい意見が出てきませんし」

久瀬は頬杖をつき、んん、と返事とも唸り声ともつかないものを漏らした。社員たちと気安く会話をすることによほど抵抗があるのだろうか。

思案げに眉を寄せる久瀬の顔を覗き込み、重治は笑い交じりに言う。

「いざとなったら私を頼ってください。貴方がはしゃぎ過ぎたと思ったら、テーブルの下で足でもなんでも蹴って差し上げますから」

「頼っていいのか」

半ば冗談で口にしたのに、思いがけず真剣な表情で返されて目を見開いた。

（これはまた、随分と素直だな）

こちらの意見に耳を傾けてくれるだけの素直さがある人だとは思っていたが、差し伸べた手をこんなに躊躇（ちゅうちょ）なくがっしりと摑（つか）んでくるとは思わなかった。

知るほどに最初の印象から離れていく。しかもいい方向に。真剣な表情でこちらの返事を待っている久瀬に、重治は満面の笑みで頷いた。

「もちろんです。使えるものは使ってください。素直に助けを求められる人は成長しますよ」

沈黙は一瞬で、久瀬は重治を見上げたまましっかりと頷き返す。

「わかった。よろしく頼む」

覚悟を決めた顔だった。

重治は笑みを浮かべたまま、体の後ろでぎゅっと両手を握りしめる。

こういう素直な相手に自分は弱い。つい手助けしたくなるし、場合によっては尽くしたくなる。前の職場でもそうやって、何度同僚や後輩に手柄を譲ってきただろう。

思い返せば元恋人を気にするようになったきっかけもそうだ。相手だって最初から傲慢な態度をとっていたわけではない。最初は健気（けなげ）な後輩だった。中途採用で入社したはいいがなかなか成績が上がらず、必死で奔走して最終的に重治にアドバイスを求めてきた。

重治自身、助けを求められれば放っておけない性分だ。あれこれ世話を焼いたし、終電を逃した相手を自宅に上げたこともある。少しずつ後輩の成果が見えてくると自分まで嬉しくなって、そんな矢先にゲイバーで遭遇して運命を感じてしまったのだ。

それまでは、相手に対して恋愛感情など抱いていなかった。そもそも重治はノンケの男性に想(おも)いを寄せたことがない。どんなに好みのタイプでも、相手とどうこうなる想像すらしない。どうにかなるわけがないと端(はな)からわかりきっているからだ。

（でもこの人だけは、初対面でとんでもなく好みだ、とか思ったな）

黙っていれば威圧感を与えるほどの美貌に、神経質そうな無表情。今はいくらか表情がほどけているが、これはこれで悪くない。美形はどんな表情でも様になる。

とはいえ社内恋愛はもうこりごりだ。それが理由で職場を去らなければいけなくなったのだから。久瀬のことはいい目の保養だと思っておくくらいがちょうどいい。

（それより、また尽くしすぎてこっちが擦り切れないように注意しないと）

これまではこちらが疲弊していることを相手に気取られぬよう陰で奔走してきたが、今回はアプリのおかげで食事量や睡眠時間をすべて把握されてしまっている。せいぜい久瀬に気づかれぬよう、そのバックアップに努めなければ。

「それでは、来週のミーティングを楽しみにしております。ちゃんと予定を空けておいてくださいね」

久瀬は唇の両端を下げ、やたらと重々しい声で言った。

「万難を排して出席する」

そういう固い口調が社員を委縮させているのでは、と思ったが、まずは一歩前進だ。

これをきっかけに久瀬に対する社員の印象が変わるかもしれない。久瀬も少し肩の力が抜けるといい。

「お待ちしてます」と重治は笑顔で久瀬に一礼した。


月曜日、重治は少し早めに出社してミーティングの準備を始めた。

普段なら準備らしい準備もなく、他の社員がだらだらと喋る内容を議事録にまとめているだけなのだが、今回は久瀬が来る。そのことはあえて他の社員に伝えていない。久瀬が来ると言ったら何かしら理由をつけてミーティングを欠席する者が出てきそうだったからだ。

十時を過ぎるとぞろぞろと社員たちが出社してきた。いつものように全員が大きなテーブルに集まって、「じゃ、始めるぞ」と江口が口火を切る。

ミーティングが始まっても久瀬は来ない。何か急用でも入ったか、それとも気が変わったか。

議事録をとりつつそわそわと時計を確認していると、オフィスに久瀬が飛び込んできた。いつものように拡散しては消滅していく議論を続けていた面々がぎょっとした顔で口をつぐむ。

急いで来たのか、久瀬は軽く息を乱していた。テーブルに集まる社員たちを見て、大きく息を吸い込む。

「お早う」

久瀬の張りのある声がフロアに響いて、重治はテーブルの下で一人拳を握りしめた。変わるつもりだ、この人は。そんな確信が胸を沸かせる。

「お早うございます！」と率先して大きな声で重治が返すと、つられたように周囲からも挨拶の声が上がった。

いつもならまっすぐ奥の席に向かう久瀬だが、今日はつかつかとミーティング中のテーブルに近づいてきたものだから周囲の社員たちに緊張が走った。

重治は久瀬に、あらかじめ空けておいた自分の隣の席を指し示す。久瀬も小さく頷いて、ドカリと重治の隣に腰を下ろした。

ひっ、と誰かが息を呑む音がする。場は完全に静まり返り、誰も口を開こうとしない。

久瀬は椅子に寄りかかって腕を組み、沈黙する面々を見回して眉を上げた。

「どうした、続けろ」

「えっ、あっ！　はい！」

江口が慌てたように返事をするものの「え、な、なんの話だっけ？」と動揺を隠せない。他の社員たちも久瀬の参加に戸惑ってミーティングどころではないようだ。

ざわつくテーブルを見回した久瀬が一つ咳払い（せきばらい）をする。それだけで肩をびくつかせる社員を見て、素早く重治に視線を送ってきた。

——俺がここにいても大丈夫なんだろうな？　と念を押すような顔だ。

存外わかりやすい表情で助けを求めてくるので噴き出してしまいそうになった。こちらに対し、少しは心を許してくれたということだろうか。

（よせよせ、本当に好きになっちゃうだろ）

他の社員もこの顔を見れば久瀬が緊張していることに気づきそうなものだが、久瀬の乱入に動転して誰もこちらを見ていない。

「珍しく社員全員が揃ったので、改めてミーティングを続けましょうか」

場をとりなすように重治が声をかけるが空気は重く、直前までのような活気のある応酬にはならない。仕方ないので重治が「企業向けだけじゃなく一般ユーザー向けの話とかしてませんでした？」と水を向けると、ようやくぼそぼそと議論が再開した。

「や、それは……そういうのもやった方がいいんじゃないかな、とは思うけど」

「そうなったらアバターの種類を増やす話も現実的になりますし……」

「でもユーザー数が増えたら増えたで、オンライン診断が難しくなりそうだし」

「ＡＩチャット使えば？」

「よっぽど精度がよくないと毎回同じような診断して飽きられそうだけど」

「ちゃんとオンライン診断してもらう場合は有料会員になってもらうとか……？」

ぎこちないながらもようやくミーティングらしくなってきた。

久瀬はどうしているだろうと横目を向けると、腕を組んで唇を真一文字にしている。重治は周りにばれないよう、そっとテーブルの下で久瀬の足を蹴った。

ビクッと久瀬の肩が揺れる。なんだ、とばかり睨まれたので軽く睨み返した。せっかくミーティングに参加しているのだ。何か発言しなければ意味がない。

重治の視線の意味を理解したのか、久瀬が口をへの字にする。それから腹を決めたような顔で口を開いた。

「……一般ユーザー向けの開発も、今後検討したいと思ってる」

久瀬の言葉に、その場にいた全員が勢いよく顔を上げた。

「えっ、マジでそんな予定あったんですか？」

声を裏返らせたのは江口だ。これまで誰より一般ユーザー向けの開発を推していたくせに、それが実現するかどうかは半信半疑だったらしい。

「まだ具体的な予定があるわけじゃないが、検討の余地はあるだろう。企業向けにセールスは続けてるがそろそろ頭打ちだ。新しい案を考えないと」

「今使ってるポケットヘルスナビをそのまんま一般向けに流用する感じですかね？」

「いや、改良は必要だろうな。あのアプリを一般人が使うとなったらかなり煩雑に感じるはずだ。会社から入力を義務づけられているからこそ続けられるんだろう。せめてもう少しゲーム性を持たせでもしないと……」

　久瀬の言葉に、江口が鋭く反応する。

「それ、法人向けのアプリでも必要だと思います！　せっかく導入してもらってもちゃんとアプリを活用してもらえなかったら健康に関する意識も変わりませんし、そうなったらやっぱりこんなアプリ意味ないって判断されるかもしれないじゃないですか。季節ごとのイベントとか、ポイント制の導入とかはすぐにでも検討した方がいいと思います」

　江口が口にしているのは、これまでも何度かミーティングで出た話題だ。今までは、イベントを企画するほどの人手が足りないだとか、ポイントを貯(た)めたとしてどんな特典をつけるつもりだとか、そもそも社長が承諾するかわからないと揉めてなかなか前に進まなかった話だが、今回は久瀬がいる。

「そうだな。ポイントを貯めてギフトカードと交換できたりしたら、健康に関心のない人間も真面目にアプリを使い始めそうだな」

「でも、そうなるとかなり人手がいりますし、ギフトカードを配るとなったら予算も……」

「人手が足りないなら増員を検討しよう。金の調達は俺の仕事だ。現実可能かどうかはいったんおいて、他にも案があるなら出してくれ」

　江口は大きく目を見開いて、「はい」と掠(かす)れた声で返事をする。時間差でその横顔に会心の笑みがじわじわと広がっていくのを見て、重治も口元を緩めてしまった。

久瀬が思ったより落ち着いた口調で自分たちの意見を聞いてくれるとわかったのか、他の社員たちもおずおずと自分の意見を口にし始める。

あれがしたい、これがしたい、と言葉が重なる。普段なら夢を語って終わりだが、今回は久瀬がいる。予算や人手の関係で無理なものはばっさりと切り捨てられるが、「そういうことがしたいなら」と久瀬が代替案を上げてくれるので、議論の深さがいつもとは段違いだ。

さらに久瀬は、重治にはさっぱりわからない技術的な話題にも難なくついてくる。

江口もそれが気になったのか「あのぉ」とおずおずと久瀬に声をかけた。

「社長、やけにプログラムに詳しくないです……？」

「昔は自分でアプリを作ってたからな」

久瀬の言葉に社員たちが驚きの声を上げた。

久瀬はむしろそんな周囲の反応に驚いた様子で、組んでいた腕をほどく。

「大学時代に起業したことはホームページにも書いてあるだろう。あの頃は俺だってアプリ開発に加わってたぞ」

「え、あ、俺、てっきり社長は企画とか営業とかそういうことをしてるんだとばっかり……」

「当然それもしたが、あの頃はメンバー全員で開発に携わってた。今は優秀な技術者を集められたから他の仕事に専念させてもらってるだけだ」

優秀な技術者という言葉に周囲がそわついた。眼鏡のブリッジを押し上げたり、意味もなく腕をまくったりとわかりやすく浮かれている。

だが、それを口にした当の久瀬は自分の言葉が周りに与えた影響に気づいていない。リップサービスでもなんでもなく、本心からの言葉だったのだろう。

これは案外、人をたらし込む才能がありそうだ。わざと社員から距離をとるなんてもったいないことをさせている場合ではなかった。

技術的に突っ込んだ話も久瀬とできるとわかった途端、社員たちの目の色が変わった。話が早いとばかり、専門用語を交えて勢いよく久瀬にこれまで温めていた企画をぶつけ始める。いつも以上に聞き慣れない単語が多くて議事録をとる手が追いつかないくらいだ。

重治の苦労をよそに江口が「社長、これ絶対やらせてください！」と声を張り上げる。

「もう食事と睡眠と運動だけで健康を測るのは古いですって。ウェアラブルデバイスで姿勢とかチェックするのよくないですか？　姿勢と集中力の相関関係絶対あるでしょ。すぐ数値化できますよ」

「技術的には問題ないだろうが、そのデバイスはどこから調達するんだ」

「そこは社長が頑張ってください！」

どうやら江口は、一度気を許した相手とはあっという間に距離を詰めるタイプらしい。ミーティングが始まった当初はびくびくしていたのが嘘のような勢いだ。他の社員たちはまだこれほどでもないが、久瀬に向けられる視線はこの短時間で確実に変化している。久瀬も社員を叱るときよりずっとくつろいでいる様子だ。これほどスムーズに社員たちとやり取りができるなら、もっと前からしておけばよかったものを。

（それなのに、今までずっと社員と距離をとろうとしてた理由ってなんだろうな……？）

社員に舐められないように、子供の遊びだと周囲から言われないように。

その気持ちもわからないではないが、あそこまで頑なに冷たい態度をとらなければいけないほどの理由になり得るだろうか。

「とりあえずいろいろと意見があるのはわかった。これはと思うものは企画書にまとめて提出してくれ」

最後に久瀬がそうまとめ、ミーティングは終了した。

時計を見ると、普段よりだいぶ時間が押していた。この後客先に向かう予定があった重治は慌ただしくパソコンを閉じてオフィスを出る。大股で廊下を歩いていると、「鳴沢」と背後から声をかけられた。外出用のカバンを持った久瀬が追いかけてくる。

「社長もこれからお出かけですか？」

「ああ。今日はこのミーティングのためだけに出社した」

「このためだけに？」

「あれほど熱心に誘われたら断るわけにもいかないだろう」

淡々とした口調で言って、久瀬はエレベーターホールで足を止める。横目でその表情を窺うと、同時に久瀬もこちらを見た。

「ミーティングに誘ってくれてありがとう」

つんと取り澄ました表情が崩れ、こちらを見下ろす目元がわずかに緩んだ。

今日は随分と無防備な表情を見せてくれる。見慣れない表情にどきりとして、とっさに目を逸らしてしまった。

「あんなふうに技術的な話もできるなら、次回も是非出席してください」

「そのときはまた隣に座って蹴ってくれ」

「もう蹴りませんよ。そんなことしなくても普通に会話できるでしょう」

「どこで羽目を外すかわからないだろう」

「スーツの裾が汚れます」

「新しいスリッパを準備しておく」

「準備しておくところはそこじゃないです」

人気(ひとけ)のないエレベーターホールに柔らかな笑い声が響いて、驚いてまた久瀬に目を向けてしまった。

声を立てて笑ったのは一瞬だったが、久瀬の目元や口元にはまだ柔らかな笑みが残っている。益体(やくたい)もない会話をして笑う横顔は思ったより気安い。たじろぐほどの美貌から威圧感が薄れ、そういえばこの人はまだ二十代の若者だったな、と今更のように自覚した。そう思われるのが嫌であの仏頂面か、と重ねて納得する。若さと未熟さは紙一重だ。

（こちらがこの人の素なのかもな）

暗闇で一閃する雷のような不穏さは作り物で、本来は秋晴れの空のようにからりとした人なのかもしれない。

ミーティング中、ああでもないこうでもないと社員たちと話し込む久瀬は楽しそうだった。意外と人たらしなところがあることもわかったし、社長なんて大仰な肩書を得る前は、放っておいても勝手に人が集まってくるタイプだったのではないか。それを隠し、社員たちから怯えられているのも承知で居丈高に振る舞い続けるのはなかなかのストレスだったに違いない。

「大変でしたね」

我知らず、そんな言葉を漏らしていた。

こちらを見返した久瀬が眉を上げる。何がだ、とでも言いたげな顔をされ、自分の言葉があまりに脈絡のないものだったことに気がつく。口ごもっていると、久瀬が唇の端を持ち上げた。

「お前こそ、睡眠時間が足りてないんじゃないか？」

そう言って、久瀬がエレベーターの呼び出しボタンを押す。ボタンの前に立っていたのは重治なのに、それを押すのを失念していた。

ぼーっとするな、と言外に窘められ、「失礼しました」と姿勢を正す。

「ちゃんと寝ろよ。チェックしておくからな」

「肝に銘じます。社長もあまりご無理なさらず。技術のことはさっぱりですが、営業面では私もサポートできますから。社員たちと交流を持ちたければ飲み会のセッティングもしますよ。手始めに私の歓迎会でも企画しましょうか」

「自分で自分の歓迎会の幹事でもする気か？」

「前の会社ではそういうことも珍しくありませんでしたから。なんでもやります」

「なんでもか。心強いな」

エレベーターがようやく到着して、ゆっくりとドアが開く。久瀬はこちらに目を向けたまま、肩の荷を下ろしたようなくつろいだ表情で言った。

「お前が来てくれてよかった」

警戒心を剝き出しにした冷淡な顔はどこへやら。すでに重治を胸の内側に入れているのがわかるような顔を向けられた瞬間、頭の中で警報が鳴り響いた。

久瀬がエレベーターに乗り込んでも、重治はその場から動かなかった。不思議そうな顔で振り返った久瀬に頭を下げる。

「名刺を持ってくるのを忘れたので取りに戻ります。社長はお先にどうぞ」

「なんだ、しっかりしろ」

呆れを含ませた口調で言って、久瀬はエレベーターの閉まるボタンを押す。顔を上げた瞬間、閉まっていくドアの隙間から久瀬の顔が見えた。本気で呆れているわけではない微苦笑を浮かべた顔が一瞬で見えなくなる。

エレベーターが動き出したのを確認して、重治は深い溜息をついた。

胸の辺りに手を当てると、内ポケットに入れた名刺入れの硬さが伝わってきた。名刺を忘れたなんて嘘だ。きちんとある。けれど、あのまま久瀬と一緒に狭い空間で二人きりになってはいけないような気がした。

なんだあの打ち解けた表情は。さすがに短期間で気を許し過ぎではないか。企業のトップに立つ人間にしては脇が甘い。けれど、そんなわかりやすい変化に胸をくすぐられたような嬉しさを感じてしまった自分はもっとよくない。

（……本当に好きになっちゃうだろ）

胸の中で冗談めかして言ってみるが、言葉は思ったより深刻に響いて真顔になった。

最初から久瀬の顔は好みだと思っていた。けれどあくまで目の保養でしかなかったはずだ。性格も高圧的なところがよかった。そういうタイプに自分は弱い。だというのに、どうして久瀬の態度が軟化した途端に体が危険信号を発したのか。

今までつき合ってきた相手とは違うタイプなのに、なぜか胸がざわついた。イレギュラーな状況にとっさに対応できず久瀬から距離をとってしまった。

（職場だぞ）

重治は階数表示板を見上げて大きく息を吐く。前の職場で何があったか思い出せば、騒いでいた胸も自然と落ち着いた。名刺入れの裏側で忙(せわ)しなく動いていた心臓も静かになって、体の熱が引いていく。

久瀬を乗せたエレベーターが一階に到着する頃にはすっかり重治の表情も普段通りに戻っていたが、急に動くとまた心臓が誤作動を起こしそうだ。

誰もいないエレベーターホールに立ち尽くし、重治は慎重な手つきでエレベーターの呼び出しボタンを押した。


転職してから丸一ヶ月が過ぎた十一月の頭、遅ればせながら重治の歓迎会が開かれた。

久瀬が社員と交流する機会になればと重治自ら企画するつもりでいたのだが、意外なことに社内メールで歓迎会の通達をしてきたのは久瀬だった。日時と場所まで久瀬が決め、店の予約までしてくれていた。重治も手伝うべく久瀬に声をかけたが「主役は大人しくしてろ」とにべもない。久瀬がこうした企画を立てるのは珍しいらしく、他の社員たちも驚いていた。

久瀬が予約してくれたのは会社の近くにある居酒屋だ。入り口近くにはカウンター席やテーブル席が並び賑やかな雰囲気だが、奥には個室も用意されている。

重治たちが通されたのは奥にある畳敷きの広々とした座敷だった。優に十人は座れる長テーブルの下は掘りごたつになっていて、それほど肩肘張らない雰囲気だ。

まずは最初の一杯を注文することになったが、とりあえずビール、とはならないのがこの会社らしい。全員ばらばらにサワーやハイボール、ソフトドリンクなどを注文する。

いつもなら下座で全員の注文を取りまとめる重治だが、今日は主役だからと上座に追いやられてしまった。その隣には久瀬もいる。

久瀬の近くに座る社員は少々緊張した面持ちだが、それでも「社長は何を……？」と自分たちから声をかけている。

先週に続き、今週も久瀬はミーティングに出席してくれた。久瀬と直接話をする機会を得たことで、久瀬に対する社員たちの苦手意識も薄れてきただろうか。

久瀬は久瀬で、どこまで砕けた態度で社員と接していいものかまだ探っている雰囲気だ。

ここはアルコールの力を借りて一気に互いの距離を縮めたいところだと重治は意気込んだが、久瀬は最初の一杯を飲むと「急ぎの連絡が入った」と席を立ってしまった。

「早々に悪いな。みんなは時間いっぱい楽しんでくれ」

そう言って、開始から三十分程度で会社に戻っていってしまった。

久瀬がいなくなると、座敷内の空気がほっと緩むのがわかった。以前ほどではないとはいえ、やはり久瀬の前では委縮してしまうらしい。それがわかっているから久瀬も早々に席を立ったのだろう。

かく言う重治も小さく息を吐いてしまってハッとする。他の社員たちと違い自分は久瀬に対して苦手意識など持っていないはずなのに、少し身じろぎすれば肩先が触れる距離に久瀬がいると思うとなぜか緊張した。

そんな反応をしてしまった理由を深く考え始める前に、重治はテーブルの向かいに座る江口に声をかけた。

「江口さん、どうしてあんまり社長とお喋りしなかったんです？　ミーティングのときは遠慮なく喋ってるのに」

「え、俺？　そりゃ仕事のことなら喋れるけど、仕事と関係ない話となるとなんの話題振ればいいかわかんないよ」

ミーティング中はあれほど遠慮なく久瀬と議論を交わしている江口も、仕事外で久瀬に声をかけるにはまだ勇気がいるようだ。焦らずのんびり見守るしかないかとビールを呷る。

飲み会が始まって一時間も経つと、だいぶ座も乱れてきた。酒に強い重治はそれほどでもないが、江口と長谷川はかなり酔いが回っている。いつの間にか重治の隣には宮田が座り、言葉少なにカルピスサワーを飲んでいた。

「正直俺、いつまでこの会社が続くか不安でさぁ」

個室だからか、江口はかなり明け透けな内情を語り出す。一応「外に声がもれますよ」と指摘してみたが、廊下に出る襖はぴたりと閉まっているし、つい気が緩む気持ちもわからないではない。

「最近大口の仕事とれてないし、頭打ちっていうか」

「あ、でも、鳴沢さんは新規のお仕事よく取ってきてくれてますよね」

呂律が怪しくなりつつもフォローを入れてくれたのは長谷川だ。

入社以来、重治はずっと小さな工場や会社に飛び込んで新規の契約を獲得している。とはいえどこも従業員の少ないところばかりで、売り上げには大きくつながっていないのが現状だ。

「草の根運動も大事だけど、もっと爆発的にユーザーを増やさないとさぁ！」

「でも、どこからどんな口コミで跳ねるかわかりませんから」

またしても長谷川にフォローされてしまった。自分の社内貢献度はまだまだ低いという自覚があるだけに、重治は枝豆など食べながら大人しく二人の会話を拝聴しているしかない。

あの、と控えめに声を上げたのは隣でサワーを飲んでいた宮田だ。

「うちの資金繰り、そんなに危ないんですか……？」

不安な表情を隠しもしない宮田を見て、江口と長谷川は顔を見合わせる。

「別にそんな、今すぐ倒産って話じゃないから」

長谷川の言葉に、宮田は少しほっとした顔をする。

「そうですよね……。それに社長のお父さん、久瀬商事の社長なんですし。いざとなれば」

「あー、それはどうかなぁ」

酔って声量がコントロールできないのか、急に江口の声が大きくなった。それまで大人しく江口たちの会話に耳を傾けていた重治もつい「難しいんですか？」と口を挟む。

「難しいんじゃないかなぁ。だって社長、親とは絶縁状態って聞いてるし」

あっけらかんと開示された久瀬の家庭事情に目を丸くする。宮田も目を見開いており、こちらも初耳のようだ。

江口はハイボールを飲みながら、赤ら顔でぺらぺらと喋り続ける。

「社長って三兄弟の末っ子なんだって。上にできのいい兄ちゃんたちがいて、そっちは本社の重役とか任されてるらしい。でも社長だけこんな小さい会社任されてさ、どう考えても兄弟間で差をつけられてるでしょ。冷遇されてるとしか思えない」

「まあ、あくまで噂ですけどね」

慌てたように長谷川が割って入ってくる。噂とはいえ、最高技術責任者の江口とエンジニアリングマネージャーの長谷川の耳に入っている時点でそれなりに信憑性がありそうだが。

「なんでそんな噂が流れたんでしょうね？」

あくまでも軽い口調で水を向けてみると、すぐに江口が応じた。

「社長って大学時代にも起業してるじゃん。親が久瀬商事のトップにいるのに会社を起こそうって時点でかなり親に対して反発してるでしょ。どう考えても家族仲悪いとしか思えない。しかも学生時代派手に失敗してるし、これでまた失敗なんてしたら今度こそ本気で絶縁待ったなしなんじゃないかなぁ」

江口の言葉には多分に推測も含まれているが、ある程度筋が通っている。

兄二人は親の会社で重役を任されているのに、久瀬だけこんな小さな会社で、経験も人脈もない中悪戦苦闘している。親から冷遇されていると見えなくもない。

（だからあんなに必死なのか……？）

社員に舐められないようにと不遜な態度をとり続けていた久瀬の姿を思い出す。そんなことにいかほどの意味があるのだろうと首を傾げていたが、意味があるかどうかわからぬことでもやらずにはいられないくらい追い詰められていたということか。

家族から切り離されて、社員たちにも本音を打ち明けることができない。失敗すれば社員たちを路頭に迷わせてしまうという重圧を感じながら走り続けるのはどれほど心細いことだろう。

何か力になれないか。考え込んでいたら、それまで足を崩して座っていた宮田が急に膝を抱え込んだ。

「資金ショートしたらどうしよう……。もう就活とかしたくない……」

膝頭に額を押しつけてぼそぼそと喋る宮田を見て、長谷川が「大丈夫ですよ」と宥めるような声を出す。

「ほら、江口さんも周りを不安にさせるようなことばかり言わないで」

「えー？　でも社長が家族と仲悪いのは本当だろ？　いざってとき久瀬商事は頼れないと思っておいた方が心構えもできていいじゃん」

宮田の顔がますます深く膝の間に埋まる。それを横目に、重治はジョッキに残っていたビールを飲み干した。

「私が訊いてみましょうか？」

江口と長谷川が「は？」と同時に声を上げた。宮田も緩慢に顔を上げる。

「え、訊くって、何を？」と恐る恐る尋ねてきた江口に、重治は平然と答える。

「社長とご家族のことを。ついでに久瀬商事に今後も出資してもらえるのか」

「そんなデリケートな問題、正面切って訊く人います⁉」

長谷川が慌てたように身を乗り出してきた。

「やめましょうよ、そんな……！」

「でも宮田さんも気にしているようですし」

水を向けられた宮田は、とんでもないとばかり無言で首を横に振っている。江口も「またそうやって他人のために爆心地に突っ込むような真似を」と呆れ顔だ。

「ヤバいクレーム来たときとかそうやって飄々と対応代わってくれるからいつも助かってるけど、自分を犠牲にし過ぎじゃない？」

「そ、そうですよ。そこまでしてもらわなくても……大丈夫です」

宮田も青い顔で追従してくる。

全員から止められて重治もその場は大人しく引き下がったが、久瀬の家庭環境について想いを馳せるのだけは止められなかった。

久瀬商事の代表取締役を親に持ち、若いながら会社を一つ任されている久瀬は恵まれた環境にいるのだと思っていた。けれど、実際は違うのかもしれない。

――もしも自分のように、久瀬が家族に冷遇されていたとしたら。

そう考え始めると気もそぞろになってしまい、残りの時間は枝豆など食べながらぼんやりと他の社員の会話に耳を傾けるばかりだった。


重治の歓迎会が行われた翌週。

外回りを終えて昼過ぎに会社に戻ってきた重治は、オフィスのある五階でエレベーターから下りようとしてたたらを踏んだ。ドアが開き始めた途端、その隙間に体をねじ込むようにして誰かがエレベーターに乗り込んでこようとしたからだ。

腕にコートをかけ、大股で中に押し入ろうとしてきたのは久瀬だ。途中で重治がいることに気づいたらしく、慌てたように大きく足を引く。

よほど急いでいたのだろう。内側の開けるボタンを押したまま「どうぞ」と声をかけたが、久瀬からの反応はない。見れば唇を真一文字に引き結び、ひどく険しい顔をしている。

「……社長？　どうかしましたか？」

訝しく思って声をかければ、無言で目を逸らされた。肩を上下させて大きく溜息をつく姿は明らかにただ事ではない。何事かと尋ねようとしたが、久瀬はそれを嫌うように「なんでもない」と先んじて口を開いた。

「なんでもないようには見えませんが」

「そうだな。あるにはあったが大したことじゃない。詮索は後にしてくれ、客先に行く時間に遅れそうなんだ」

本人は努めて落ち着いた口調を心掛けているようだが、声に苛立ちが滲んでいる。約束の時間に遅れさせるわけにもいかず、重治は大人しくエレベーターを出た。入れ替わりに乗り込んだ久瀬に頭を下げ「お気をつけて」と声をかけたが、返事もなくドアは閉まってしまった。

一人エレベーターホールに取り残された重治は緩慢な動きで身を起こす。歓迎会を開いてくれた先週とは打って変わって取り付く島もないあの態度はなんだろう。

何度もエレベーターを振り返りながらオフィスに入ると、今度は低いうめき声が耳を打った。昼間のオフィスには不似合いな不穏な声の出所を探して視線を動かせば、ミーティング用のテーブルに長谷川が突っ伏していた。傍らには弱り顔の江口もいる。周りの社員たちも仕事の傍ら、案じ顔でちらちらと長谷川たちの様子を窺っている。

「ど、どうしたんですか？　具合でも？」

テーブルに近づいて声をかけるが、長谷川からはくぐもった唸り声が返ってくるばかりだ。

何か面倒事が起きたらしい。傍らにいた江口に「何があったんです？」と声を潜めて尋ねれば、江口も「実はさぁ」と声を落とした。

「ついさっきまで、ここに社長のお兄さんたちが来てたんだよね」

「お兄さんたち……ということは、お二人ともいらしたんですか？」

久瀬は三兄弟の末っ子だったはずだ。そうそう、と江口も頷く。

「久瀬商事で重役やってるっていう、できのいいお兄様たち」

「今日久瀬商事から人が来るなんて話、ありましたか？」

「いや、前触れもなく急に来たみたい。だから社長も驚いてた」

「一体なんのご用件で……？」

エレベーターホールで見た久瀬の苦々しい顔を思い出しながら尋ねると、江口が「俺も気になってるんだけどさぁ」と言って視線を斜めに落とした。目線の先には、テーブルに突っ伏して動かない長谷川の姿がある。

「とりあえず社長たちを会議室に通して、長谷川にコーヒー持っていってもらったんだよ。なんの話してんのかそれとなく探ってきてもらおうと思って。でもこいつ、お茶出しから戻ってからずっとこんな調子で」

重治は未だに唸り続けている長谷川に近づくと、軽く身を屈めて声をかけた。

「長谷川さん、あの……」

次の瞬間、長谷川がガバリと顔を上げた。その勢いのまま、縋りつくように腕を摑まれる。

「こ……っ、怖かった……！」

前髪の隙間から血走った目を向けられ、後ずさりしそうになるのを堪えて「怖かった？　お茶出しがですか？」と尋ね返した。

「そうです、怖いに決まってるじゃないですか！　社長だけでも緊張するのに、お兄さんたちまでいる空間にたった一人で乗り込んでいくなんて……！　じゃんけんで負けてなかったら絶対お茶出しになんて行ってませんよ！」

そんなことでじゃんけんなんてしたのか、と思ったが口には出さず、長谷川を落ち着かせるべくその背を軽く叩いた。長谷川は重治の腕を摑んだまま、震える声でさらに訴える。

「社長もですけど、お兄さんたちも圧が凄いんですよ……！　部屋に入った瞬間、回れ右して逃げ帰りたくなりました。緊張しすぎて社長に出したコーヒー少しこぼしたし、お兄さんたちには凝視されるし、社長には睨まれるしで、もう……」

「緊張したんですね。でも大丈夫ですよ、それくらいの失敗」

大したことでもないと慰めようとしたが、かつてなく低い声で遮られた。

「いいえ、もう駄目です。お兄さんたちから『社員がそれで大丈夫なのか』って言われましたから、俺」

「まさか。訊き間違えでは？」

「言われたんです！　社長も何も言い返さないし、そのうち社長に対する駄目出しまで始まって……！」

これには重治だけでなく、江口も「駄目出しって、どんな」と身を乗り出してきた。

長谷川は取り乱した勢いのまま口を開こうとしたものの、直前でオフィス内の社員が聞き耳を立てていることに気づいたらしい。今さらのように声を低くした。

「……最近うちの会社の業績が横這いになってることとか引き合いに出されて、大丈夫なのかって、結構きつめに詰められてました」

「おいおい、マジの駄目出しじゃん……！」

江口は他の社員の目から逃れるようにテーブルの裏にしゃがみ込むと、椅子に座る長谷川と重治を見上げて押し殺した声で言った。

「もしかしてさっきのって社長のお兄さんたちが来たっていうより、久瀬商事の人間が視察に来たみたいな意味合いが強かったりする？　まさか、出資を取りやめるとかいう話じゃないよな？」

「だとしたらもっと正式な手順を踏んでなんらかの通知が来るのでは？　ご兄弟がいらしたということは、もう少し気楽な話し合いだったのでは……」

重治の言葉を受けた江口は、わかってないな、と言いたげに首を横に振った。

「言ったじゃん、社長は家族から冷遇されてるんだって。ちょっとでも業績落ちたらもう絶縁なんだよ。兄弟が来たってことは、会社どころか家族の縁も切られるってことじゃないの？」

そんな馬鹿なと否定しようとしたが、喉元に氷でも押しつけられたかのように体が強張って声が出なかった。

エレベーターホールで見た久瀬の余裕のない態度と、苦々しげな表情を思い出す。

あれは兄たちから何か心無い言葉をかけられたが故だったのだろうか。久瀬が家族から冷遇されているという言葉が俄かに信憑性を帯びる。

「そういえば、久瀬商事から人が来ることって初めてですよね。これまで用事があるときは社長の方が出向いてたのに……。まさか本当に最後通告をしに……？」

「いよいよ見限られたってやつか……？」

長谷川と江口のぼそぼそとしたやり取りを聞いていたら、喉元に感じた冷気がじわじわと腹の底まで落ちてきた。見る間に体が冷たくなって、気がつけばきつく奥歯を嚙みしめていた。

この一ヶ月、重治は久瀬の変化をつぶさに見てきた。

久瀬は社内に漂う閉塞感に気づき、自らそれに風穴を開けようとしていた。そのために経験重視で重治を中途採用し、こちらの言葉に素直に耳を傾けてくれさえした。

変わろうとしている久瀬の姿を、家族はきちんと見ているのだろうか。

——見てくれ、と口に出してしまいそうになった。久瀬が必死で足掻く姿には目もくれず、結果だけ見て見限ろうとしているのだとしたらやるせない。

突然現れた兄たちに何を言われたのかは知らないが、きっと久瀬の足元はぐらぐらになっているはずだ。先ほどの余裕のない姿を見れば疑いようもない。

（何か、俺にできることはないか？）

またいつもの悪癖が顔を覗かせる。

久瀬の家庭環境にまで首を突っ込むのはさすがにやりすぎだ。それくらいは重治もわかる。

だが、もし本当に融資を打ち切られる話など出ていたのだとしたら、それは久瀬個人だけでなく会社全体に影響を与える内容だ。社員として詳細を尋ねるくらいは許されるのではないか。

江口と長谷川だって不安そうな顔をしている。一応声は潜めているが、同じフロアにいる社員たちだって大体の状況を察して同じような不安を抱いていることだろう。それらを解消するためにも、ここは自分が動かなければ。

もっともらしい言い訳をこしらえ、重治は早速久瀬と話をする算段をつけ始める。

これまで常に他人のために動いてきた自分が、今回に限って後から言い訳など作っている。

それがどういうことなのか、そのときの重治はよく理解できていなかった。

動き出すなら早い方がいい。

仕事においても、何かがおかしいと思ったときにその確認を後回しにすると、リカバーするのに余計な手間と時間がかかる。違和感と不安は即時解消すべし。社会人になってから重治が身をもって実感した重要な教訓だ。

二十二時を過ぎたオフィスには、すでに重治しか残っていない。

昼過ぎに外出した久瀬はまだ戻らない。もしかすると今夜はもう帰社しないのかもしれない。

あと五分待っても帰って来なかったら諦めて帰ろう。そう考えていた矢先、タイミングを読んだかのように久瀬がオフィスに戻ってきた。

「お帰りなさい。お疲れ様です」

重治に声をかけられた久瀬は反射のように「ただいま」と返し、軽く眉をひそめた。

「残業か？　仕事は時間内に効率よく終わらせろ。急ぎでないなら明日に回せ」

帰社早々に窘められてしまったが、昼間エレベーターホールで顔を合わせたときよりはいくらか久瀬の表情に余裕があってほっとした。

重治は早々に打刻を済ませると、椅子を立って久瀬の席に向かった。

「社長、昼間の件ですが」

パソコンを立ち上げていた久瀬はちらりとこちらを見たものの、何も言わずまた画面に目を戻してしまう。

「久瀬商事からお兄様たちがいらしたとか」

「来たが、別に大した話はしてないぞ」

「長谷川さんが不安そうな顔をしていましたが」

久瀬の唇がへの字に曲がる。詮索するな、と横顔に書いてあるようだ。

しばらく待ってみたが、久瀬は唇を固く引き結んで何も言おうとしない。言いにくいことなのか。それとも言いたくないのか。

久瀬は兄たちから何を言われたのだろう。傷心のまま会社を飛び出したのではないかと想像すると胸が苦しくなる。このまま引き下がる気には到底なれず、開き直って口を開いた。

「社長、これから飲みませんか」

パソコンを見ていた久瀬が目を丸くして顔を上げた。腕時計に目を落とし、もう一度重治を見上げて眉を寄せる。

「今からか？　もう十時過ぎてるぞ」

「短い時間で構いません。先日の私の歓迎会では最初の一杯しかおつき合いいただけなかったので」

暗に先に帰ってしまったことを当てこすると、さすがにばつの悪そうな顔をされた。

「コンビニで缶ビールとつまみを買っておきました。この場で構いませんので一本だけでも。そうお時間もとらせませんので」

本人がなんでもないと言っているのに、ここまで食い下がる必要があるのか。ないだろう。それくらいのことは重治だってわかっている。

でも放っておけない。わかっているのに動いてしまう。だから悪癖なのだ。

　とはいえ粘れるのもここまでだ。この時点で社会人として常識の範疇をだいぶ逸脱している。「お前には関係ない」と一蹴されればさすがに引き下がるつもりだったが、久瀬から返ってきたのは予想外のセリフだった。

「もう酒の準備までしてるのか？」

「え？　はい、缶ビールを六本ほど……」

「二人で六本は多いだろう」

　呆れたような口調で言ったものの、久瀬の表情からは明らかに険が取れている。

　重治は目を瞬かせ、窺うような口調で問う。

「……飲んでくれるんですか？」

「もう用意してあるんだろう？　メールだけ幾つか返しておくものがあるからちょっと待ってろ」

　もっと強い口調で突っぱねられるかと思っていただけに目を丸くしてしまった。

　本当にいいのかとうろたえる重治を見上げ、久瀬は微かに口元を緩めた。

「たまには部下の無茶な要求にも応えないとな。社員あっての会社なんだろう？」

　いつぞや重治が口にした言葉をなぞり、「先に飲んでてくれ」と言って久瀬は仕事に戻る。

　半信半疑でミーティング用のテーブルに酒やつまみの用意をしていると、しばらくして本当に久瀬がやって来て、「飲むか」と席に着いた。

楕円形のテーブルの端に並んで腰を下ろし、まずは缶ビールで乾杯をする。

「で？　兄貴たちの件で長谷川たちから何か言われたか？」

歓迎会云々が口実であることは明白なので、久瀬はまっすぐ本題に切り込んでくる。

時間も遅いので、重治も最短距離で核心に入った。

「久瀬商事からの融資を打ち切られるのでは、と皆さん心配していました」

ビールに口をつけていた久瀬が、ごふ、とむせた。唇の端からこぼれたビールを手の甲で拭い、「は？」と声を裏返らせる。

「違うんですか？」

「まったく違う。どうしてそんな話になったんだ？」

「うちの業績が横這いになっているようだと指摘を受けていたと長谷川さんが言っていたので。それに久瀬商事から人が来るのも初めてと聞きました。ですから、何か余程の用件かと……」

何より久瀬は家族から冷遇されていると聞いている。いよいよ見限られたのでは、と江口たちは囁き合っていたが、さすがに本人にそう告げるのは憚られる。

ビールを飲みつつ缶の縁からそっと久瀬の表情を窺うと、テーブルに肘をついた久瀬ににやりと笑われた。

「俺と家族の仲が悪いとでも吹き込まれたか？」

今度は重治がむせそうになった。ごくりと喉を鳴らしてなんとかビールを飲み干したが、炭酸が喉を焼いて痛い。

顔をしかめた重治を見て久瀬は笑っている。その表情に暗いところはない。むしろ面白がっている様子だ。

思っていた反応と違う。重治は慎重に久瀬の表情を窺いつつ「違うんですか？」と尋ねた。

「違う。家族仲は至って良好だ。今日兄貴たちが来たのだって、単にうちの会社の様子を見に来ただけだ。午前中の仕事が思ったより早く片づいて、たまたまこの近くにいたから空いた時間を潰すつもりだったんだろう。急に来たから驚きはしたが、別に大した用じゃない」

「でも長谷川さんが落ち込んでましたよ。社長にコーヒーを出そうとしたらこぼしてしまって、『社員がそれで大丈夫なのか』と駄目出しをされたと。業績が横這いになっている件に関しても強い口調で詰め寄られていたのでは？」

久瀬は記憶を探るように斜め上を見上げ「ああ」と呟いて鼻の頭に皺を寄せた。

「あれは長谷川に対する駄目出しじゃない。俺の前でびくびくしてる長谷川を見た兄貴たちが、俺に対して言ったんだ。『社員がそれで大丈夫なのか』って。そんなに社員に怯えられていてきちんと仕事になってるのか、ぐらいの意味だと思うぞ」

なんだ、と重治は肩の力を抜く。長谷川から話を聞いたときは辛辣な嫌味かと思ったが、実際のニュアンスは少し違ったようだ。

「では、業績が横這いになっていることに関しては……」

「事実を指摘されただけだ。ここから挽回できるのか、次の手は打ってあるのかとあれこれうるさく言われた。別にそれで融資を止めるなんて脅されたわけじゃない。むしろ大丈夫なのかと心配されっぱなしだった。いくら兄弟とはいえ、こっちは会社を任されてるんだぞ。なのにいつまでも子供扱いだ」

「本当に心配してくださっていただけということですか？」

そうだ、としっかり頷かれ、一気に肩から力が抜けた。エントランスですれ違ったとき久瀬がひどく苦々しげな表情をしていたのも、いつまでも自分を子供扱いする兄たちにむしゃくしゃしていたからということらしい。

「なんだ……。びっくりしました、江口さんたちがいろいろ言っていたので……」

気が抜けてうっかり口を滑らせれば、すぐさま久瀬に「いろいろというと、例えば？」と言葉尻を捉えられてしまった。

重治が買ってきたつまみの袋など開けながら返事を待っている久瀬の表情を見るに、家族仲について勘違いされていたことに対する不快感は特になさそうだ。

「大学在学中に起業したのは、お父様の会社に就職することに反発があったからではないか、とか……」

「それはないな」とあっさり否定して、久瀬はサラミを口に放り込んだ。

「起業したのは単に面白そうだと思ったからだ。大層なきっかけや希望があったわけでもない。

しいて言うなら、大学の自由な雰囲気に酔っていたんだろうな。それまでと環境がガラリと変わったから」

酒など飲んでいるせいか、久瀬はさほどこだわりもなく大学までの学校生活を語ってくれた。

久瀬は幼稚園から大学まで続く私立の一貫校に通っていたらしい。幼稚園から通っているのは揃いも揃って裕福な家庭の子供ばかりだ。会社の社長、銀行の頭取、政治家、歌舞伎役者の子供もいる。子供の後ろには常に親の姿が透けて見え、当時は友達同士のつき合いというより家同士のつき合いという側面が色濃く出ていたそうだ。

ところが大学からは外部受験の生徒も増え、学内の雰囲気がいっぺんに変わった。

「それまでの友達は親同士がお互いの家族構成を把握してるような相手ばかりだったのが、大学生になった途端、家庭環境も年齢も違う同級生ができた。親なんて一切関係なく交友関係が広がっていって、これが本来の友達同士の関係なのかと興奮した」

久瀬の話を聞きながら、重治はそっと溜息をつく。重治にとっては大学に入るまでの久瀬の人間関係の方が別世界の話だ。

解放感に酔った久瀬は、大学でできた友人たちと連日連夜遊び歩いたらしい。

「同じ情報システム科の連中とよく飲んでたんだが、その中に趣味で自作のアプリを作っている奴がいて、一緒にアプリを作ったりSNSにアップしたりした。そのうち四人くらいでつるむようになって、学際のステージで自分たちの作ったアプリを紹介したらそれが思いがけず拡散されてネット記事にもなった」

　これだけ話題になるならいっそ起業したらどうか、と最初に言い出したのが誰だったのかもうよく覚えていない。だが、久瀬はその話を現実にすべくすぐに動いた。

「親の会社に勤めるのが嫌だったわけじゃない。兄二人が先に就職していたし、自分もそうなるんだろうと疑問に思ったこともなかった。不満もなかったが、自分にも別の選択肢があることに気づいて興奮したんだ。他の連中も気の合う奴らばかりだったし、卒業してもこのままこいつらと一緒に仕事ができたらいいなと……今にして思えば、たぶん、初めての友達と離れがたかったんだろうな」

　ビールを飲みながら、久瀬は自嘲めいた笑みをこぼす。

　在学中に起業をするのは思ったよりも簡単だった。それに利点も多い。事前に学校から許可をとれば、校内のＰＣルームが自由に使える。アプリの開発はもちろん、ＷＥＢサイトの更新もミーティング資料の作成もすべて学校で行えるのだ。家賃も光熱費もかからない。さらに校内でのテストマーケティングやアンケートの収集まで可能になる。

　起業したのは大学三年に進級した直後で、メンバーは久瀬を含めて四人だった。久瀬商事の三男坊が学生ＣＥＯになったという話題はそれなりに耳目を集め、最初は好調な滑り出しだったそうだ。アプリのユーザー数も順調に伸び、新しいアプリの開発にも着手した。

　だが、起業から一年が過ぎる頃にはユーザー数が伸び悩み、アクティブユーザーもみるみる減った。新しく開発したアプリは見向きもされず、だんだんメンバーの間に漂う空気も重苦しくなってくる。

それでも久瀬はまだ巻き返せると思っていた。最初から何もかも上手くいくわけもない。今はこの苦境を乗り越えることだけ考えよう。できるだけネガティブにならず、前向きに仲間を励ましていれば膠着した空気もいつか動くはずだ。そう信じていた。

ところが卒業式まで三ヶ月を切ったある日、他のメンバー三人から「もう会社は辞めたい」と言い渡された。

「よくよく聞いたら、他の三人は卒業後の就職先までもう決めてたんだ。俺の知らないところで、三人はとっくに事業に見切りをつけてたらしい」

「引き留めなかったんですか？」

「引き留めようとしたが、かなりぼろくそに言われたからな」

久瀬がビールの缶をテーブルに置く。こん、と軽い音がして、重治は新しいビールを差し出した。この先を語るには酔いが足りないのではと感じたからだ。

久瀬は礼を言って缶を受け取ると、プルタブを引き上げてビールを呷った。一気に中身を半分ほど飲み干し、それきり黙り込んでしまう。

「……なんと言われたんですか？」

なかなか口を開かない久瀬の背を押すつもりでそっと尋ねる。久瀬はブラインドの下がった窓に目を向け、浅く息を吐いた。

「お前みたいに遊び半分で会社なんてやってられない、だったかな」

激怒も落胆もない、乾いた声で久瀬は言った。

どうにか会社を存続させようと説得を続ける久瀬に、三人は寄ってたかって「お前と俺たちは立場が違う」と言ったそうだ。

「『お前は失敗しても親の会社があるからいいだろうけど、俺たちは違うんだ』なんてことを言われたな。『リスクがないからいつもへらへらしてられるんだ』とか。悲愴な顔してたって現状が変わるわけでもないし、なるべく前向きなことを口にしようとしてたんだが、周りからは先のことなんてろくに考えていない能天気なアホ面にしか見えなかったらしい」

「……ひどいですね」

さすがに黙っていられず口を挟んだが、久瀬はその言葉に勢いづくでもなく、むしろ悔やむような表情を浮かべた。

「他のメンバーの状況を把握してなかった俺も悪い。あいつらが奨学金を上限いっぱいまで借りてたり、家からの仕送りが足りなくてバイトを掛け持ちしてたことに、そのときまで気づけなかった」

高校までは、同級生は全員自分と同じような生活水準の者ばかりだった。大学に入って外部受験の生徒が増え、周囲の環境が一変したことは理解していたつもりだったのに、実際は表面的なことしかわかっていなかった。

　他のメンバーの状況を正しく把握していれば、まだここから巻き返せるなんて悠長に構えていられる余裕などあるわけがなかったのだ。在学中に何かしらゆるぎない実績を出さない限り、彼らを引き留めることなどできなかった。

「仲間だと思ってた連中から俺一人だけ異物扱いされていたのが最後にわかってショックだった。起業だって遊びでやってたつもりはないが、そう思われていたのは本当に悔しかった」

　久瀬の眉間がぐっと盛り上がる。だがそれは一瞬のことで、眉間にこもった力は抜け、寂寞とした表情だけがその横顔に残った。

「でも、あいつらの言葉を全面的に否定することもできなかった。何かあったら親の会社に就職すればいい、全くそう考えていなかったと言えば嘘になる」

　メンバーたちの実情を理解できてもいないくせに、勝手に仲間だなんて思っていた自分を恥じた。そんな自分を見限っていったメンバーの冷淡さを恨みもした。だが何より、最後は親を頼ろうとしていた自分の考えの甘さを明るみに引きずり出されて立つ瀬を失った。

　気がつけば、卒業式まで一ヶ月を切っていた。

　会社は消滅。就職活動などしておらず、卒業後の進路も決まらない。

　呆然自失の久瀬に声をかけてきたのは兄たちだった。長男は現在三十四歳、次男は三十二歳というから、久瀬とはだいぶ年が離れている。

そこで久瀬は二人から、久瀬商事でもアプリ開発事業を立ち上げる予定があることを伝えられた。久瀬が大学の友人たちと起業したと聞き、今時の若者がその手の事業に食いつくなら新しくそういう部門を作ってもいいのではという話が出ていたらしい。

「同じアプリ開発事業だし、うちの新しい事業の話、本格的にお前が進めてみたらどうだ？」

と兄たちは軽い調子で久瀬を誘ったそうだ。

　会社の規模はごく小さい。久瀬商事から出資こそ受けるものの系列会社とはみなされず、事業成績が振るわなければ追加の融資が受けられるかも定かでない。ほとんどベンチャー企業だ。

　今からでも親に頼み込んで久瀬商事に就職した方がよほど気楽で安定した収入が得られることは目に見えていたが、ここですごすごと引き下がれば離れていった友人たちの言葉を認めることになる。

　失敗しても親の会社がある、と心のどこかで思っていたことは否定できない。けれど遊びで起業をしたつもりはない。卒業後も事業を継続できるよう脇目もふらず奔走した。名目上とはいえ自分がＣＥＯを名乗っていたのだ。仲間たちが路頭に迷わぬよう必死だった。出資者を探してなりふり構わず方々に頭を下げて回りもした。

「遊びじゃないって証明したくて兄貴たちの話に乗ったんだ。今にして思えばそういう頑(かたく)なさがもう、子供っぽいな」

　久瀬の唇に苦い笑みが浮かぶ。いざ新たな事業がスタートしてからも、あんな心持ちで社長の責を負ってしまってよかったのだろうかと迷うことも多くあったそうだ。

「こんな子供っぽい意地につき合わせるんだ。自分の失敗に社員を巻き込むわけにはいかないと思った。他人の人生を背負い込む覚悟がきちんとできたのは、たぶんあのときだな」

もう同じ失敗を繰り返すわけにはいかない。自分の行動次第で社員が路頭に迷う。その事実が学生時代よりずっと深刻に、現実味を持って双肩にのしかかってきた。

とにかくできることはなんでもしよう。だがその前に、社長という立場にある自分がとるべき振る舞いについて考え直した方がいいかもしれない。

子供の頃から、明るく楽天的な性格だと言われることは多かった。失敗してもどうにか挽回できるはずだと迷いなく信じられる前向きさは幼い頃こそ評価されたが、長じた今となっては短絡的、享楽的に見えることもあるのだと思い知った。

「社長なら、もう少し重々しい態度でいるべきなんじゃないかと思った。自分とさほど年も変わらない社長が学生時代と同じノリでへらへらしていたら不安になるのも当然だろう」

こうして喋っている今も久瀬は、考え考え言葉を継いでいる。思いつきを口にして相手を失望させないように、軽い口調が軽薄さを与えてしまわないように注意を払いながら。

久瀬が社員の前でことさらに表情を硬くし、言葉も控えていた理由がようやくわかった。

遊びだと思われたくない。社員を不安にさせたくない。そのために、できることは全部やっておきたい。今度こそ失敗したくない。久瀬の中に渦巻く様々な懊悩を垣間見る。

気がつけば、両手で包み込むようにして持っていた缶の中でビールがすっかり温くなっていた。炭酸が弱くなったそれを飲み干し、重治はもう一つ気になっていたことを尋ねる。

「大学時代の起業が失敗したことで、ご家族との仲に変化などは……？」

久瀬は喋り疲れた喉を潤すようにビールを飲んで、それまでとは打って変わってからりとした口調で「特にないな」と答えた。

「商売なんて上手くいかないことの方が多いんだから気にするな、なんて慰められたくらいだ。兄貴たちもこの会社をスタートさせるときはなにくれとなく手伝ってくれた」

この様子だと、久瀬は年の離れた兄たちから本当に可愛がられているようだ。長谷川はやたらと怯えていたが、久瀬三兄弟の迫力に圧倒されて冷静に状況が判断できていなかっただけらしい。

兄弟だけでなく、両親も久瀬を冷遇してはいないようだ。むしろ久瀬の好きにやらせてやりたいという親心が透けて見える。

「昔からそうだ。失敗しても叱られない。次がある、と励まされて終わりだ。挑戦しただけ偉いとでも思われてるんだろう。ときどき小学生どころか幼稚園児扱いされてるんじゃないかと思うことすらある」

久瀬は眉を寄せ、でも唇には緩い笑みを浮かべた複雑な表情で呟く。

「家族の中でいつまでも俺だけ子供のままで、なかなか対等に見てもらえない」

重治は神妙な面持ちで久瀬の言葉に耳を傾ける。

家族にはそれぞれの立ち位置というものがある。役割と言ってもいいかもしれない。流れの中でいつの間にか定まってしまったそれを覆すことは難しい。

自分もそうだった。必死で抗ったが変えられず、最後は諦めて望まれる場所に身を置いた。

(……この人も)

我慢しているのだろうか。苦しくはないか。自分はそれをよしとしたからいいけれど。

考えるうちに視線がずるずると下がっていって、気がついたら自身の腿に目を落としていた。

「どうした?」と久瀬に声をかけられ、重治はゆっくりと顔を上げる。

久瀬の本心はわからない。けれど最大の懸念事項は去った。重治は緩く首を横に振ると、買い物袋から新しいビールを取り出して微かに笑う。

「よかったです。貴方が家族に冷遇されているわけではないことがわかって」

溜息とともに吐き出された声には、自分でもおかしくなるくらいたっぷりとした安堵の感情が含まれていた。

同時にようやく理解した。いつもは何か考えるより先に他人のために動いていた自分が、今回に限ってそれらしい理由を後付けしてまで久瀬から話を聞き出そうとした理由を。

自分は単に、久瀬のことが心配で仕方なかったのだ。会社の行く末や他の社員の不安など関係なく、重治自身が久瀬を案じてじっとしていられなかった。

何を酔狂な真似をしているのだか、と苦笑してビールを呷った重治は、そこでようやく久瀬がこちらを凝視して固まっていることに気がついた。「何か？」と尋ねると、我に返ったように瞬きをされる。

「いや、ど、どうしてお前がそんな心配をしてるんだ。雇用主の家庭環境なんてどうでもよくないか？　なんだ、そんなに俺個人に思うところでもある、のか……？」

久瀬の口調が乱れている。よく見れば耳や頬も少し赤くなっていた。酔いが回ってしまったのだろうか。ビール二本で顔色に出るとは、さほど酒に強くないようだ。残りのビールはすべて自分が引き受けようと算段をつけながらつまみの袋に手を伸ばす。これ以上久瀬の酔いが回らぬよう、もう少し何か食べさせた方がよさそうだ。

「心配と言いますか、私がそういう環境で育ったものですから、貴方はそうでなければいいなと思ったんです。根の部分で何か絡まっているものがあるならほぐしておいた方がいいでしょう。そういうものは成長の妨げになりかねませんから。最近の社長の変化は目覚ましいですし、ここで足踏みさせるのはもったいない気がして――」

バタ―ピーナッツの袋を開けながら思いつくまま言葉を並べていた重治は、久瀬が何も言わないことに気づいて目を上げる。

気がつけば、直前まで上手く口も回らない様子で頬や耳を赤くしていた久瀬が、澄んだ目でこちらを見ていた。不思議なことに顔の赤みも引いている。酔っていたわけではなかったのか。

表情も、酔っ払いのそれにはとても見えない。

まっすぐに見詰められ、どうしましたと声をかけようとしたが久瀬の声に抜かされた。

「それはお前自身がそうだからか?」

とっさに質問の意味が呑み込めず目を瞬かせると、ことさらゆっくりとした口調で問われた。

「根の部分に、何か絡まっているのか?」

久瀬は声を発しただけで身じろぎ一つしていないのに、胸の奥で絡まっているものにそっと指をかけられたような錯覚に囚われてぎくりとした。

手にしていたバターピーナッツをとっさに久瀬の胸元に押しつけたら、勢い余って袋の口からピーナッツがいくつか落ちた。重治は久瀬の視線から逃れるように、床に指を伸ばしてピーナッツを拾い上げる。

「いえ、今のは単なる一般論です。それより——お兄さんたちがいらっしゃったのは融資を打ち切る件とは本当に関係がないんですね?」

すぐには動揺を収められず逃げるように話題を変えた。強引な話題転換だったが久瀬はそれ以上深追いすることもなく、カリコリとピーナッツを齧りながら「そうだな」と返してくる。

やけにのどかなその音に体の緊張が解けて、重治はゆっくりと身を起こした。

「でしたらその場で江口さんたちにもそう伝えればよかったのでは? 久瀬商事から融資が切られるんじゃないかって本気で心配してましたよ。実際は会社の資金繰りが苦しくなったら久瀬商事を頼ることだって可能なんですよね？」

久瀬はビールを一口飲むと、テーブルに頬杖（ほおづえ）をついて姿勢を崩した。

「可能だが、社内にその意識が蔓延（まんえん）すると緊迫感が失（う）せそうだ。どうせ親に金を出してもらえるんだから遊び半分でやってるんだろう、なんてまた思われたくないしな」

社員たちの間で自分と家族の不仲説が囁かれていることはうっすらと知っていたが、あえて正すこともなかったのはそのせいだという。

「融資は可能でも、ご家族を頼るつもりはないということですか」

「いや、いざとなったら親を頼ることもあるだろう」

ぽつりと呟かれ、「頼るんですか？」と尋ね返してしまった。久瀬は学生時代の失敗をかなり引きずっているようだし、遊びだなんだと言われかねない行為は徹底的に避けるのではないかと思ったからだ。

久瀬は横目でこちらを見て肩を竦（すく）めた。

「社員の生活がかかってるんだから当然だ。俺のプライドなんかよりよっぽど大事だからな。俺が社長をやっている限りこの会社の成長は認められないと判断されたら、社長を降りてでも融資を頼むつもりだ。うちの社員たちは優秀だし、散逸させるのは惜しい」

そう言って、久瀬は少し疲れたような顔で遠くを見る。その横顔を、重治は瞬きも忘れて見詰めてしまった。

何か今、鮮烈な光を見た気がした。雷よりも眩しくて、青々と玲瓏な光だ。

「もう十分社長ですよ」

気がつけば、そんな言葉が口をついて出ていた。

緩慢な動きでこちらを向いた久瀬の目の下には、薄く隈ができている。けれど頬の辺りの皮膚はぴんと伸びている。まだ若い。今年でようやく二十四歳になったばかりなのだ。

己のプライドを守るためにこの道を選び、他人の人生を守るためにプライドを捨てようとしている久瀬を見ていたら、深く頭を垂れたい気分になった。

不思議そうな顔をする久瀬に体ごと向け、重治は口を開く。

「わざと怖い顔をしなくても、口数を減らさなくても、自分のプライドを投げて社員のために動いてるんですから、もう十分です」

今、お互いにアルコールが入っていて、フロアには自分と久瀬の二人だけで、久瀬は気が抜けたのか疲れた顔も隠さない。こうして過去の悩みを打ち明けるのも、自分の覚悟を語るのも、久瀬の思い描く社長像からは離れているのかもしれないが、その姿こそ他の社員にも見てほしかった。これ以上、無理に自分を作る必要などないはずだ。

「貴方らしくいてください。今度はきっとみんなついてきてくれます」

本心からの言葉だと伝わるよう、目を逸らすことなく言い切った。

「少なくとも、私はついていきます。これからも貴方の下で働きたいです」

伝えたいと思う気持ちが先走り、思ったより大きな声が出てしまった。誰もいないフロアに重治の声が薄く響いて、久瀬が呆気にとられた顔で目を瞠る。

暑苦しい物言いになってしまっただろうか。若者には鬱陶しがられるかもしれない。少しばかり後悔していたら、久瀬が言葉もなく目を瞬かせた。

久瀬の表情がゆっくりと変化する。

二回ほど瞬きをした後、久瀬は目元をほどくようにして微かに笑った。

「そうか……。お前はついてきてくれるのか」

嚙みしめるように呟いて、ゆるゆると息を吐く。孤立無援の状況下で初めて味方に出会ったようなその反応を見て、重治はもどかしく両手を握りしめた。

「他の皆さんだってきっと同じことを言うと思います」

まだ久瀬に対する緊張が完全に解けたとは言えないが、社員たちの反応が少しずつ変わってきているのは久瀬だって実感しているはずだ。

「ご家族との不仲説も否定した方がいいと思います。本当のことがわかったとしても、社長のやっていることを遊び半分だなんて言う人はいないはずです」

久瀬はビールの缶に視線を落とし、そうかもな、とぽつりと呟く。

「俺が信じられないだけで、そうなのかもしれないな」

「……信じられませんか？」

「信じられない。でもあいつらのせいじゃない。俺が未だに学生時代のことを忘れられないだけだ。こんな個人的な理由で申し訳ないと思ってる」

仲間だと思っていた相手から離反された過去は久瀬の胸に未だに濃い影を落としているらしい。社員たちの前でことさら固い態度をとってしまうのも、腹を割った話をすることができないのもその影響だ。

そしてそのことに、久瀬自身が後ろめたさを覚えているように見える。それもまた社員と距離を置く理由になっているのかもしれない。

この状況をどうにか打開できないものか。難しい顔で考え込んでいた重治は、ふと眉間の皺をほどいた。

「でも社長、この会社を立ち上げてからもう一年半以上が経ってるんですよね？　それだけの期間、きちんと会社を回してきたということですね？」

「ん？　まあ、そうだな」

それがなんだと言いたげな顔をする久瀬に、重治はなおも言い募る。

「これまでは営業らしい営業がいなくて、融資先を探す傍ら社長が営業をかけていたんですよね。そうなると、ほとんど会社に顔を出している暇もなかったのでは？」

「ああ。ミーティングにも参加できていなかったくらいだ」

「現場の仕事を社員に任せていたということですよね？　それは社員を信頼していたことにな

りませんか？」

久瀬が小さく口を開く。何か言い返そうとしたようだが、直前で唇が固まった。重治の言葉を反芻しているのか瞳が小さく揺れている。その揺れが収まるのを待たず、重治は畳みかけるように続けた。

「信じるということを難しく考えすぎているのでは？　本当に誰も信じられなかったら実務を社員に任せることだってできないでしょう。もっとあれこれ社員に指示を飛ばしているはずです」

「それは……そうでもしないと会社が立ち行かなかったからだ。社長なんて偉そうな肩書を背負ってはいるが、俺がやっていることなんてほとんど雑務全般だぞ。アプリ開発にまで手なんて回らない。だから……」

「だから江口さんや長谷川さんたちに社内の業務は全部任せていたんですよね？　彼らならできると思ったから。ちゃんと信じてるじゃないですか」

ここは会社だ。仕事を任せるという行為こそ、最も相手への信頼を示すものではないのか。

まだわずかに揺れている久瀬の目を見詰め、重治は思いつく限りの言葉を並べた。

「これまでは無意識にやっていたことを、今度は意識的にやってみたらいいだけです。大丈夫です、もうできてますよ。みんなに対して後ろめたく思う必要なんてありません。もっと信じて、頼っていいと思います。今だって十分みんなに頼りきりじゃないですか！」

勢いよく言い放った瞬間久瀬の瞳の揺れが消えた。代わりにその顔に笑みが浮かぶ。

「本当だ。とっくに頼りっきりだったな」

おかしそうに笑うその顔はびっくりするほど屈託がなくて、思わず目を眇めてしまった。

「そ、そうですよ。会社の実務を社員に任せて外に出て行けるのは、皆さんが応えてくれると信じているからこそでしょう？」

「そうだな、本当に――その通りだ」

口元に笑みを残したまま、久瀬は手の中の缶に目を落とす。

「俺が外回りに専念できたのは、社員を信じて仕事を任せていたからこそだな。あいつらもよくそれに応えてくれた。おかげでこうして会社も持ちこたえてる」

独白めいた口調で呟き、その言葉をしっかりと自分の中にしみ込ませるように沈黙してから久瀬は頷く。それから重治に視線を戻し、すがすがしいほどの笑顔でこう言った。

「これからも遠慮なく頼ろう」

何かを吹っ切ったような顔で機嫌よく笑って、久瀬は美味そうにビールを飲んだ。

頭上を覆っていた雲が一気に晴れたような、眩しいほどの笑みに重治は目を眇める。

自分の言葉は久瀬の背中を押すことができたのだろうか。そうであればいい。

同時に、背中を押されてすぐに動き出せる久瀬の身軽さを羨ましく思う。地面に根が張ったように同じ場所から動けない自分とは大違いだ。

そんなことを考えていたら、二本目のビールを空けた久瀬が重治に空き缶を手渡してきた。新しい缶を要求するように片手を差し出され、「大丈夫なんですか？」と思わず尋ねる。久瀬の頬はだいぶ赤くなっているが「大丈夫だ」と即答されれば断るわけにもいかず、三本目のビールを手渡した。ついでに重治も二本目を飲み干し、最後の一缶のプルタブを上げた。

「会社で飲むなんて初めてだ」

脚を組み、爪先をゆらゆらと揺らしながら久瀬は呟く。その横顔は昼間とは打って変わり、憑き物が落ちたように穏やかだ。

仕事中には見られないのんびりとした表情を眺め、重治もゆっくりとビールを飲む。

「前の会社ではよくやりましたよ。納会とか」

「社内で飲むのか？」

「ええ。ケータリングを頼んで会議室で簡単に。うちでもやってみますか？　豪勢に寿司桶でも注文して」

「いいな。ここでみんなで飲むのか」

呟いて、久瀬はどこか懐かしそうに笑った。

「学生時代は起業記念に、メンバーのアパートでピザを頼んでパーティーをした。調子に乗ってLLサイズを四枚頼んで、結局半分近く残したな」

去っていったメンバーのことを語る久瀬の口調は柔らかかった。そんな顔でかつての仲間たちを語ることもできるのかと意外に思っていたら、久瀬が思いもかけないことを言った。

「起業したメンバーの中に、好きな相手がいたんだ」

なんの前置きもなく恋愛話など持ち出され、驚いて手の中の缶を強く握りしめてしまった。上司の学生時代の恋愛談などどんな顔で聞けばいいのかよくわからない。

久瀬は重治の表情を窺うこともなく、誰もいないオフィスに視線を漂わせて続ける。

「と言っても、当時はよくわかっていなかった。最近気がついたんだ。もしかするとあいつのことが好きだったのかもしれないな、と」

「さ、最近ですか……」

久瀬がゆっくりとこちらを向く。その顔に表情はないが、目元が赤いのはもう隠しようもない。ゆっくりと瞬きをして、久瀬は浅い溜息をついた。

「気がついたのは、お前がここに来てからだ。お前が来たから――……」

久瀬の言葉尻があやふやにほどける。なんだろう、と思ったが、久瀬は軽く首を振って口調をしっかりしたものに変えた。

「これまでは起業当時のメンバーのことは極力忘れるようにしてきたんだが、ミーティングで江口のまくし立てるような話し方を聞いていたらあの頃のことを自然と思い返すようになった。悪い記憶ばかりだと思っていたが、楽しい時間もあったことを思い出せたのは強引にミーティングに誘ってくれたお前のおかげだな。ありがとう」

そう言った久瀬の笑みがあまりにも無防備で、一瞬反応が遅れてしまった。我に返って「何よりです」と慇懃に頭を下げ、その姿勢のまま重治は唇を噛みしめる。

（社長、やっぱりかなり酔ってないか？）

でなければ社員相手にこんな話をするとも思えない。飲ませすぎてしまったか。

一方で、今になって恋愛感情を抱いていたと気づいたというメンバーについて、もう少し聞き出したい気持ちも膨らんでくる。

（未だに未練があったりするんだろうか……）

思った瞬間、胸に微かな痛みが走ってぎょっとした。

久瀬がかつてのメンバーに未だ想いを寄せていたとして、なぜ自分が胸を痛める必要がある。なんの誤作動だと片手で胸を押さえた。

自分は決してそういう目で久瀬のことを見ていたわけではない。単なる目の保養だ。最近は冷たい態度もすっかり崩れ、自分の好みからも離れてしまったではないか。

最初の印象と違い、久瀬は実に素直な若者だった。声や表情に感情が乗りやすく、笑った顔が眩しいくらいで、可愛いと思うことはあれど決して好みでは――。

（いや、可愛いってなんだ、可愛いって）

俯いたまま胸を押さえていたら、頭上から陽気な声が降ってきた。

「どうした鳴沢、さすがに酔ったか？」

ビールくらいでまさか、と言いたいところだが、もしかすると本当に酔ったのかもしれない。そういうことにしておこうと、重治はゆっくりと身を起こした。

「特に顔色は変わってないな？　案外酒に強いタイプか。それにしても、こんな話を社員とする日が来るとは思わなかった」

そんなことを言って楽しそうに笑う久瀬を直視するのが恐ろしくなった。普段ならあり得ないことだが、どうやら自分は酔っている。こんなときに久瀬の笑顔など真正面から見たら先ほどのように体が誤作動を起こしてしまいかねない。

「……私は社員扱いされていないということでしょうかね」

なるべく久瀬の顔を視界に収めないようにビールを飲んでいたら、久瀬が大きく身を乗り出してきた。

「そうじゃない。鳴沢は……たぶん、兄たちと年が近いからだ」

久瀬は完全に酔っている。動きが大きくなるのは酔っ払いの典型だ。

「だから私の前でこんなに無防備に酔っているわけですか」

「そうだろうな」

久瀬はまだ身を乗り出したまま、重治の顔をじっくりと覗き込んでくる。相手は酔っ払いとはいえさすがに近い。なんです、と横目を向け、ぎくりとした。

久瀬は頬を赤く染め、確かに酔っているはずなのに、表情だけは真剣だ。

「……そうでないなら、なんだ？」

吐息の交ざる低い声に、首の裏の産毛がぶわっと立ち上がった。

ベッドに引きずり込まれるときのような声だ、などと思ってしまった自分を殴ってやりたい。

何を考えているんだと己を叱責して、缶に残っていたビールを一息で飲み干した。

「ほら、もう飲み過ぎです！　そろそろお開きにしますよ！」

腹の底から声を出すと、久瀬がうるさそうな顔で身を引いた。

「鳴沢は運動部にでも入ってたのか？　応援団とか……？」

「入ってません。ずっと帰宅部ですよ」

「柔道部とか似合いそうだな。あとなんだ、大きな声を出しそうな部活は」

「入ってないって言ってるじゃないですか」

ふふ、と久瀬が楽しそうに笑う。完璧に酔っ払いだ。どうせなら重治の歓迎会のとき、社員の前でそういう顔を見せてくれればよかったものを。

（俺をときめかせてどうする……！）

胸の中で叫んで、重治はテーブルの上の空き缶を手早く袋にまとめていく。

なんだかやけに顔が熱いし、心臓の鼓動も速い。ビールごときでと思ったが、たまにはそういうこともある。酔っているのだ、自分も久瀬も。

そういうことにして、あれこれ詰め込んだビニール袋の口を力任せに固く縛る。

ついでに何かが溢れそうになっている自分の胸も、ぎゅっと縛って封をした。


重治がリバースエッジに入社した当初、フロアに久瀬がいると場の雰囲気が露骨に重苦しくなった。久瀬が誰かを呼ぼうものなら空気に亀裂が走る音すら聞こえたものだが、今はどうだ。

「鳴沢！　ちょっといいか」

フロアに久瀬の声が響いて、重治は「はい」と席を立つ。さりげなく周囲を見回してみるが、他の社員は平素と変わらぬ態度で黙々とパソコンに向かっており、以前のように久瀬の動向を窺ってびくびくしている者はいない。

難しい顔でパソコンの画面を覗き込んでいた久瀬は、重治を見上げると事前に用意していたらしい資料をざっとデスクに並べた。

「悪い、ちょっと教えてもらっていいか。ここの担当者と連絡が取りたいんだが」

ごく自然に重治を頼ってくる久瀬に相槌を打ちつつ、だいぶ雰囲気が変わったな、と思う。社員たちも、久瀬自身も。

特に久瀬は、重治と社内で飲んだ後から顕著に態度が変わった。社員の前で無理やり仏頂面を作ったり、威厳を保つべく低い声で話したりすることをやめたようだ。

少し前までは一つ深呼吸をしてから重々しく社員の名を呼んでいたが、今はよく通る声で気負いもなく誰かを呼ぶ。久瀬本人が身構えていないので、呼ばれる方も比較的フラットに返事ができるようになっていた。

重治と酒など飲みつつあれこれ語らったことで何か吹っ切れたのかもしれない。武装するようにまとっていた威圧感を脱ぎ捨てた久瀬は、ことあるごとに重治を呼びつけて仕事に関する質問をしたり、意見を求めたりするようになった。

唐突な変化にさすがに戸惑いを隠せなかった重治に、久瀬はけろりとした顔で「今後は年長者を頼ることにした」とのたまった。

「社員を率いる人間が右往左往していたら示しがつかないだろうと思って可能な限り自力解決を目指してきたが、さすがにそろそろ限界だ。優秀な営業も入社してくれたことだし、今後は必要に応じて頼っていこうと思う」

大変結構なことである。重治としても頼られるのは嬉しい。久瀬から営業の基本を教えてほしいと乞われれば自分の実践経験を交えて丁寧に説明したし、接待に同行してほしいと頼まれれば予定を調整してついていった。幸い、座のあしらいなら慣れている。帰り道に「参考になる」と感心した顔で久瀬から言われたこともあった。

用件を済ませて久瀬の席を離れると、入れ替わりに江口が久瀬のもとにやって来た。

「社長、昨日送っておいたメールの件なんですけど……」

「ああ、あっちで聞くから資料を持ってきてくれ」

いつもミーティングで使っているテーブルを指さして久瀬が席を立つ。江口もノートパソコンとファイルを抱えてそちらに向かった。

こういう光景が見られるようになったのもここ最近のことだ。重治と久瀬が会話をする機会が多くなり、二人で気安く言葉を重ねるのが日常の光景に馴染(なじ)んできた辺りから、他の社員たちもおっかなびっくり久瀬に声をかけるようになってきた。

ミーティング用のテーブルの近くに座っていた重治は、聞くともなしに久瀬と江口の会話に耳を傾ける。

相変わらず専門用語が多い。アプリ開発の会社に入ったのも何かの縁なので、重治も暇を見つけては基本的な用語集などを読んで勉強しているが技術的な会話に参加するには至らない。ミーティングでも、重治は議事録をまとめたり会話が流れやすくなるよう合いの手を入れたりするばかりで、有益な発言らしい発言をしたことが一度もなかった。

ふと柔らかな笑い声が耳を打って顔を上げれば、難しい顔で江口と話をしていた久瀬が笑っていた。江口もだ。

最近、久瀬は社員の前でもああして自然な笑顔を見せるようになった。だからと言って社長らしくないとなじる者などいない。むしろ以前より久瀬に質問や報告が集まってきて、ようやく一企業の社長らしくなったとすら思う。

あれほど社長らしさに固執していたのに、執着を捨てた途端に求めていたものが得られるなんてなんとも寓話めいた展開だ。素直な人間には不思議と成果が転がり込んでくる。

話は終わったのか、久瀬と江口は椅子を立ってそれぞれの席に戻っていく。久瀬が席に着いたところでちらりと視線を向けると、偶然なのか久瀬も顔を上げてこちらを見た。

うっかり視線がかち合ってしまい、とっさに目を逸らす。ずっと久瀬たちに意識を傾けていたことがばれただろうか。恐る恐る視線を戻すと、やはり久瀬がこちらを見ていた。何か用か？　とでも言うように首を傾げられ、慌てて首を横に振った。

久瀬はじっと重治を見詰めてから、肩を竦めて手元に目を落とす。

久瀬の視線が離れ、重治は無意識に詰めていた息を吐いた。

なんだか最近、久瀬に見詰められる回数が増えた気がする。話の途中で腹の底を見透かすように凝視されるときもあれば、今のように少し離れた所から静かに見られているときもあった。なんだろう、と首を傾げる。こちらの身だしなみに気になるところでもあったか。それとも重治と年が近いという兄のことでも思い出しているのか。

——そうでないなら、なんだ？

以前久瀬が口にした言葉が頭にこびりついて離れない。

（……なんなんだ、本当に）

ここ数週間で、急速にフロアの風通しが良くなっている。そのはずなのに、自分一人が息苦しさを感じている。久瀬の視線にさらされて、居心地が悪いというより落ち着かない。視線の意味を考えてしまう。

他の社員が久瀬への警戒を解いていくのとは反対に、やたらと久瀬を意識してしまう自分を持て余しながら、重治は目の前の仕事に意識を戻した。


十一月も半ばに差し掛かり、社員たちが日ごとに着膨れていく。トレーナーとジーンズという軽装から、トレーナーの下にシャツ、その上にオーバーサイズのパーカー、次の日にはブルゾンが追加されるといった具合だ。冬の雀より膨らんでいく速度が速い。

月曜の今日はとうとう宮田が薄手のダウンジャケットを着こんできた。十一月でその装いでは、年末には身動きもとれないほど着込まなければいけなくなるのではないかと心配する。

ミーティングが始まってもダウンを脱ごうとしない宮田をよそに口火を切ったのは、いつになく真剣な顔をした江口だ。

「ポケットヘルスナビに新しい要素を加えることも引き続き検討していきたいけど、そろそろ新しいことを始めないといけないんじゃないかってこの前社長と相談したんだ」

ミーティングには例によって久瀬の姿もある。席は変わらず重治の隣だが、もう重治に足を蹴られることもなく「いつまでもポケットヘルスナビ一本でやっていくのも難しいだろう。そろそろ今後の方針を考えていきたい」と自ら口を開く。

顔を見合わせる社員たちに江口が「とりあえず今日のところは、これから作ってみたいアプリの話とかしてもらえれば」と声をかけている。

議事録をとりながら、相変わらず緩い会議だ、と重治は思う。最初はこの緩さに驚いた。前の会社ならミーティングや会議の前にプレミーティングがあり、会議にかける内容を事前に固めておいたものだが。

入社当初は戸惑うばかりだったし、時間の無駄ではとやきもきしたが、この会社はこれでいいのかもしれないと最近は思うようになった。雑多なお喋りが飛び交うことで議論が進むタイプの人間がここには集まっている。事前に準備しろと言われても誰も何も用意してこないことも容易に想像がついた。

「睡眠に特化したアプリとかどうよ。日本人の平均睡眠時間って世界で一番短いってデータ前にどっかで出てなかったっけ?」

「睡眠系のアプリは国民的人気ゲーム作ってる会社からリリースされたばっかりだろ。二匹目のどじょうを狙うにしても分が悪すぎる」

「やっぱ健康関連のアプリがいいのかな?」

「いや、現段階ではそこにこだわらなくていい」

「……投資のアプリとかは?」

「え、お前投資やってんの?」

雑談と変わりないやり取りは議事録にまとめるまでもないが、どこでアイデアの芽が出るかわからない。大人しく皆の会話に耳を傾けていると、宮田が控えめに手を上げた。少し前までミーティング中は何か言いたげに口を動かすばかりでほとんど発言できなかったのだが、最近はこうして手を上げれば誰かしら気がついてくれると学習したらしい。

「社長は大学時代、どんなアプリを作ってたんです？」

とりとめもなく流れていた会話がぴたりと止まった。全員の視線が宮田に集中する。宮田は寒いわけでもないだろうに、ダウンジャケットの前を掻き合わせておずおずと続けた。

「初心に返ってみたらどうかと思って……。社長が最初に作ろうとしたものとか、なんかヒントにならないかなって」

久瀬は腕を組み、迷う表情で「最初か」と呟いた。

「プログラミング初心者向けの学習プラットフォームかな。学祭で発表したら情報システム科に入ったばかりの新一年生が結構使ってくれた。その評判がよかったから会社を立ち上げることになったんだ」

「最初から真面目なものを作ってたんですね」

宮田から感心したような顔を向けられ、久瀬は居心地悪そうに肩を竦めた。

「いや、起業前はもっと下らないものも作ってたぞ。使い道もないからリリースもされなかったんだが」

「むしろそういうのが聞きたいですね」と嬉々として食いついてきたのは江口だ。

久瀬は迷うように頭を掻き、「本当に下らないぞ」と前置きしてから口を開いた。

「最初に作ったのは、位置情報を取得しないと入れないチャットルームだ」

周囲からざわめきが起こった。きょとんとしているのは重治だけだ。周りが何に反応しているのかよくわからない。

重治の表情に気づいた久瀬が苦笑を漏らす。

「普通のチャットはネットさえつながっていればどこでも使えるだろう。でもこのアプリは、特定の場所に実際に足を運ばないと使えない。物理的に使える場所が限定されてるんだ」

補足によってようやく理解した重治とは違い、周囲は「なんの目的で作ったアプリなんです？」と興味津々で久瀬に質問をしている。

「講義中にだらだら会話をするためだけに作ったアプリだな」

「既存のメッセージアプリじゃ駄目だったんですか？」

「それだと教室の後ろで睨みを利かせてる院生に画面を覗き込まれたとき言い訳ができないだろう」

「ああ、ぱっと見じゃなんのアプリだかわからないように？　なるほど」

そんなことのためだけにアプリを一から作ったのか、と重治は目を剝いたが、周りは別段驚いた様子もない。それどころか、全員の顔に面白がるような表情が浮かぶ。

「真っ暗なチャットルームにメッセージを送れるだけのアプリだ。何人がアプリを使っているのかリアルタイムで表示される以外、発言者の名前は一切出ない」

「それじゃ院生も、誰がチャットルームにいたか特定のしようがないですね」

「ログは三行しか残らなくて、どんどん上書き保存されて消えていく。一度に打ち込める文字数も五十字程度だった」

「いいっすね、きわどい話もし放題だ」

「ほとんど下らない内容ばかりだったぞ。『腹減った』とか、『眠い』とか。『教授の尻ポケットからキャバクラのティッシュ見えてる』なんてメッセージが来たときはさすがに身を乗り出して教授の後ろ姿を凝視したけどな。誰も何も言わなかったが、あのときは若干教室の空気が揺れた」

　周囲から笑いが起こる。これまでのミーティングで一番盛り上がっているかもしれない。

「教室でこそこそお喋りするためだけのアプリかぁ。いかにも学生が考えそうだなぁ」

　アプリの概要を理解した江口が相好を崩す。「下らなくていいですねぇ」と長谷川までホクホクした顔で笑っている。

「社長がこんな面白いもん作ってたなんてちょっと意外です」

「もともとの案を出したのは俺じゃないけどな。一緒に起業したメンバーの一人だ」

「でも止めなかったんでしょ？　社長にも暇な学生時代があったんですねぇ。ちょっと想像つかないですけど。当時の写真とかないんですか？」

どきりとしたのは重治だ。起業当時のメンバーが好きだったかもしれない、なんて話を聞いているだけに、触れてはいけない話題に触れてしまったようで身を固くした。

しかし当の久瀬はためらうことなく「あるぞ」と言って、テーブルの対面に座る江口たちに携帯電話の画面を向けた。

「学生時代に起業したメンバーと撮った写真だ」

「うわ、社長がカジュアルな格好してる！」

江口がはしゃいだ声を上げ、他の社員も身を乗り出してきた。

「服装のせいか若く見えますね」

「ほんの四年前の写真だぞ」

「この三人が最初のメンバーですか。かなりタイプがばらけてますね」

みんな好き勝手な感想を言い合っている。自分も見ていいものか悩んだが、隣にいるのに全く目を向けないのも不自然だ。重治もそろりと久瀬の持つ携帯電話に目を向けた。

四人で自撮りをした写真らしい。横向きの画面に、肩を寄せ合って笑う若者たちが写っていた。起業した直後に撮られたものだろう。全員満面の笑みだ。久瀬も弾けるような明るい笑顔を浮かべていて、その後の顚末を知っている重治は少しだけ胸が痛くなった。

久瀬の左隣には眼鏡をかけた大人しそうな男性と、短く髪を刈った日に焼けた男性が写って

いる。右隣にはキャップをかぶった髪の長い人物がいた。目元がキャップのつばで翳っている
が、この人物が久瀬の想い人だろうか。
　胸の奥にチリッとした痛みが走って眉を寄せる。そんな自分の反応に戸惑ってとっさに画面
から目を逸らしたが、妙な違和感を覚えて動きを止めた。
（あれ、今の人……）
　もう一度久瀬の持つ携帯電話に目を向け、久瀬の右隣に映る人物に目を凝らしたその瞬間、
ふっと画面の明かりが落ちた。それを機に久瀬も携帯電話をしまってしまう。
　一瞬覚えた違和感の正体がわからず首を傾げる重治をよそに、周囲はすっかり満足した顔で
「学生時代を思い出すなぁ」などと雑談に戻っている。
「授業中ってなぜか内職がはかどるんだよな」
「あるある。あれ、なんでだろう？　周りにいっぱい人がいるのに妙に集中できる」
「人の気配があるのがいいんじゃないかな。適度にざわざわしてていい」
「ていうか、寂しいんだよね」
　池に小石を投げ込むように、江口がテーブルの中央に向かって呟く。広がった波紋が池の縁
で跳ね返るように、テーブルの周りに集まっていた面々が瞬きをした。
「リモートワークとかで一人で作業してると、すっごく寂しくなることないか？　なんかこう、
なかなかエンジンかかんない感じ」

「あー、それはちょっとわかる」

誰かが同意すると、次々「ある」「あるな」という声が続いた。

「パソコン立ち上げて、ファイル開くまでにめっちゃ時間かかる。その気になれないっていうか。会社だとそんなことないいんだけど」

「ここに来ればみんな仕事してるから、自分もって気になれるんだけどね」

「俺、自宅で作業してると人の気配とか感じたくなってライブカメラとか見ちゃう。渋谷のスクランブル交差点とか、行ったことない土地の駅前のとか」

「だったら前に見つけたサイトお勧めだよ。海外のサイトだけど、喫茶店の環境音を完全再現してるやつ。人の声とか、食器の音とか、雨の音とか、自分で好きにミックスして調整できる」

それいいなぁ、と皆が身を乗り出すのを重治は遠巻きに眺める。営業という仕事柄、リモートワークとはあまり縁がなかったので今一つぴんと来ない。会社には毎日出社するのが基本だし、一日の半分は外に出ているので一人きりだと思うこともない。以前の会社では仕事を自宅に持ち帰ることもあったが、大抵は深夜の作業で、タイムリミットは明朝で、寂しいだのなんだの言っている余裕はなかった。

「そういえば、外回りをしてるとよく喫茶店で仕事をしてる人たちを見かけますが、もしかしてあれも?」

思いついて口にすると、そうそう、と周りから相槌を打たれた。

「喫茶店とか、わざわざコワーキングスペース行って仕事したりね」

「外回りをしている人たちが隙間時間を無駄にしないために作業してるのかと思ってました」

「もちろんそういう人たちもいるだろうけど、あのざわついた空間を求めてわざわざパソコン抱えて出向く人も多いと思うよ」

本来なら作業なんて一人でもできる。そちらの方が集中だってできる。でもときどき寂しくなる。人の気配を感じたい。

不思議な欲求だ。寂しすぎても集中できない。

「健康経営のために、社員の寂しさも払拭できるといいのかもしれませんね」

独り言のつもりで呟いたのだが、隣に座っていた久瀬の耳には届いたようだ。「なんだ？」と耳を寄せるようにこちらに体を傾けてくるのでどきりとする。

「いえ、あの、肩や腰の痛みが作業効率を低下させるように、寂しさとかそういうものも、何かしら作業効率に影響するのではないかと」

久瀬がつけている香水だか整髪料だかの香りがふわりと鼻先をくすぐり、動揺してうっかり声が高くなった。おかげで他の社員の耳にもしっかり重治の言葉は届いてしまったようで、その場の視線が自分に集まる。

重治の言葉に応じて「作業効率かぁ」と皆が顔を合わせる。

「確かに会社と自宅だと作業効率全然違うね」

「自宅の方が集中できるときもあるんだけど、長く続くと逆に仕事がはかどらなくなるんだよな。埃が積もるみたいに、寂しさってだんだん厚くなってくるのかな」

「誰かと通話しながら作業してもいいんだけど、別になんか喋りたいわけでもないしなぁ」

感じるのはささやかな他人の気配でいいのだ。喫茶店で隣り合った客のような、図書館ロビーの向こうで本をめくる他人のような。

（だったら――……）

胸を過った考えを口にしようとして、躊躇する。自分は技術的な知識がほぼない。場を活性化するために素人丸出しの発言をすることにためらいはないが、下手なことを言って周囲を混乱させるのは気が引ける。

大人しく口をつぐもうとしたら、テーブルの下で軽く足を蹴られた。

驚いて隣を向けば、久瀬の横顔が目に飛び込んできた。素知らぬ顔で重治の足を蹴った久瀬がちらりとこちらを見て、何かあるんじゃないのか、と視線で促してくる。

いつかと立場が逆転している。そのことに、微かな感動を覚えた。

初めてこのミーティングに参加したとき久瀬はひどく居心地が悪そうな顔で、発言するどころか周囲の人間の顔色を窺うことすらできていなかったというのに。

短期間で成長している。そう思ったら、胸の中に思いがけない気持ちがむくむくと膨らんできた。これまでは遠慮して発言を控えてきたが、自分もやってみよう、という前向きな気持ちだ。

　重治は背筋を伸ばし、一度は呑み込んだ言葉を思い切って口にした。

「周りに人がいて、自分と同じように何か作業をしていると集中しやすいんですよね？」

　誰にともなく問いかけると、一斉に首肯が返ってきた。

「人に見られてるって感じがいいのかも」

「お喋りとかは必要じゃなくて、むしろ全然知らない人同士で作業したい」

　だったら、と重治はその場にいる全員の顔を見回して言った。

「そういう環境を、アプリで作ることはできないんですか？」

　返ってきたのはきょとんとした視線だ。

「どういうこと？　社内チャット的な？」

「作業通話アプリみたいなのはもうあるよね」

「いえ、もう少し不特定多数の人が集まれるようなものです。通話だけでなく、環境音や映像を使って、そういう場所ごと作り出すというか……」

「オフィス全体を再現するようなものか？」

　しどろもどろになっていたら横から久瀬が助け舟を出してくれた。難しい顔をしていた江口も、「VR（バーチャル・リアリティ）空間ってこと？」と眉を開く。

「コワーキングスペースをＶＲで再現するとか？」

まだそれほど具体的なイメージがあったわけでもなく、ＶＲと言われてもとっさに反応できなかったのだが、他の社員たちにはピンとくるものがあったようだ。

「仮想空間にコワーキングスペース作ってた会社とかどっかになかったっけ？」

「それ絶対日本の企業じゃないだろ」

「参考にさせてもらって俺たちも作ってみたらいいじゃん」

「ＶＲゴーグルとか使ったらかなりいいのでは？」

「ゴーグルまでいるかぁ？」

「仕事場って空間をリアルに感じたいなら必須でしょ」

「いいじゃん、メタバースだ」

「平面でも悪くないと思うけど。窓からよそのオフィス覗いてるみたいで。どっちにしろ気分変わっていいな」

「メインになるのはあくまで作業場だよね。オフィスとかカフェみたいな。あと会議室？　そんなに広い空間を作る必要ないし、できないこともないかな」

「見知らぬ人たちとどっかのオフィスで仕事できるのいいな。集中できそう」

「フリーランスの人間なんかも集まってきそうだな。俺の知り合いのデザイナー、どうしても一人じゃ作業が進まないときは喫茶店とかファミレス梯子（はしご）して仕事するって言ってたし」

「あったあった、仮想空間にコワーキングスペース作ってる企業紹介してるサイト。やっぱ海外の企業だわ。アドレス送るから見てみて」

「これかぁ。アバター同士で誰にでも話しかけられるようになってるみたいだけど、パブリック言語は英語だって。日本人で使ってる奴ほぼいないだろ」

「これ日本人向けに改良したら結構使いたがる人多そうだな。まず俺が使いたい」

「フリーランスの人間同士で交流できたら仕事の幅も広がるんじゃない？」

「異業種交流も可能なんて売り込んでみたら反応あるかも」

あっという間に話が広がっていく。その速度に発案者の重治の方がついていけない。呆気にとられて目の前のやり取りを見ていたら、唐突に横から声をかけられた。

「議事録とってるか？」

久瀬の声で我に返る。飛び交う会話の量と熱気に圧倒され、気づけばすっかり手が止まっていた。慌てて議事録をとり始めたところで、再び久瀬に声をかけられる。

「この件、鳴沢が企画書をまとめてみたらどうだ？」

「……えっ？　私ですか？」

議事録をとるのに必死で、一瞬返答が遅れてしまった。

ぽかんとする重治を見て、久瀬はおかしそうに笑う。

「発案者はお前だろう？」

「でも、私は技術的な知識もありませんし……」

「前に提出してもらった企画書は特になんの不備もなかったぞ？」

尻込みしたが、久瀬だけでなく他の社員たちまで「鳴沢さんの企画書、俺たちが作るやつよりよっぽどちゃんとしてるよ」などと背中を押してくる。

「わかんないことがあったら訊いてくれれば俺たちいくらでも教えるし、鳴沢さん作ってよ」

江口が満面の笑みで言う。同調するように周囲から拍手が起こった。単にみんな企画書を作るのが苦手なだけでは、と思うが、ぜひと言われれば悪い気もしない。

何よりも、門外漢の自分の些細な思いつきが受け入れられ、こんなふうに大きく膨らんだことが嬉しかった。

「わかりました。お引き受けします」

なんだかんだと頼られれば突っぱねられない性格だ。謹んで拝命すれば拍手の音が大きくなった。見れば久瀬まで笑いながら一緒に手を叩いている。

拍手の隙間で、鳴沢、と名前を呼ばれた。拍手に声が掻き消されそうで身を乗り出せば、久瀬の顔に浮かんだ笑みが深くなる。

「期待してる」

ただの激励の言葉なのに、低い声はどうしてか甘く耳に響いて慌てて身を引いた。

普段の重治はこういうとき、こちらの不安や焦りを相手に気取らせぬよう「お任せください」なんて大見得を切るようにしている。営業の習い性だ。

けれど今はそんなことも頭に浮かばないくらい久瀬の笑みに意識を持っていかれ、消え入りそうな声で「はい」と答えることしかできなかった。

久瀬の顔をまっすぐ見返すことができない。頭の中で警報が鳴り響く。それを蹴散らすように、重治は久瀬を含めた社員たちに向かって深々と頭を下げた。

「よろしくご指導お願いいたします！」

腹の底から声を出したら少しだけ冷静になった。顔を上げ、久瀬に向かって「ご期待に添えるよう善処します」と言い添える。

余計なことは考えまい。とにかく任された仕事をまっとうしなければ。

今はすべて意識の外に追い出そう。こんなふうに久瀬の笑顔に目を奪われてしまう理由も、先ほどちらりと見た久瀬の写真に覚えた違和感も。

社員たちの拍手を一身に受け、重治は営業らしく泰然とした笑みを浮かべてみせた。


いざというときの、いざ。

その使いどころはどこだろう。

『だから、なんにもしてないのに消えたんだよ。ちょっと前まで画面にあった絵が消えちまって。すぐ来てくんないか？　気持ち悪いだろう、なんだかわからんままじゃ』

　窓から差し込む冬の日差しを頬で受け、重治は無茶な要求にも一秒と迷わず「かしこまりました」と返した。相手はリバースエッジに入社した当初、重治が最初に営業をかけた工場の社長だ。重治のかけた営業で初めてポケットヘルスナビの導入を決めてくれた相手でもある。

　電話をしながらどうにか今日のスケジュールを調整する。今すぐ会社を出れば十四時には千葉にある工場に着く。諸々溜まっているメールの返信は電車の中でやろう。そこからとんぼ返りすれば十六時からの約束にも十分間に合う。移動で時間をロスするのは痛いが仕方ない。

　電話を切って大きく息を吐くと、傍らを通りかかった長谷川に「大きい溜息ですねぇ」と苦笑されてしまった。

「何かトラブルですか？」

「千葉の工場からサポート依頼がありまして。ホーム画面からアプリのアイコンが消えたので至急確認に来てほしいと」

「あはは、なんですかそれ」

　笑いながらその場を通り過ぎようとしていた長谷川が足を止め、真顔でこちらを振り返った。

「まさか本当にそんな用件で千葉まで行くんですか？」

「一応電話口でも説明したのですが、わからんの一点張りだったので行ってきます」

「いや、だって、アイコン消えただけですよね？　間違ってアンインストールしてたとしても再インストールしてもらえば……」

「これまでスマートフォンを持ったことがなかった方なんです。ポケットヘルスナビの導入と同時にスマートフォンデビューしたそうで。御年八十歳です」

長谷川は絶句した後「凄いところに営業かけたんですね」と小声で呟く。

「社員に若い人、いないんですか……？」

「五人で回してる工場ですから。一番若い方でも六十歳をとっくに過ぎてます」

なんにせよ、工場長直々のご指名だ。他の工場を紹介してもらった義理もある。行かないという選択肢はない。

「鳴沢さん、最近すごく忙しそうですけど大丈夫ですか？　ただでさえ鳴沢さんには企画書もお任せしちゃってるのに」

デスクの上のものを慌ただしく片づけていた手が止まる。みぞおちの辺りがずっしりと重くなったが、それを面に出すことなく重治は微笑んだ。

「アプリ開発に関する企画書なんて初めてなので手こずってはいますが、まあ、どうにか」

「悩んでることとかあったら言ってくださいね」

「ええ。いざというときはよろしくお願いします」

長谷川は「もちろんです」と笑顔で頷いて席に戻っていく。その後ろ姿を見送って、視線をフロアの奥へと滑らせた。

久瀬の席は無人だ。今日は終日外出の予定らしい。

メタバース内のコワーキングオフィス。その企画書をまとめるよう久瀬に命じられてから、すでに二週間が経過していた。正直言って進捗ははかばかしくない。

医療器具という目に見えて手触りのあるものを長年扱ってきた重治にとって、アプリというのはなかなか摑みどころのない代物だ。

企画書を作ったりプレゼンを行ったりということは当然前の会社でもこなしてきたが、健康機器とアプリなんて勝手が違いすぎて過去の知識はあまり流用できそうにない。メタバースというものも曖昧で、短期間であれこれ知識を詰め込んだものの他人に説明できるところまでは到底辿りつけていないのが実情だ。

加えてこの会社に転職してから二ヶ月近くが経ち、入社間もない頃に無茶苦茶をやったつけが回ってきた。

入社当初、飛び込みはもちろん昔の人脈も頼り手当たり次第に声をかけ、どうにかこうにか契約をもぎ取ってきたはいいが、今度はそのアフターフォローに奔走しなければならない。

御年八十の工場長にアプリを売り込んだ自分の手腕はなかなかのものだと思うが、導入後にこれほど手がかかるとは予測できていなかった。通常業務が増えたおかげで企画書の作成にまで手が回らない。

空っぽの久瀬の席を眺め、情けない、と押し殺した溜息をつく。せっかく久瀬に期待していると言ってもらえたのに。

反省もそこそこに、時間に追い立てられるように会社を出て電車に乗り込む。

朝のラッシュが落ち着いた車内の吊革に摑まり、車窓を流れる冬の景色をぼんやり眺めた。

素人が自力で新しい知識を学ぶのは効率が悪い。その道のプロである長谷川や江口にあれこれ尋ねれば、今自分が抱えている疑問は早々に解決するだろう。

それくらいは想像がつくのだが、実行に移そうとすると二の足を踏んでしまう。

（まだ自分でできることがあるんじゃないか？）

相手に何かを尋ねるということは、相手の時間を奪うということだ。その前に、せめてもう少し基礎知識を身につけておいた方がいいのではないか。基本的な質問ばかりしては相手の時間を無駄にさせてしまう。

企画書自体は作り慣れているのだし、もう少し勉強をすればそれなりに形になるかもしれない。どれほどお粗末な出来でも、完成品があるのとないのとではその後の話し合いの密度が違う。他の社員に助言を仰ぐのはその後にすべきだ。

（でももう、二週間も経つのに何も進んでないぞ……）

線路沿いに立つビルの窓が冬の日差しを跳ね返し、眩しさに目を眇めた。ここのところ睡眠時間を削って仕事をしているせいか、何もしていなくても目の奥が痛い。

両手で吊革に摑まって深く俯く。瞼を閉じると、目の奥に居座る痛みがわずかに引いた。

瞼の裏の闇の中で過去を反芻する。昔から、他人を頼ることが苦手だった。煩わしがられるイメージしか湧かない。

助けを求めたら「そんなこともできないのか」と相手から手を放されてしまう気がする。煩わしいと思われたら最後、この場から排除されてしまうのではないかという不安が拭えない。

職場で、学校で、家で、常にそのイメージはつきまとう。

自分がここにいられるのは、自力でなんでも処理できるからだ。ときには困っている人を助け、周囲の役に立つことができているからだ。

いつの間にか、困っていても自分で解決する癖がついた。周りに助けを求められない。

(でも、いざとなったらさすがに……)

俯いたままうっすらと目を開く。革靴の爪先が少し汚れていて、週末に靴の手入れをしていなかったことに気づく。

いろいろと手が回っていない。自力で粘るのはもう限界なのかもしれない。もしかすると今がその、いざというときなのだろうか。

(……いや、まだ大丈夫だ)

再び目を閉じ、体力の回復に努めるべく深く息を吐いた。

まだ他人を頼る段階ではない。いざというときは今ではない――気がする。

そのときを迎えたら、自然とわかるものなのだろうか。吊革に縋りつくようにしてなんとか立っている状態で、重治はぼんやりとそんなことを思った。

起業間もないＩＴ企業なんて朝も昼もなく若い社員が馬車馬のように働いて、残業も休日出勤も当たり前に行われているのだろうと思っていたが違った。少なくともリバースエッジの社員たちは休日出勤をしないし、残業もあまりしていない。

人件費は馬鹿にならない。就業時間内に作業を終わらせるのは社員として優秀な証拠だ。

だからきっと、社内で一番不出来なのは自分ということなのだろう。

（そもそも若者ばっかりのこんな会社に、俺みたいなオッサンがいること自体不思議なんだもんな……）

誰もいない深夜のオフィスで交通費の精算などしながら深い溜息をつく。

予想外に千葉の工場長のもとへ向かうことになったので今日はいろいろと予定が狂った。千葉から帰ってくる電車が遅延してその後の打ち合わせに遅れかけたときは冷や汗をかいたものだ。

昼食どころか夕食すらとり逃し、会社に戻ったのは二十一時。社内に残っていた社員たちもすでに帰って、二十三時を過ぎたオフィスには重治の姿しかない。

パソコンで作業をしていたはずなのに、画面の余白を見詰めたままぼんやりしている自分に気づいて我に返る。溜まっていた事務処理を片づけてから帰ろうと思っていたのに、一向に作業が進まない。ここのところ続いている睡眠不足で頭が回っていない証拠だ。

こんな状況で時給をもらうなんて申し訳ないと、だいぶ前に打刻は済ませている。いわゆるサービス残業だが、前の会社では珍しくなかった。

仕事が遅れているのは自分の要領が悪いせいだ。そう思えばサービス残業も持ち帰り業務も休日出勤も納得できた。苦にならなかったと言えば嘘になるが、それを耐えるだけの胆力が自分にはある。それは重治の、ほとんど唯一と言っていい自慢だ。

かすみがちな目をこすって仕事をしていたそのとき、ポーン、とエレベーターが到着する音が廊下の向こうから響いてきた。普段なら他の社員たちの立てる音や気配に紛れて聞こえないそれも、深夜の今はやけにはっきりと耳を打った。

誰かが忘れ物でもしたのだろうか。緩慢に顔を上げたところでオフィスの扉が開く。その向こうから現れたのは、朝からずっと外回りをしていたはずの久瀬だった。

片手にビジネスバッグを持った久瀬は、スーツの上に黒のチェスターコートを着て、ネクタイも首元で固く締めたままだ。もう遅い時間だというのに少しも服を着崩していない。

対する自分は、どうせもう会社には自分しか残っていないからとネクタイを緩め、ジャケットも脱いで椅子の背に引っ掛けてすっかり服が乱れている。

美しい光沢を放つ久瀬のコートを見て、十一月も終わるというのに自分はまだコートすら出していないな、などとぼんやり思っていたら、低い声が耳を打った。

「ただいま」

そこでようやく重治は久瀬の表情に目を向ける。

久瀬は眉を寄せ、唇を引き結んで、怒ったような顔でこちらを見ていた。

いつもなら誰かが帰社したら真っ先に自分から声をかけるのに、それすら失念していたことに気づいて「お疲れ様です」と返す。我ながら寝ぼけたような覇気のない声だ。

久瀬はコートの裾を翻し、まっすぐ重治の方に歩いてくる。なんだなんだと思っていたら、重治が座っているデスクに、ドンと久瀬のバッグが置かれた。

「もう、ここには誰もいないと思ってたんだが」

先ほどの第一声よりさらに低い声で久瀬は言う。

地を這うようなこの声も、鋭利な無表情にも見覚えがあった。初めて久瀬と会った日、面接室で見た顔だ。社長らしく振る舞うために周囲を威嚇するのはもうやめたのではなかったか。自分相手にそんな顔をする理由もよくわからない。

「二時間も前に打刻して、退勤したはずのお前がどうしてここにいる？」

押し殺した声で尋ねられ、ぼんやりと久瀬を見上げていた重治の目がみるみるうちに焦点を取り戻した。

久瀬は怒った顔を作っているのではない。本気で怒っているのだ。

気づいた瞬間サッと血の気が引いた。目の前に立っている相手の感情すら正確に読み取れないなんて本気で頭が回っていない。

立ち上がろうとしたが、膝がぶつかるほど近くに久瀬が立っているので椅子が動かせない。仕方なく座ったまま「申し訳ありません」と絞り出すような声で言った。

「もう、帰るつもりだったのですが、途中でやり残しに気づいて……」

「だったら今からでも残業申請をしろ」

「いえ、そんなわけには」

「そんなわけにはいかないのはこっちだ。サービス残業なんてさせられるか。俺は自分の会社をブラック企業にするつもりはない」

きっぱりと言い切って、久瀬は冷え冷えとした目で重治を睨みつけた。

「自分の会社で何を売っているかわかってるか？　社員の健康を管理するアプリだぞ。お前が体調でも崩して倒れたら、会社全体にチェックを入れざるを得ない。それで健康経営優良法人を取り下げられでもしてみろ。どう責任をとるつもりだ？」

重治はヒュッと喉を鳴らす。

久瀬の言う通りだ。客に対して飽きるほど健康経営という言葉を繰り返してきたくせに、自分が健康を度外視した働き方をしてどうする。

勤め先が変わって、仕事の内容も環境も変わっていたのに、自分の考え方だけ変わっていなかったことを突きつけられる。

自分の不用意な行動のせいで会社全体に累が及ぶかもしれない。そんなことにすら思い至れなかった己の視野の狭さに愕然とした。

「も……申し訳――……」

謝罪の言葉は、久瀬の深い溜息で遮られる。

苦々しげな表情を直視できず、視線が下を向いた。

せっかく久瀬に期待していると言ってもらえたのに。その想いに応えようと必死になった結果がこれか。

さぞ落胆されたことだろう。心が折れそうだったが、ここで言葉を呑み込むわけにはいかない。もう一度謝罪を、と懸命に顔を上げたら、俯いていた一瞬の間に久瀬の顔つきが変化していた。

冷たい表情は掻き消え、眉を下げた心配そうな顔がこちらを見ていた。急激な変化についていけずその顔を見上げることしかできずにいたら、肩にそっと久瀬の手が置かれた。

「こうでも言わないと、お前は反省しないだろう。根っからの社畜め」

ワイシャツ越しに久瀬の掌の温度がしみ込んでくる。熱いくらいのそれに、自分の体が冷えきっていたことに気づいた。肩から伝わる体温が心地よくて動けない。

「あの、健康経営……大丈夫ですか」

自分のせいで、と続けようとしたら、強い力で肩を摑まれた。

「問題ない。そういう可能性もあることだけ頭に留めておいてくれ。そんなものより今はお前の体が心配だと言ってるんだ」

反省しろ、と続けられ、またしても俯いてしまった。

久瀬の手が触れているのは肩なのに、どうしてか胸の辺りが温かい。温泉のようにひたひたと水位を上げてきた熱が喉の奥から溢れそうになって、重治は俯いたまままきつく唇を噛みしめた。


ろくな受け答えもできなくなってしまった重治に帰る準備をするよう促した久瀬は、重治がカバンを持つなりその腕を摑んで言葉少なに会社を出た。

久瀬に引っ張られるままやって来たのは、会社近くにある二十四時間営業のうどん屋だ。

自動扉が開いた瞬間、温かな出汁の香りが噴き出してきて、ぐぅ、と腹が鳴った。

前を歩いていた久瀬にも聞こえたらしく、振り返って小さく笑われる。

「今日は昼も夜も食べてないんだろ。とりあえず何か腹に入れておけ」

「……どうしてそれを」

掠れた声で尋ねると、食券機の前で立ち止まった久瀬に呆れ顔を向けられた。

「自分の会社で作ってるアプリの内容を忘れたのか？」

一拍置いてから、ああ、と気の抜けた声を上げる。本当に全く頭が回っていない。

「で、何を食べるんだ？」

「……素うどんを」

「玉子とじにしておけ」

久瀬は勝手に玉子とじうどんときつねうどんの食券を購入して店員に渡してしまう。

店内は狭く、カウンター席が五つと二人掛けのテーブル席が二つしかない。久瀬は店の奥のテーブルに重治を座らせると、セルフの水まで持ってきてくれた。

「……もしかして、ここのところ私のログをチェックしてましたか？」

向かいの席に座った久瀬に力ない声で尋ねると、重々しく頷き返された。

「睡眠時間が三時間を切ってる上に食事もろくにとってない。それでいて運動量は増えてるんだから何事だと思うだろう。外回りを増やしたんだか客に呼びつけられてるんだか知らないが、とにかく動き回りすぎだ。よほど残業が増えているのかと思えば退勤時間はこれまでと変わらない。何かきな臭いと思って念のため会社を見に来てみたらこれだ。まさかここのところずっと打刻後も仕事をしていたんじゃないだろうな？」

「いえ、打刻後もこんなに遅くまで残っていたのは今日ぐらいで、いつもは帰ってから……」

「仕事を家に持ち帰ってたってことか？　それだって残業だろうが」

弁解するほど墓穴が深くなりそうで、「申し訳ありません」と頭を下げた。睡眠時間はスマートウォッチで勝手に記録されるのでごまかせないのは仕方ないとして、食事が疎かになっていることまで馬鹿正直にアプリに入力していた自分の迂闊さに項垂れる。

「俺が宮田の睡眠時間をチェックしてることは知ってただろう。こうなる予想がつかなかったのか？」

水を飲みながら、呆れるというよりは不思議そうな口調で久瀬に尋ねられ、はあ、と力ない返事をした。

「他の皆さんがチェックされるのはともかく、私までチェックされているとは思わず……」

「なんでそうなる。見るなら全社員のデータに目を通すに決まってるだろう」

「そうなんですが、そうだとしても……」

自分が心配されるとは思わなくて、と口にしかけて、直前で呑み込んだ。

タイミングよくうどんが運ばれてきて、互いに割りばしに手を伸ばす。

京風のスープは透き通って、ふんわりとした玉子が麺を覆っている。ふわっと下から噴き上がってきた出汁の匂いに喉が鳴った。

いただきます、と両手を合わせて麺をすすった。薄口のスープはしっかりと出汁が効いている。玉子とじにしてもらって正解だった。数百円のうどんだけれど、少し贅沢な気分になる。

それに温かいものを食べるのも久々だ。ここのところずっと食事の時間を惜しみ、片手間にコンビニのおにぎりやパンを口に押し込んでばかりだった。

「美味いな」

向かいできつねうどんをすすっていた久瀬が意外そうな声を上げる。

「……もしかして、初めて食べるんですか？」

「ああ、気になってたんだがなかなか店に入る機会がなかった。昼時はいつも混んでるし」

「安さが売りのお店ですから」

何を頼んでも大抵ワンコインで釣りがくる。身につけているものや立ち居振る舞いから品の良さがにじみ出てしまう久瀬には少し不似合いな店だ。周りの客は自分のようなくたびれたサラリーマンばかりで、久瀬のように仕立てのいいコートを着た人間は少し浮いて見えた。

たっぷりと汁を吸った揚げに歯を立て、片方の頬を膨らませながら久瀬は言う。

「最近まともに食べていないようだったし、夜も遅いから胃腸に負担がかからないうどんにしたんだが、もう少しがっつりしたものの方がよかったか？」

そんなことを考えて、普段は足を向けない店に連れてきてくれたのか。

「いえ、具合が悪いわけではありませんので……」

「自覚してないだけじゃないか？　顔色悪いぞ。よく嚙んで食べろよ」

はい、と小さな声で返事をしてうどんをすする。

柔らかな麺を黙々と咀嚼（そしゃく）していたら、胸の辺りで何かが膨らんだ。うどんから立ち昇る湯気のような、温かくて優しい匂いのするものが胸の辺りに溜まっていく。

息が詰まりそうになって、無理やりうどんを飲み込んだ。

こちらの体調に気を配ってくれる人がいる。それだけでも驚いたのに、こうして温かい食事を食べられる場所に連れてきてくれて、食事につき合ってくれた。そのことに、自分でもうろたえるくらい心が波打ってしまった。胸の内側に溜まった感情がゆらゆらと揺れ、縁から溢れそうになる。

泣きそうになっていることに気づいて慌ててうどんをすすった。こんな些細な優しさ一つで、もう三十も超えたいい大人が。情けないにも程がある。

「慌てて食べるな。むせるぞ」

言われた端からむせてしまい、「ほらみろ」と久瀬に笑われる。

むせながら目元を拭った。湯気の向こうに見える久瀬の笑顔がぼやけて見える。

これまで何度も目を奪われてきた鮮烈な表情とは違う、実にくつろいだ表情なのに、どうしてか眩しくて直視できない。

体に熱が戻ってくるのを感じながら、重治はゆっくりとうどんをすすった。

二十四時間営業のうどん屋は入れ替わりが早い。特に今日は金曜だからか、飲んだ帰りと思しき客もぞろぞろやってくる。食べ終わったらすぐに席を空けるのが店内の暗黙の了解になっていて、重治たちも器を空にするなり席を立った。

外に出た途端、冷たい風に頬を打たれて首を竦める。けれど温かいものを食べたおかげで腹

の底までポカポカと温かい。そして激烈に眠い。

「大丈夫か？　足元ふらついてるぞ」

隣を歩く久瀬に声をかけられ、大丈夫です、と返した声もひどく眠たげだ。

久瀬は片方の眉を上げると、物も言わず足を速めた。大通りに出るなり大きく手を上げて通りかかったタクシーを止める。

自分は電車なのでここでお別れだ。うどんをご馳走(ちそう)してもらったのでせめてその礼を言おうと口を開きかけたら、先にタクシーに乗り込んだ久瀬に腕を取られた。

「お前も乗れ」

「……えっ、でも」

「早くしろ。ついでだ」

何がついでなのかよくわからなかったが、強引に腕を引かれて半ば無理やり車内に引っ張り込まれた。

「鳴沢の家はどこだ」

「たぶん社長の家とは全く逆方向ですよ」

「いいから言え。もう乗り込んだんだ」

すでに後部座席のドアは閉まって、狭い空間で久瀬と運転手が重治の返答を待っている。沈黙に耐えきれず、重治は自宅の住所を運転手に伝えた。

すぐに車が動き出した。エアコンのついたタクシー内は暖かく、小さな揺れに眠気を誘われる。瞼が重い。隣には久瀬がいるのに。まだ食事の礼すら言っていない。それから企画書の作成がほとんど進んでいないことも、いい加減報告すべきだ。

言わないと。早く。でも体が泥のように重い。閉じた瞼を開けることすら億劫だ。

もう少しだけ、この暖かくて心地のいい空間に身を委ねてから、それからにしよう。次の信号で車が止まったら、そのとき口を開けばいい。

そんなことを考えていたら車が減速して、体が大きく傾いだ。

信号か。名残惜しい気分で目を開けたら、それまで口を閉ざしていた久瀬の声がした。

「着いたぞ」

何が、と頭の中で返して顔を上げる。直前までビルの立ち並ぶ明るい街中にいたはずなのに、やけに車の外が暗かった。不思議に思って辺りを見回し、隣に座る久瀬に目を向ける。

ドアの窓に肘をついてこちらを見ていた久瀬が、口元に微かな笑みを浮かべた。

「よく寝てたな」

「え、寝て……？」

重治は視線をさ迷わせ、久瀬の背後の窓から見えるアパートに気づいて目を見開いた。ここはもう、自宅の前だ。

驚いて腕時計を確認する。タクシーに乗り込んでからすでに三十分以上が過ぎていた。体感は一分程度だったのに。どれほど深く熟睡していたのだろう。

「すみません、すっかり寝込んでしまって……」

「それだけ疲れてたんだろう。これからはあまり根を詰めないようにな」

はい、と溜息交じりに呟いて、片手で顔を拭う。何か久瀬に言わなければいけないことがたくさんあったはずなのに、寝起きでぼんやりしているせいかすぐには出てこない。

「すみません、わざわざこんなところまで……。あの、よろしければ、うちでお茶でもお出ししましょうか……？」

お礼に、と続けようとして唇が固まる。喋っているうちにようやくはっきり覚醒した。

久瀬はこれからまた長い時間をかけて自分の家に帰るだろうに、引き留めるような真似をしてどうする。しかも時刻はそろそろ日付が変わろうかという深夜だ。常識外れにもほどがある。もっと言うなら、安アパートでインスタントのコーヒーを出すことが礼になるか疑問だ。タクシー代どころかうどんの代金すら相殺できない。

やっと現実的なことに頭が回り出して、慌てて前言を撤回しようとしたら久瀬が勢いよく身を乗り出してきた。

「いいのか？」

「え？　イ、インスタントコーヒーしか用意がありませんが」

「十分だ。先に降りてくれ」

「あ、タクシー代」

「いらん。早く降りろ」

タイミングを見計らったかのように運転手が後部座席のドアを開けた。あっという間に支払いを済ませた久瀬にぐいぐいと押し出され、二人揃ってタクシーを降りる。

走り去るタクシーを見送れば、夜道には重治と久瀬の二人しかいなくなる。深夜なので人通りはなく、どの家も静まり返って、吹く風はどこまでも冷たい。

真夜中の寒風に晒され、今度こそ完全に目が覚めた。

チェスターコートを着た久瀬の背後には住み慣れた自宅アパートがある。大学を卒業してからずっと住み続けている築二十五年の古くて狭いアパートに雇い主を招き入れるのか。どういう状況だ、と真顔で考え込んでしまった。

しかしもうタクシーは行ってしまった。寝ぼけていたとはいえ誘ったのは自分だ。できる限りのもてなしをしようと、「こちらです」と久瀬を先導してアパートの外階段を上がった。

二階の角部屋の鍵を開け、中に久瀬を招き入れる。

「ここのところ余裕のない生活をしていたもので若干荒れていますが……」

「気にするな。覚悟の上だ」

覚悟しているのか。妙な腹のくくり方をしている久瀬がおかしくて小さく笑ってしまった。

玄関の電気をつけ、先に靴を脱いで廊下を進む。右手にキッチン、左手に風呂とトイレの入り口が並ぶ廊下を抜けた先には八畳の部屋が一つ。よくあるタイプの１Ｋだ。

「なんだ。食事も睡眠もろくにとれていないくせに、部屋は思ったより荒れてないな」

奥の部屋に入った久瀬は拍子抜けしたような顔で言う。

ローテーブルとベッドくらいしか物がない室内を重治もざっと点検する。とりあえずカーテンレールに引っ掛けたままにしていたピンチハンガーと、そこにぶら下がる洗濯物は見苦しいので移動した。

しかし一番荒れているのはローテーブルの上だ。ここ数日で買いあさった本が積み上げられて雪崩を起こしそうになっている。その隙間に年季の入ったノートパソコンが置かれ、とてもではないがコーヒーを置ける場所がない。

とりあえず久瀬をローテーブルの前に座らせ、テーブルの上の物を床に下ろす。本は邪魔にならないよう、壁際に積み上げられた本のそばに寄せておいた。本棚を買う機会を逃し続けて長年床に直置き（じかお）きされたままの本は、ほとんどが前の会社で必要に駆られて買った専門書だ。

重治がせっせと本をどける間、久瀬は興味深げに室内を見回して呟いた。

「筋トレが趣味と聞いてたが、ダンベルのようなものはないんだな」

「わざわざ器具を買わなくても二リットルのペットボトルがあれば事足りますから」

「合理的だな。なんだ、物も少ないし言うほど散らかってないじゃないか」

「最近は寝に帰るだけでしたからゴミはあまり。でもここのところまともに掃除機はかけられていませんので、その辺りはご容赦ください」

「気にしない。そこまで神経質でもない」

久瀬は本当に気にした様子もなくコートを脱ぎ、ラグを敷いた床に直接腰を下ろした。脱いだコートを預かろうとしたが、「気にするな」と傍らに置いて足を伸ばす。

「とりあえず、コーヒーを淹れますね」

言い置いて台所へ向かう。と言っても小さな部屋だ。電気ケトルに水を張る間も、隣の部屋にいる久瀬の姿がちらちらと視界に入る。

「メタバースの勉強をしてるのか」

床に積み上げられた本の背表紙を眺めながら久瀬が言う。ええ、と返事をしつつ、本の背表紙が見えないようにしておけばよかったと後悔した。メタバース関連の本だけでなく、基本的なIT用語をまとめた本なども紛れていたはずだ。自分がどんな本を買い、何を学ぼうとしてきたのかばれてしまうのは、干しっぱなしの洗濯物を見られるよりもよほど気恥ずかしかった。

「わからないことがあるなら江口たちに訊いた方がいいぞ。俺でもよければ相談に乗る」

「ありがとうございます。いざとなったらお願いします」

キッチンの棚から普段使っていないマグカップを取り出しながら答えると、隣室から澄んだ声が飛んできた。

「いざっていつだ?」

ちょうど半日前、自分も同じようなことを考えていただけに手が止まった。

「そう身構えずに気楽に訊いてくれていいんだぞ？」

久瀬の声にこちらを非難するような響きはない。責められているわけではなさそうだと判断して、再び手を動かした。

「だとしても、最低限の知識は頭に入れてからの方が効率はいいかと。皆さんもお忙しそうですし、邪魔をしたくないので」

「お前を邪魔扱いする奴が社内にいるとは思えないが？」

「さすが社長、私にまでリップサービスをしてくださるんですね」

冗談のつもりで返したが「リップサービスじゃない」と思いがけず真剣な声で返された。

「クレーム処理やらカスタマーサポートを買って出てくれるお前に、うちの連中がどれだけ感謝してるかわかってないのか？　特に長谷川が泣いて喜んでたぞ。これまでは誰もやりたがらないから結局あいつが引き受けて、いつも胃が痛かったらしい」

「そんなに大したことでもありませんよ。クレーム処理なんて慣れっこですから」

「江口の資料の誤字脱字チェックまでやってるらしいな？」

「それも前の会社で部下の資料の最終確認をよくやっていたので」

「宮田のメンタルケアも？」

「メンタル……？　お客様とのやりとりが上手くいかないと悩んでいたので少し相談に乗った

りはしましたが……」

「客に送るメールの代筆までしたって聞いてるぞ」

「あまりに困っているようだったので一般的なひな形を作って差し上げただけですよ。どれも大したことじゃありません。雑用みたいなものです」

喋っているうちに電気ケトルの中でお湯がぼこぼこと音を立て始めた。

「だとしても、施しを受けた人間は感謝してるぞ」

「施しだなんて大げさな……」

「俺も感謝してる。昔の話を聞いてもらっただけで、随分気が楽になった」

笑い飛ばすつもりが、久瀬が真剣な声で言うので笑いを引っ込めざるを得なくなった。

「社長らしさがわからなくて後ろに引っ込んでばかりの俺を『貴方(あなた)が出てこなくてどうするんです』なんて前に押し出してもらったこともあるしな」

からかうような笑みを向けられ、今更ながら口幅ったいことを言ってしまったものだと気恥ずかしくなった。

「その節はとんだ失礼を……」

「失礼じゃない。感謝してるって言ってるだろう。わざわざコンビニで酒まで買って話を聞いてくれたこともあったな。あれ自腹か？　レシートが残ってるなら経費請求していいぞ」

「しませんよ。私が勝手にやってるんですから」

それだ、といきなり久瀬に指を突きつけられた。

「お前は勝手に周りの仕事に首を突っ込み過ぎだ。ひとつひとつは小さなことでも積もればかなりの負荷になるだろう。今だって、自分の仕事の他に他の奴らの仕事を引き受けすぎてないか？　それに加えて企画書も作ろうなんて、睡眠時間が確保できなくなるのも当然だ」

反論しようと口を開いたものの、現在抱えている仕事の半分は誰かの手伝いだ。言い返せず、ぐっと口をつぐむ。

電気ケトルのスイッチが上がって、ぼこぼこと沸騰していた湯が静かになる。沈黙がいたたまれず、久瀬の視線から逃げるようにキッチンに顔を向けた。

「他人に尽くし過ぎじゃないか？」

コーヒーを淹れる間も隣の部屋から久瀬の声が飛んでくる。

自覚はあったが、他人から指摘されたのは初めてだ。我ながら馬鹿げたことをしていると思うときがあるだけに苦い笑みが漏れた。

「そういう性分なもので」

「あまり尽くされると妙な気分になるんだが？」

マグカップに目分量でコーヒーの粉を入れていた手を止めて隣室に目を向ける。妙な気分とはどういう意味だろう。何か裏があるとでも思われているのか。

しかし久瀬はキッチンとは反対側にある窓に顔を向けていて、その表情がわからない。言葉だけでは久瀬の真意を摑み切れず、迷いながら口を開いた。

「普段から、あまり深く考えずにやっていることなので」

「誰に対しても？」

「そうですね。前の会社でもずっとこんな感じでした。他人のために自分の時間を使ってしまうし、営業成績も他人に譲ったりしていました」

「そんなことまでしてたのか？」と久瀬が声を鋭くする。ようやくこちらを振り返ったその顔には非難の表情が浮かんでいて戸惑った。自分の行動を感謝されることこそあれ、咎められるのは初めてだ。

「困っている人を見ると放っておけないのは、もう習い性に近いんです。昔からそんなことばかりしていましたから」

「そういう性質ということか？　子供の頃から？」

「いえ、昔はこれほどでは――」

言いかけて口をつぐむ。幼少期の思い出話など雇い主に話す内容ではない。語尾を濁してケトルを持ち上げ、カップに湯を注いで顔を上げる。

隣の部屋では、久瀬がテーブルに肘をついてこちらを見ていた。重治の言葉の続きを待って、大人しく口をつぐんでいる。

このまま話を切り上げてしまうつもりだった重治は動揺する。社員の身の上話に興味などあるのかと訝しく思ったが、久瀬の表情から判断する限り、義理で耳を傾けているわけではなさそうだ。こちらを見る眼差しにも期待がこもっていて、観念して隣の部屋に向かった。

「小学二年生のとき、母を病気で亡くしまして」

久瀬の前にカップを置いた重治は、そのはす向かいに腰を下ろす。神妙な顔で背筋を伸ばした久瀬を見て、そうかしこまらなくても、と苦笑して、できるだけ軽い口調で続けた。

「翌年、父は再婚しました。父の会社の部下で、母が亡くなった後もたびたび家に来て家事を手伝ってくれていた人です。その次の年には弟が生まれて、二年後には下の弟もできました」

「五人家族か。一気に賑やかになったな」

そうですね、と力なく笑う。年の離れた弟はとかく手がかかって、静かに過ごせる時間などほとんどなかった。義母はいつも弟の世話に追われ、父は仕事でなかなか帰ってこず、家の中はいつも荒れ放題だ。

たまりにたまった義母の苛立ちは、いつも年長者の自分に向けられた。

「気がついたら、私はいつも少し離れた所から家族を眺めるようになっていました」

そばにいると義母の神経を逆なでしてしまうことが多いので、少し距離を置くようにしていたのが悪かったのかもしれない。二人目の弟が生まれたあたりから、ほとんど義母から声をかけられることがなくなった。下手をすれば目も合わない。

喋りながら、重治はコーヒーを一口すする。目分量で作ったせいか思ったよりも濃くなってしまった。そういえばミルクも砂糖も出していない。そのことを詫びるつもりで目を上げた重治は、険しい表情でこちらを見る久瀬に気づいてぎくりとした。
「お前、それはまさか……」
「え……？　あ！　いや、虐待とかじゃないですよ。家のことは全部義母がやってくれていま
したし、必要なものも不足なく買いそろえてもらってました。暴力の類も振るわれてません」
久瀬の懸念に気づいて慌てて否定すると、わかりやすく久瀬の眉間から力が抜けた。
「ただ、なんとなく、家の中で私の存在だけ空気みたいだっただけです。目を向けられないし、
触れられることもないというか。義母にとって私は他人の子供でしかないわけですし、あまり
親しみを持つことができなかったんじゃないでしょうか」
そして義母の放つそうした雰囲気を、弟たちも敏感に察知し、追従した。家にいても、弟た
ちは二人で遊んでばかりで重治に声をかけてくることがない。
「今ならばそうなるのも当然だと思います。上の弟とさえ十も年が離れてましたし、一緒に遊
べるような年ではありませんでしたから。義母だって、一人である程度身の回りのことができ
る私に構っている余裕なんてなかったんでしょう」
「でも寂しかっただろう」
単刀直入に切り込まれ、声を詰まらせてしまった。
あの状況ならば仕方がない、寂しがるようなことではないと、そんな言葉で心を塗り固めて

守ってきたのに、予想外の速さで飛んできた率直な言葉にあっさり胸の深いところを衝かれてしまった。

「当時は……そうですね、少し」

昔の話だ、と笑い飛ばそうとしたのに、しんみりとした声が出てしまった。いい年をして情けないと思ったが、久瀬は笑いもせず静かに頷く。余計な茶々も入れない。重治が淹れた濃いコーヒーを文句も言わずに飲んで、続く言葉を待っている。

部屋の中は静かで、温かなコーヒーの香りで満ちていて、胸の奥の強張っていた場所がほどけていくようだと思った。普段なら口にしない言葉がついこぼれてしまう。

「父はいつも仕事で家にいなくて、義母と弟たちからはほとんどいないもののように扱われて、子供心にだんだん不安になってきたんです。自分はここにいてもいいんだろうか、と」

この家はすでに父と義母、弟二人で完結している。母の異なる自分だけが異物だ。

どうにか家族の輪の中に入れてもらおうと考えた重治は、率先して家事や弟たちの面倒を手伝うようになった。

誰に頼まれたわけでもなく、台所に溜まっている食器を洗い、干しっぱなしの洗濯物を取り入れ、風呂とトイレの掃除をした。風呂から上がった弟たちがびしょ濡れで室内を駆け回っていれば追いかけてタオルで拭いてやったし、義母が頭痛を訴えてソファーで横になっているときは弟たちの手を引いて公園に連れ出したりもした。

そうしていれば、いつか家族の輪の中に入れてもらえるのではないかと期待した。弟たちは相変わらず自分に懐かず、義母からも一度として「ありがとう」などと言われたことはなかったが、こちらも下心があっての行動なので憤ることすらできなかった。

「父親はその状況に気づいてなかったのか？」

「気づいていたとは思いますよ。でも父も仕事がありましたから、家の中のことは義母に任せるしかなかったんでしょう。前妻の子である私を義母が扱いかねているのも理解できたでしょうし、義母に対して何か咎めるようなことを言ったことはありませんでしたね」

久瀬は無言でコーヒーをすすると、露骨に顔をしかめた。いろいろと言いたいことを呑み込んで、全部苦いコーヒーのせいにしたような表情だ。それぞれの家庭には当事者にしかわからない事情があって、部外者が口を挟むのは出過ぎた真似だと思っているのかもしれない。

「でも、さすがに父も見かねたんでしょう。他の家族がいないところで父に耳打ちされたことがあります。『お前は我慢ができて偉いな』って」

まだ小学生だった重治に、その言葉は大きな支えになった。

本当は寂しい、家の手伝いなんてしたくない、弟たちは毎日騒々しく、いつもイライラしている義母の顔色を窺（うかが）っているのも苦痛だ。でもそれを全部我慢して、少しでも家族の役に立とうと奔走している自分を偉いと言ってもらえた。努力を認めてもらえた。ようやく。

父が褒めてくれたのだ。いずれ義母や弟たちも自分を振り返ってくれるようになるかもしれない。だったら自分はこれからも我慢しよう。するしかない。

「義母たちが振り返ってくれないのは自分の努力が足りないせいだと言い聞かせて、家の中で起こる面倒事は目についた端から片づけるようになりました。家事はもちろん、弟たちの喧嘩だの夏休みの宿題だのも全部引き受けて。そのうちに、弟たちが困った顔をしていると反射的に手を伸ばしてしまうようになりました。放っておくと落ち着かないんです。任された仕事を放棄しているような気分になってしまって」

喋りながらふと顔を上げると、久瀬が眉を寄せてこちらを見ていた。口角もすっかり下がって、怒っているというより落ち込んでいるような顔だ。あるいは痛ましいものを見るような。

重治の視線に気づいたのか、久瀬がサッと表情を改めた。職場にいるのと変わらない顔で「それで、何か変わったのか？」と尋ねてくる。

「ええ、上の弟が小学校に入る頃には二人とも私に懐いてくれるようになりました。懐くというか、『あれやって』『これやって』なんて頼られることがほとんどでしたが。義母も子育てがひと段落して余裕が出たのか、ぽつぽつ話しかけてくれるようになりましたよ。今は家族とも比較的良好な関係を築けていると思います。弟たちとは年も離れているので滅多に連絡を取り合っていませんが、たまに会う親戚くらいの距離感にはなれたんじゃないでしょうか」

喋っているうちにだんだん久瀬の眉が寄ってきた。最後はもう表情を繕う気も失せたのか、苦しげな顔で呻くように呟く。

「全員お前に甘えてるな。うちの社員も、俺もそうだから偉そうなことは言えないが」

「違いますよ。私が勝手にあれこれ手を出してしまうだけです。そういう性分なんです」

軽く受け流すつもりで答えれば、予想外の追撃が待っていた。

「性分や性格は、持って生まれたものだと思うか？　それとも周りの環境によって形成されていくものか？」

「それは――……」

後者のような気がする。少なくとも自分に関しては。困っている相手を見ると放っておけなくなったのは義母たちと暮らすようになってからだ。

でももうよくわからない。実母が生きていた頃の自分がどんな振る舞いをしていたのか、思い出すこともできなかった。

返答が浮かばずちらりと久瀬に目を向ける。答えを待ち構えられているかと思いきや、久瀬は思案げな顔で目を伏せていた。

「……家族に役割のようなものを押しつけられるのは、辛（つら）いな」

独り言のような呟きに、「え？」と思わず身を乗り出す。

久瀬がはっとしたように顔を上げる。自分でも無意識にこぼした言葉だったらしい。口元を手で覆い、不明瞭な声で言う。

「いや、俺も……末っ子の役割というか、兄たちとは違う扱いを受けてきたな、と」

「そういえば、社長もご兄弟とは年が離れていますよね」

「上の兄とは十歳違う。お前のところとちょうど逆だ」

口元を覆っていた手を下ろし、久瀬は言葉を探すように視線を揺らした。

「兄たちと比べると、俺はかなり我儘(わがまま)が許されてきた。失敗しても家族から厳しくは叱られなかった。放任とは少し違う。なんというか……マスコットキャラ的な扱いというか」

マスコット、と思わず鸚鵡(おうむ)返ししてしまった。

目が合っただけで腰が引けてしまうようなこの美丈夫をマスコット扱いか。それだけ年の離れた末っ子を家族中が可愛(かわい)がっていたということだろう。

「好きにやらせてもらって感謝はしているが、何度失敗してもフォローされるばかりで叱られないのはなんだか……期待されていないようで歯がゆい時期もあった」

大学時代、起業した仲間たちが全員就職してしまい会社が立ち行かなくなったことを家族に打ち明けたときも、誰も久瀬を叱らなかった。そういうこともある、次は上手くいくと励ましてくれさえしたそうだ。

「もうとっくに成人しているのに、未(いま)だに歩き出したばかりの子供を見守るような目で見られている気がする。いつ転んでも不思議じゃない、歩いているだけで上等だとでも思われてるんだろう。兄たちは周りから苛烈なくらいのプレッシャーを受けているのに。同じ兄弟でも、周囲からの扱いはだいぶ違う」

黙って耳を傾けていると、久瀬がはたと我に返ったような顔になった。

「すまない、俺の話がしたかったわけじゃない。ただ、わかるなと……。いや、俺とお前では生い立ちも家庭環境も違うから、お前の気持ちが完全にわかるとは言えないんだが、家族の中で否応なく自分の立場が固定されてしまう感覚だけは、わかった気がした」

久瀬の言葉選びは慎重だ。軽々しくわかるとは言わない。不器用に寄り添おうとしてくれているのが伝わってきて、また胸の辺りが苦しくなった。

子供の頃から、自分が特殊な家庭環境に置かれていることはわかっていた。

普通の家で暮らす相手には、自分の置かれた立場などきっと想像もつかないだろう。だから胸の内を誰かに打ち明けたことは一度もなかった。

我慢することは得意だ。それしか褒められるところなんてない。苦しい想いを呑み込んで、家の中でしているように外でも振る舞えば、周りから頼られ、慕われ、ようやく自分はここにいてもいいのだと安心できた。周りもそれを笑顔で受け入れてくれる。

そんな重治のやり方に苦言を呈したのは、久瀬ぐらいのものだ。

唐突に、うどん屋で泣きそうになった理由がわかった。これまで自分の周りには、こうしてこちらの気持ちに寄り添おうとしてくれる人がいなかったからだ。

（駄目だ、耐えろ）

喉の奥から湿った呼気が漏れてきて、重治はぐっと唇を噛みしめる。上司とはいえ、十も年下の相手の前で涙なんて見せられない。きつく奥歯を嚙みしめて無理やり笑みを作った。

「年の離れた兄弟がいると……どうしても比較されますからね」

　年長者はしっかりするよう求められ、末っ子はいつまでも一人前扱いされない。幼い頃に家族という共同体から押しつけられた役は案外いつまでもつきまとい、濡れたシャツのように肌に貼りついてなかなか脱ぎ落とすことができない。

「そうだな」と小さく呟いた久瀬に目を向けると、少し照れたような笑みを向けられた。子供時代のことなど口にして気恥ずかしくなったのかもしれない。はにかんだ笑みを見ていたら重治まで照れくさくなってきて、むずむずした空気を吹き飛ばすべくわざと明るい声を上げる。

「困っている相手を見ると放っておけないのも、尽くしすぎて相手を駄目にしてしまうのもも う私の悪癖に近いんです。前の職場ではやりすぎて人間関係までこじらせました」

「具体的には何をやらかしたんだ？」

　重治が声の調子を変えたことに気づいたのだろう。久瀬も器用に声の高さをこちらに合わせてきた。若いのに社長なんてやっているだけあって勘がいい。

「下らないことですよ。たまに手伝えないことがあると、あっちは手伝ったのにこっちは手伝えないのか、なんて板挟みになったり、仕事を教えていた新人が私の指導から離れた途端ガタガタに営業成績が落ちて、お前がなんでもかんでもやりすぎるから新人が育たないんだ、なんて上司から叱責されたり」

「鳴沢は仕事を教えるのが上手そうなのにな」

「反省して、自分が普段やってることを一から十まで新人に教え込んだら、今度は新人から『自分に同じことをするのは無理です』って半べそをかかれたこともありました」

「ああ、それは新人には酷だ」

喉を鳴らすように笑い、久瀬はコーヒーカップをテーブルに戻す。

「でも、それくらいで人間関係がこじれるか？　こじれたところでお前なら上手にほどいて元通りにしそうな気がするんだが」

「買い被りですよ。結局それが原因で離職までしましたし」

苦笑交じりに返すと、「意外だな」と目を見開かれた。

「誰の懐にもあっという間に飛び込んで懐柔してくる男がそんな下手を打つなんて」

「そう簡単に飛び込めませんよ」

「いや、飛び込んできただろう」

笑い交じりの声に気が緩み、身構えもせず久瀬の方を見てしまった重治はぎくりとする。

久瀬の唇には仄かな笑みが浮かんでいるが、目が笑っていない。視線は重治に向けたまま、自身の胸に手を当ててみせる。

「飛び込んできただろう？　こんな深くまで」

入社当初のことを当てこすられているのだろうか。確かにあのときは、頑なだった久瀬の胸襟を無理やりこじ開けにかかった。会社のためにそうするのが最善だと思ったからだ。

あの、と言ったきり二の句が継げなくなった重治を見て、「自覚がないのは質が悪いぞ」と久瀬は目を眇める。意味深長な視線を向けられ、なんの話をしていたのかわからなくなった。

どうしたことか、今日は久瀬に翻弄されっぱなしだ。今日だけではない。少し前からずっと調子を狂わされている。最初は年下の久瀬を揺さぶる余裕すらあったはずなのに。

「それで、具体的にはどういうふうに人間関係がこじれて会社を辞めることになったんだ？」

久瀬がゆるりと目を細める。笑ったというより、肉食獣が目を眇めたように見えて動揺した。

適当にごまかしたいのに久瀬に見詰められると焦ってしまって言葉が出てこない。沈黙の重圧に耐えきれず、もうどうにでもなれと口を開いた。

「ぜ、前職では、社内恋愛がこじれまして……」

馬鹿正直に告白した途端、久瀬の顔から笑みが引いた。それはそうだ。社会人としてどうなのだと我ながら思う。後悔したがもう遅い。半ばやけになって訊かれてもいないのに続けた。

「もともと恋人とは長く続かない質なんです。どうしても仕事を優先してしまうので」

だからワンナイトと割り切ったつき合いしかしてこなかった、とまでは言えなかったがそれが事実だ。つき合うとまではいかなくても何度か会って体を重ねた相手はいたが、仕事の都合がつけられず誘いを断っているうちにすぐ連絡が取れなくなってしまう。

その点、同じ職場の人間なら繁忙期も重なるし、相手の仕事の事情もわかる。上手くつき合えるのではと期待したが、今度はお互い忙しすぎてなかなか二人で過ごす時間が取れない。多忙でストレスが溜まっている上に性欲も発散できない元恋人は、社内で事に及ぶという暴挙に出た。深夜、人気のない資料室に連れ込まれて押し倒されたときは相手の正気を疑ったものだ。

そうした事実を、重治はかなりオブラートに包んで久瀬に伝えた。

話を終え、そっと窺い見た久瀬の顔は険しかった。拳を口元に当て、俄かには信じがたいと言いたげに眉を寄せている。

相手が同性であることは伏せているので、当然久瀬は重治の元恋人を女性だと思っている。思い余って大の男を押し倒す女性像が上手くイメージできないのかもしれない。

「当然ですが、未遂です」

「……そうか。それは、よかった」

本気でほっとした顔をされてしまった。

「たまたま他の社員が資料室に入ってきて、その、現場を目撃されまして」

「未遂だったんだよな？」

「未遂でもかなりきわどい状態ではありましたから」

重治のネクタイはほとんどほどけていたし、ワイシャツのボタンも半分近く外れていた。言い逃れはできない状態だったのだ。

社内で事に及ぼうとした元恋人は本当にどうかしていると思うが、最後は自分も流されたのだから同罪だ。性欲に負けたというより、断れなかったのだ。相手も仕事で疲れきっていたのだろう。今だけ、と泣きそうな顔で縋（すが）りつかれたら突っぱねられなかった。

求められれば与えてしまう。自分が擦り切れるのも厭（いと）わずに我慢する。そうしなければ自分の居場所を失ってしまいそうで怖い。悪癖だ。あるいは強迫観念かもしれない。

「それで、二人して会社を辞めたのか……？」

「いえ、辞めたのは私だけです。相手が『鳴沢さんに無理やり迫られた』と主張したので」

「は？　相手の方が迫ってきたんだろう？」

「そうなんですが……相手も会社の人間にとんでもない現場を目撃されてパニックを起こしてたんでしょう」

身の潔白を訴える元恋人の言葉を同僚がどこまで信じたのかは知らないが、次の日から重治は社内の人間から遠巻きにされるようになっていた。重治も元恋人の言葉を特に否定しなかったので、噂（うわさ）が事実として扱われるようになるまでに時間はかからなかった。

当然ながら元恋人とは破局。自分たちの醜聞を社内の人間がどれくらい知っているのか考え始めると会社にもいづらくなって退職に至った。

改めて口にするととんでもない末路で、重治は久瀬に向かって深々と頭を下げる。

「すみません。こんなくだらない理由で辞めた人間を雇っていただいて……」

わかっていたら久瀬だって自分を採用することもなかっただろう。申し訳なさで胃が痛くなったが、久瀬は固い口調で重治の言葉を退けた。

「先に迫ってきたのは恋人の方なんだろう？　お前にばかり非があるわけじゃない。どうして前の職場で本当のことを言わなかった。相手も道連れにしてやればよかっただろう」

口早にまくし立てられ、重治は虚空に視線を投げる。そんなこと、考えたこともなかった。

「相手を止められなかった私が悪いんです。私の方が相手より年も上でしたし、役職もあった。すべて私の責任です」

「百歩譲ってお前の責任の方が重かったとしても、相手にもあるだろう、責任が」

「だとしても、私が辞めれば丸く収まる話ですから」

自分が我慢すればいいだけだ。自分にはそれができる。

家族にも唯一褒めてもらったことだ。

「お前はいつもそうなのか？」

無意識に落としていた視線を上げると、久瀬が痛々しいものを見るような顔でこちらを見ていた。そんな顔をされる理由がわからず戸惑っていると、溜息までつかれてしまう。

「そういう行動しかとれないのか？　うちに来てからもずっとそうだな。他人の仕事を抱え込んで、不満も不平も呑み込んで、食事も睡眠も削って青白い顔してるくせに周りに助けは求めない。ずっとそんなことを続けるつもりか？」

どうしてか久瀬の声も表情も苦しそうだ。自分の何が久瀬にこんな顔をさせているのかよくわからずうろたえる。

「別に黙りっぱなしじゃありません。言うべきことは言います。入社した当初、貴方にも苦言を呈したじゃないですか」

「それだって俺や他の社員のためだろう。わざと憎まれ役を買って出たな？　結果としていい方向に物事が回り始めた点は感謝してるが、お前が疲弊していくのは嫌だ。どうしてお前ばかり我慢してすり減っていかなきゃいけない？　もっと言いたいことを言って他人を頼れ。我慢するな」

「でも、私にはそれしか取り柄がないので」

「馬鹿言うな」

鋭い声で一蹴されて肩が跳ねる。最初の頃、わざと作っていた低い声とは違う。本気の怒気を孕(はら)んだ声には雷鳴のような不穏さがあって自然と背筋が伸びた。

「謙遜も過ぎると嫌味だぞ。この二ヶ月で自分が何件の契約を取ってきたのか忘れたのか？　サイトに上げてる導入事例の記事までお前が更新してるらしいな。サイトの閲覧数も地味に増えてる」

「どちらも微々たる変化では」

「微々たるものでも変化は変化だ。手柄は誇らしく掲げてみせろ。もっと我儘も言え」

「いい年して我儘なんて言えませんよ」

「年なんて関係あるか。子供の頃だって言わせてもらえなかったんだろうが」

苦笑交じりに流そうとしたらいきなり懐まで踏み込まれ、弱いところを串刺しにされた。

理不尽なクレームや元の上司の罵声は軽々と聞き流すことができたのに、久瀬の言葉は深く胸に刺さって抜けない。

久瀬はまっすぐこちらを見ている。我儘を言うよう促されているのはわかるが、できない。

無意識に言葉を呑み込んでしまう。

我慢ができて偉い、という言葉が長年自分を支えてきた。

でもその言葉で、弱音をこぼすことを封じられてしまった。

「……会社で我儘を言う社員なんていたら、おかしいでしょう」

久瀬から視線を逸らし、苦しい息と一緒に言葉を押し出す。

そもそも我儘なんて言葉を使うからおかしなことになるのだ。仕事をため込むな、トラブルが発生したらすぐ報告しろ、相談を怠るなと、そういうことを久瀬は言いたいのだろう。そう理解して肩の力を抜いたら、テーブルの上に置いていた手をいきなり取られた。

久瀬が身を乗り出してきて、ローテーブルがわずかに揺れる。

「仕事に関係なく、俺はお前の我儘が聞きたい」

大きな手が重治の手の甲を覆い包んで強く握りしめてくる。

指先の強さと熱さに驚いて、とっさに手を振り払えない。ただただ目を見開いていると、こちらを見詰める久瀬の顔が苦しそうに歪んだ。

「上司じゃなく、個人として。そういう立場になりたい」

「そういう――」

「恋人になりたい」

まだ状況も理解できていない重治の退路を、久瀬は一言でふさぎにかかる。他の意味に取り違えようがないくらい明確な言葉で示した上で、駄目押しのように言った。

「好きだ」

直球すぎて避ける暇もなかった。

これで相手が江口や長谷川だったら、男同士でご冗談を、と笑い話にすることもできたが、久瀬の場合はそうできなかった。数週間前、久瀬が見せてくれた大学時代の写真を思い出す。起業したメンバーのことが好きだったかもしれない、と以前久瀬は言っていたが、あの写真に写っていたのは全員が男性だった。

一度は久瀬の右隣に写っていた髪の長い人物を女性と見間違えたが、あれは髪を肩先まで伸ばした青年だった。ちらりと見ただけだったが間違いない。

久瀬も自分と同じ性的指向の持ち主かもしれない。あのとき頭をよぎった考えから、これまで必死で目を逸らしてきた。前の職場でも同じような状況で後輩に運命など感じてしまったのだ。もう同じ轍は踏みたくない。

そう思っていたのに、まさか久瀬から迫られるとは思わなかった。

俄かには信じられない。こんな年若く、見目がよくて家柄までいい相手から恋人になりたいと言われるなんて。

久瀬はまだ重治の手を握ったまま、じっとこちらを見ている。その真剣な目を見ていたら嫌でも久瀬の本気が伝わってきて、じわじわと頰に熱が集まってきた。

こういうとき、どうしたらいいのかわからない。これまでつき合った相手はホテルに誘うところからスタートするのが常だった。きちんと告白をされること自体初めてだ。

こんなところにも育ちの良さは出るのか、などと明後日の方向に思考を飛ばしかけたが、寸前で我に返った。

（いや……いやいや、ない。ないだろ。こんな非の打ちどころのない人が、十も年の離れたなんの取り柄もないオッサンを本気で好きになるなんて）

あり得ない。何かの間違いだ。だが久瀬の目はどこまでも真剣で、本人は自分の想いになんの疑問も抱いていない。

いけない、目を覚まさせなければ。これも年長者の務めだ。

今まさに道を踏み外しかけている若者を目の当たりにしたら、いつもの悪癖が顔を出した。

「社長、おそらくそれは勘違いかと」

内心の動揺を押し隠し、ことさら固い声で重治は断言する。久瀬はむっとした顔になってますます強く手を握りしめてくるので、平気な顔をするのに苦労した。

「何が勘違いだ」

「私が入社した当初、いろいろと思い悩んでいらっしゃったでしょう。そういうときに私から助言めいたものをされて、頼りに思う気持ちが横滑りしたのでは」

「横滑りしたわけじゃない。お前と会話を重ねるうちに、そのひととなりに惹かれたんだ」

「ほとんど仕事の話しかしてないじゃないですか」

「そうだな。さんざん仕事の駄目出しをされた後、貴方が出てこなくてどうするんです、と一喝された」

久瀬は重治の手を握る指にいっそう力を込め、真剣な表情で続ける。

「家族からも社員からもそんなふうに言われたことはなかった。家族は俺が失敗しようと逃げ出そうと自分たちが後始末をすればいいと思ってる。社員だって、俺の後ろに久瀬商事があるからこの会社に集まってきたんだ。俺個人は見てない。誰も俺に期待してない」

そんなことは、と否定しようとしたが、久瀬に首を振って止められた。

「仕方ない、実力不足だ。それは認める。だからこそ、自分よりずっと年下のこんな青二才を当たり前に社長扱いしてくるお前が気になった」

親指の腹でするりと手の甲を撫でられ、危うく声を漏らしそうになった。無理やり繕った無表情がほころびそうで口元に力を込める。

「それは、本当に恋愛感情ですか？　好意の類では？」

「違う」

「社長はゲイなんですか？」

　否定された質問は深追いせず、別の質問を投げかける。久瀬は言葉を探すように視線を揺らし、乾いた唇を一舐めしてから口を開いた。

「……つき合ったことがあるのは女性だけだ」

　こちらが何か言う前に、久瀬が声を大きくする。

「でも同性を好きになったことはある。前も言った起業したメンバーの一人だ。それも自覚したのは最近だった。たぶん俺は、バイセクシャルなんだと思う」

「でも同性とおつき合いをされたことはないんですよね？　やはり勘違いでは」

「違う！」と久瀬は吠えるように重治の言葉を遮る。

「お前に惹かれてるんじゃないかと気がついたとき、自分が今までしてきた恋愛を改めて見直した。確かにつき合ってきたのは全員女性だ。でも長く続かない。執着できない。同性の友人と一緒にいる方が楽しいし、課題に没頭している方が夢中になれる。最後の彼女とは起業してすぐに別れた。彼女より、一緒に起業したメンバーを優先したからだ」

『あたしよりそのメンバーの方が好きなんでしょう』という捨て台詞を吐かれたときはまともに取り合う気にもなれなかったが、今にして思えば彼女の発言は的を射ていたのかもしれない。

メンバーの中に一人、いまだに忘れられない相手がいる。在学中は四六時中そばにいた。この先もずっとそばにいるのだろうと思い込んで、卒業後も当たり前に一緒に働けるものだと信じて疑っていなかった。それだけに、手を放されたときのダメージは大きかった。

時を経て、自分は彼のことが好きだったのだとごく自然に受け止められた。けれどそれはもう過去の感情だ。

「今は、お前のことしか好きじゃない」

逃がすまいとでもいうように、重治の手を握りしめたまま久瀬は言う。緊張しているのか表情が硬い。必死の形相で言葉を並べる久瀬を見ていたら、その懸命さがだんだんと微笑ましくなってきて、こんな状況にもかかわらず口元が緩んでしまいそうになった。

そこまでの確信があるのなら女性としかつき合ったことがないという事実は伏せておいた方がよかったのではないか。そんなことを言えば、同性とつき合ったこともないのに本当にゲイなのか、勘違いではないのかと重治に反論される隙を作ってしまうことくらい想像がついただろうに。

それでも本当のことを口にしようとする久瀬の素直さと誠実さが眩しい。

一方で、まだ足元が覚束ないと思う。脇が甘い。交渉術に改善の余地が見られる。

（若いなぁ）

そもそも久瀬は、重治がゲイかどうかもわかっていないはずなのだ。それでも告白してきた度胸に驚く。怖いものがないのか。ここで重治が同性愛者に強い嫌悪感を示したらどうするつもりだろう。相手は同じ職場に勤めている人間なのに。

重治も前の会社では社内恋愛をしていたが、あれはゲイバーでたまたま後輩と出くわして、相手と性的指向が一致しているとわかったから声をかけられたのだ。でなければ同じ会社の人間に粉をかけるなんてできるはずがない。下手をすれば身の破滅だ。

久瀬は若い。だからまだ先が読み切れていない。

嚙みしめるように実感し、重治は深く息をついた。

「久瀬社長。そんなふうに私に気をかけてくださってありがとうございます」

努めて落ち着いた声で言って、重治は自分の手を握りしめる久瀬の手にもう一方の手を重ねた。久瀬が息を吞んだのがわかったが、気づかなかったふりをしてそっと久瀬の手を引きはがす。

「確かに私は、貴方に発破をかけるようなことを言いました。でもそれは会社のためを思ってのことで、決して貴方個人に好意を抱いてアドバイスをしたわけではありません」

顔色を変えずに言い切れたのは、事実あのとき久瀬をそういう目では見ていなかったからだ。初めて見たときからタイプだと思っていたが、本気でどうにかなりたいとは考えていなかった。

久瀬は顔を強張らせたものの、引きはがされた手をゆっくりと自身の膝に置き、黙って重治の言葉に耳を傾ける。

告白を退けられたのだ。羞恥や後悔や落胆といった様々な感情が胸中に吹き荒れているだろうに、久瀬の体は微動だにしない。心中の嵐を意志の力でねじ伏せている。

重治も久瀬をしっかりと見詰め、噛んで含めるように言う。

「私は取り立てて人に誇れるような特技もありませんし、仕事も泥臭いことしかできません。見た目もこの通り、中肉中背でなんの特徴もありません。自慢できるのはせいぜい姿勢がいいことくらいです」

「……面接でもそんなことを言ってたな」

「ええ。第一印象は大事ですから。貧相に見えないように筋トレは欠かしません」

久瀬が案外冷静に受け答えをしてくれることにほっとしつつ、重治は続ける。

「でもそれだけです。私が人より多く仕事を引き受けようとするのは、それくらいしかできることがないからです。効率的ではなく、要領もよくない、ただ人より体力があるだけの人間なので、それくらいしか役に立てないんです。困っている人を見ると放っておけないのはもう癖のようなものなので、これは直らないと思います」

「変えようとは思わないのか」

「変えるための努力をするより、我慢した方が話は早そうなので」

あれほど久瀬に言葉を尽くされたのに自分の考えは変えられない。焦れたように奥歯を噛んだ久瀬を見遣り、重治は微苦笑を漏らす。

「もう若くないので、そう簡単に自分の考え方を変えられません。この通り頭も心もすっかり硬くなっています。私なんて、貴方が思うほどいい人間じゃありませんよ」

「そうは思えないが。俺は人を見る目がないということか?」

「社長はまだお若いので、そういうものもこれから養われていくと思います」

久瀬の言葉を否定することなく微笑めば、面白くなさそうに目を逸らされた。

「社長だけでなく、会社そのものが若いんです。社員の皆さんだって全員若い。そんな場所に、私のような少しばかり人生経験の長い人間がやってきて、たまたま貴方の悩みをすくい上げた。それが特別なことに見えてしまっただけではありませんか?」

無言を貫く久瀬に、できるだけ柔らかな声になるよう心掛けて重治は語りかける。

「でも、そんな魔法はすぐに解けます。時間は誰にも平等に訪れますから、あと何年かして貴方の年が今の私に近づいたら、大したことをされたわけでもなかったと気がつきますよ。そのときに、後悔してほしくありません」

そっぽを向いていた久瀬の目が再びこちらを向いた。その視線を摑まえて身を乗り出す。

「貴方のそれは、いっときの気の迷いです。きっとすぐに考えも変わります。私のことはこれまで通り、ただの部下として扱っていただけませんか。私はまだここで、貴方の下で働きたいんです」

お願いします、と深く頭を下げた。

これで久瀬は引き下がりやすくなったはずだ。重治は会社から離れる気はないし、社内の人間に久瀬とのやりとりを吹聴するつもりもない。平穏に会社勤めを続けようとすれば当然そうなる。久瀬の不利益になることをしては会社自体が傾いてしまう。

このままお互い口をつぐめばこの告白はなかったことになる。その心積もりがこちらにはあると伝えたつもりだが、伝わったかどうか。

無言で頭を下げ続けていると、上から深い溜息が落ちてきた。

「……わかった。顔を上げてくれ」

ゆっくりと顔を上げる。

ひどく傷ついた顔をされていたら冷静に対応できないかもしれない。そんな不安が胸を掠めたが、案に相違して久瀬の顔にはどんな激しい感情も浮かんでいなかった。無理やり無表情を装っているようでもなく、いっそ凪(な)いですら見える。

久瀬は束の間重治を見詰めてから、小さく頷いた。

「妙なことを言って悪かった。忘れてくれ」

平淡な声で告げられ、重治は一つ瞬(まばた)きをしてから「はい」と返す。声になんの感情も乗らないよう細心の注意を払ったが、正直に言うと肩透かしを食らった気分だった。こちらの手を握りしめて熱心に口説いてきた様子から、もう少し食い下がられるかと思ったのだが。

（いや、納得してくれたなら何よりだ。これはもう、早々にお引き取り願おう）

どうやって帰りを促そうか言葉を選んでいると、久瀬が傍らに置いていたコートを摑んで立ち上がった。

「遅い時間に長居して悪かったな。そろそろお暇(いとま)させてもらう」

こちらから言い出す間もなく暇乞いをされ、またしても反応が遅れてしまった。

久瀬に続いて立ち上がりながらちらりと時計に目を向ける。時刻はすでに一時近い。

「あの、もう終電がなくなっているかもしれませんが」

「駅前でタクシーを捕まえるから大丈夫だ」

玄関に向かう廊下を歩きながら、振り返りもせず久瀬は言う。怒っているのかと思ったが、それにしてはわざとらしく速足になることもないし、声も穏やかだ。

「この辺りの道、よくわかりませんよね？　駅まで送ります」

「いい。スマホのナビを使う」

「でも、夜も遅いですし」

早く帰ってもらおうと思っていたはずが、追いかけるようなことを口走ってしまった。靴を履いた久瀬がこちらを振り返ったので慌てて口をつぐむ。突き放したり追いかけたり、我ながら不可解な行動をとってしまったことを後悔していると、久瀬の唇に微苦笑が浮かんだ。

「大丈夫だ。少し一人で歩きたい」

そう言われてしまえば、重治もこれ以上言葉を重ねることなどできない。

「お気をつけて。あの、夕飯をご馳走になってしまって、ありがとうございました。タクシー代も……」

声をかけると、玄関のドアを押し開けて外に出た久瀬が振り返った。

「気にするな。来週からもよろしく頼む」

そう言って久瀬は笑った。強がりにしては自然な笑顔だ。見入っているうちにドアが閉まり、外廊下を歩く足音が遠ざかる。

アパートの階段を下りていく音が完全に聞こえなくなり、重治は廊下の壁にふらふらと凭れかかった。

（……思ったより、あっさりしてたな）

消沈するでもなく部屋を出て行った久瀬の後ろ姿を思い出し、もしかして、と目を瞬かせる。

（冗談だったとか？）

冗談でも同性に告白なんてしないだろうという思いと、冗談ならば久瀬のような男が自分に迫ってきたのも理解できる、という納得が同時に押し寄せてきて混乱する。

もし冗談だったとしたらあんなに必死に断ることもなかった。それどころか、自分が真剣に言葉を重ねすぎたせいで久瀬も冗談だと言い出すタイミングを見失ったのではないか。そんな疑惑すら湧いてきた。

そうでないなら、どうして久瀬のような人間が自分に告白などしてくるだろう。

（だって、俺なんて……）

自分を卑下する言葉ならいくらでも思いつく。

対する久瀬は若くて優秀で実家も立派だ。若者らしい向こう見ずなところや先を急ぎすぎるところはあるものの、他人の指摘に耳を傾ける素直さがあるし、改善策を見出せば実行するだけの柔軟さもある。自身の感情に正直すぎるきらいはあるが、それは自他ともに誠実であろうとする潔癖さの表れともとれた。

まだ完成していない玉石混交のきらめきがひどく眩しい。

（あんな人が、俺を選ぶわけないだろ）

長年家族にすら振り返ってもらえなかったのだ。誰かに大切にされる状況を想像することすら覚束ない。

だからせめて、自分のことはせいぜい有益に使ってくれと思う。便利だからという理由でそばに置いてくれれば十分だ。これまでもそうやって学校や会社というコミュニティの輪の中に潜り込んできた。家の中でのささやかな成功体験が、それでいい、と背中を押す。

幼い頃に自分がとった戦略は成功したはずだ。我慢して、周りに尽くして、どうにかこうにか家の中での居場所を得られた。それなのに、久瀬のあの言葉はなんだろう。

『俺はお前の我儘が聞きたい』

緊張で掠れた久瀬の声を思い出し、重治は緩慢な瞬きをする。

自分は我儘を聞く側の人間で、自分の我儘はいつも自力で始末してきた。

恋人ともそういうつき合いしかできない。どうしても相手に合わせてしまう。別れ話はいつも相手からで、それがこじれたこともなかった。前の職場でつき合っていた後輩と別れるときでさえそうだ。今度こそ長くつき合おうと決意していただけに落ち込みはしたが、一度も相手を責めなかった。

つき合ってもらっている、という感覚が抜けない。自分に愛情を注いでくれる人などいるわけがないと思ってしまう。実際そうだ。何度体を重ねた相手でも都合が悪くなれば離れていくし、それを引き留めたこともない。

できるなら、久瀬とはそういう関係になりたくなかった。上司と部下として、長く健全なつき合いを続けたい。

それは本心であるはずなのに、どうしてか玄関先から離れられない。まるで久瀬が戻ってくるのを待っているかのようだ。

戻ってきたところで、自分は久瀬の告白を受け入れられない。なぜ自分相手に、という疑問にさらされ、気の迷いでは、という結論に着地して、だったら最初から手を伸ばさないでくれ、と怯（おび）えて久瀬に背を向けることしかできないのは目に見えている。

久瀬と違って自分はもう若くない。端（はな）から上手くいかないとわかっている道に足を踏み出せるほどの気力も体力もないのだ。できれば足元を確認しながら安全な道を歩きたい。

それは偽りのない本心なのに、まだ玄関先から動けない。

玄関に続く廊下はしんしんと冷え、足の裏から体温が奪われていく。

外の通りを走る車の音も、隣室の生活音すら聞こえない夜の静寂に意識を漂わせていると、ふいに腹の底で何かがぞろりと動いた。

それは久しく忘れていた感覚で、懐かしいのに疎ましく、とっさに掌で強く腹部を抑えつけてしまった。

こんな厄介なものを思い出してどうする。気がつかなかったふりをしろと自分に言い聞かせ、壁に凭れていた体をのろのろと起こして玄関に背を向ける。

膝から下はすっかり冷えて、踏み出す足がひどく重い。歩きながら、掌を強く腹部に押しつける。

腹の底で渦巻くものは未だ消えず、長年自分をよろってきたものが内側から剝がれていくような心許(こころもと)なさに重治は切れ切れの溜息を漏らした。


週明け、重治(しげはる)は普段より少し早く出社して、誰もいないオフィスで何度も深呼吸を繰り返していた。他の社員が出社してくるまでまだしばらく時間がある。雑務をこなそうにも気がそぞろで、意味もなくウェットティッシュを持ち出して各テーブルの上など拭いてしまった。落ち着かない。

月曜は午前中にミーティングがある。今やすっかり久瀬も出席することが定着していて、皆そのつもりで資料など揃えてくる。久瀬と社員たちも忌憚のない意見の交換ができるようになってきた。その様子を重治はいつも議事録をとりながらにこやかに見守ってきたが、今日は非常に表情が硬い。

金曜の夜に久瀬から思わぬ告白をされ、土日を挟んで今日である。

とはいえもう済んだ話だ。久瀬も忘れてくれと言っていたし、これまでと変わらぬ態度で接すればいいのだろう。

頭ではそう思うのに、久瀬を目にした瞬間表情を変えずにいられる自信がなかった。

営業の仕事などしていればこれよりもっときつい修羅場に巻き込まれることも、それを平然とやり過ごすことも日常茶飯事だったのに。こんなことは初めてだ。

意味もなく掃除や名刺の整理などしているうちに他の社員も続々と出社してきた。

オフィスのドアが開くたび、びくりと肩が震えてしまう。久瀬が来たのか、と横目でドアを窺っては、別の社員の姿を見て息をつくことの繰り返しだ。

ミーティングの時間になると社員たちがいつものテーブルに集まってくるが、久瀬の姿はまだない。そのうち江口が「じゃ、そろそろ始めるけど」と声を上げ、久瀬不在のままミーティングが始まってしまった。

今日は遅れての参加だろうか。途中から来てくれた方が議事録をとっている振りで相手の顔を直視せずに済むので都合がいい。最初こそそんなことを考えていたが、十分経(た)っても二十分経っても久瀬は来ない。

ミーティングが終わりに差し掛かる頃には、重治の顔からすっかり血の気が引いていた。

(まさか、もう来ないつもりか?)

今日だけたまたま都合がつかなかったのか。それとも今後はミーティングに参加しないつもりだろうか。仕事が忙しいのならまだいい。重治に告白を断られ、顔を合わせづらくなったから、などという理由だったらどうしたらいい。

これでは前の状況に逆戻りだ。いい方向に風が吹き始めていたと思ったのに、また停滞してしまう。

自分のせいで、と思ったら目の前が暗くなった。こんなことなら久瀬の告白を受け入れるべきだったか。

遠くない将来、きっと久瀬は自分の勘違いに気づいて重治から離れていく。だとしても、それまで機嫌よく仕事をしてもらえるなら断らない方がよかったのかもしれない。

たとえそれで、自分がぼろぼろに疲弊して傷つくことになったとしても。

(俺なんてどうなったって、どうでも——……)

思い詰めた顔でそんなことを考えていたら、江口がひと際大きな声を出した。

「それじゃ、最後に鳴沢さんの件ね」

　突然自分の名前が飛び出して、ぎくりと背中を強張らせた。パソコンの画面から目を上げれば、テーブルに集まった全員が自分を見ていた。戸惑って声も出せない重治をよそに、江口は事務的な口調で続ける。

「最近鳴沢さんに仕事の負荷がかかりすぎてるから、困ったときになんでもかんでも鳴沢さんにぶん投げるのはやめましょう。鳴沢さんに相談するのはいいけど、教えてもらったことは極力自分で引き受けること」

「え、あ、あの？」

「社長直々のお達しなので、各自どうにかするように。ていうか、鳴沢さんばっかりじゃなくたまには俺も頼れよ」

「はーい」という妙に息の合った返答が全員から返ってきて目を丸くする。江口の突然の発言に誰も驚いていない。

「ちなみに今、鳴沢さんはどんな業務を担当されてます？」

　長谷川ににこやかに尋ねられ、重治は目を白黒させながら口を開く。

「今は営業業務と、カスタマーサポートとユーザーのヒアリングを行っています。ヒアリング内容はまとめて統計を取って、顧客満足度の確認や改善点の集計を……」

「あ、じゃあそれは僕が担当しますよ」

長谷川がさらりとそんなことを言うものだから、うっかり「大変ですよ?」と返してしまった。長谷川は「知ってます」と苦笑する。

「鳴沢さんが来るまでは僕の担当だったんです。アンケートとかあんまり得意じゃないのでいろいろ相談してるうちにすっかり鳴沢さんにお任せしてしまってすみませんでした。丁寧に教えてもらえたので、これからはこっちで引き受けられると思います。他にも何人かに手伝ってもらいますから」

「鳴沢さん、他には何やってんの?」

江口に促され、思いつくまま担当している業務を並べる。そのほとんどが、以前は重治以外の誰かが担当していた仕事だ。あれこれと助言をするうちに「じゃあ私がやっておきますね」とさりげなく重治が引き受けていた仕事を、前の担当者たちが「それ俺がやる」「俺もできる」と挙手して引き受けていく。

少し前まであんなに苦手そうにしていた業務なのに。なぜか率先して手を上げる社員たちに困惑していたら口を揃えてこう言われた。

「鳴沢さんにいろいろ教えてもらったから、今ならどうにかなる気がする」

「その代わりヤバいときは鳴沢さんも手伝って」

だったらどうにかできる、と全員が真顔で言った。端(はな)から重治を頼る気満々ではあるが、あくまで重治は手伝いだ。フォローに回るだけなら格段に負担は減る。

「鳴沢さんの仕事、大体さばけた？　じゃ、今日は解散」

江口の号令とともに全員がばらばらと席を立つ。

後半は呆気(あっけ)にとられて議事録をとるのも忘れていた重治は、テーブルを離れようとしていた江口の服の裾を慌てて摑(つか)んだ。

「江口さん！　今の、なんですか、社長からのお達しって……！」

「ん？　週末に社長から全社員に一斉送信で連絡あったから。なんか最近、鳴沢さんの残業量がえぐいからミーティングのとき全員で調整しろ、みたいな話だったんだけど」

「わ、私にはそんな連絡来てないです」

「事前に鳴沢さんに相談すると『これまで通り全部私がやります』とか言われて話が進まなくなるだろうから黙ってろって書いてあった」

ぐうの音も出なかった。完全にこちらの行動を読まれている。

不意打ちの衝撃から立ち直れないまま、重治は掠(かす)れた声で尋ねる。

「その連絡、いつ社長から来たんです？」

「土曜日。休みの日に珍しいな、とは思ったけど、社長今週はずっと出張だから」

「出張？」と声を裏返らせてしまった。江口は眼鏡の奥で目を見開き、次いで不審げな表情を浮かべる。

「社長は今週いっぱい出張じゃん。どうしたの、いつもは他人のスケジュールまできっちり把握してんのに」

言われてようやく思い出した。そうだ、久瀬は来週まで会社に顔を出さない。先週の時点で出張の件は知っていたはずなのに、告白された衝撃が大きすぎて頭からすっかり抜け落ちていた。週末に悶々（もんもん）としていたのが馬鹿みたいだ。

「とりあえず鳴沢さん、ちゃんと周りに仕事振ってね。これ社長命令だから」

ひらりと手を振って席に戻っていく江口に「はい」と力なく返事をする。入れ替わりに長谷川がやってきて「簡単に引継ぎお願いできますか」と声をかけられた。

その後は、自分が引き受けていた仕事を別の誰かに委ねるために簡単な引継ぎを行って午前中が終わった。

気がつけば、午後のスケジュールにいくらか余裕ができている。今日は定時で帰れそうだ。

重治は久瀬の席に目を向ける。久瀬本人は不在だが、メール一本でちゃんと社員たちは動いている。こちらの仕事の負担も減らしてくれた。

（……すっかり社長じゃないか）

自分に振られたのが気まずくてミーティングに出てこないのではないか、などと見当はずれなことを考えてしまった自分が無性に恥ずかしくなって、重治は慌ただしく席を立つ。

久瀬のおかげで、昼休みは久しぶりに丸々休憩に当てられそうだった。

これまで一手に引き受けていた仕事を他の社員に振り分けた途端、現金なくらい食事量が増え、睡眠時間も安定して顔色がよくなった。ポケットヘルスナビのデータを確認するまでもない。

週の半ば、社内で企画書を作成していた重治は大きく伸びをする。

久瀬が作業環境を整えてくれたおかげで、企画書もだいぶ形になってきた。だが、付け焼き刃の知識ではやはりディティールが甘くなる。誰かに確認でもしてもらえばいいのだが、年末も近く慌ただしい社内に手の空いている者などいるわけもない。

誰かから助言をもらうにしても、もう少し自分で詳細を詰めてからにすべきか。鈍く痛む目を押さえてパソコンの画面に視線を戻したら、横から「あの」と声をかけられた。

か細い声に振り返れば、宮田がおずおずとこちらに近づいてくるところだ。

宮田は長谷川と一緒にカスタマーサービスの仕事を担当している。何かトラブルでもあったかと体を向けたが、宮田の口から飛び出したのは助けを求めるそれではなかった。

「何か困ってることとか、ありますか……？」

相手のフォローをするつもりで向き合ったのに、逆に手を差し伸べられて目を丸くする。

状況が理解できず目を瞬かせていると、宮田に横からパソコン画面を覗き込まれた。

「企画書作ってるんですよね？　詰まってるところがあったら相談に乗れって、社長が……」

「また社長から社内メールでも届いたんですか？　出張中なのに？」

「や、土曜日にもらったメールにそんなことも書いてあったなって思い出して。鳴沢さんは自分から質問に行くのが苦手なタイプだから、気がついた人は声をかけてほしいって」

「……そんなことまで書いてあったんですか」

宮田はじっと重治の顔を覗き込み「本当に苦手なんですか？」と小首を傾(かし)げる。

「苦手というか、皆さんお忙しそうなので質問するのは悪いかと」

「そんなこと言われたら僕らはどうなるんです。いつも鳴沢さんに質問してばっかりですけど。迷惑でした？」

「いえ、仕事に関することですから迷惑なんて……」

「ですよね。僕もそう思います」

あっさりと結論を出して、宮田は重治の隣の席に腰を下ろしてしまった。

「何か悩んでることとかあったら聞きますよ」

重治はちらりと時計に目をやる。時刻はすでに二十時近い。宮田の定時の時間も近いはずだ。迷っていると、いつになく芯の通った声で宮田が言った。

「僕、鳴沢さんよりは技術的な知識があると思います」

わかりきったことを宣言されて目を瞬かせていると、珍しく宮田が身を乗り出してきた。

「苦手な分野は誰かに任せて、得意な分野で実力を振るってもらった方が効率はいいって僕に言ってくれたの、鳴沢さんですよ。だから僕のことも頼ってください」

随分前に自分が口にした言葉を引き合いに出され、受け流すこともできず口ごもってしまった。

その考え方自体は正しいと重治も思う。会社にはたくさんの人間が集まっているのだから、適材適所で動いた方がいいに決まっている。

それなのに、その組織の中に自分という存在を組み込もうとすると上手くいかない。どうしてか自分だけが浮き上がって見えて、周りに迷惑をかけているように感じてしまう。

（そんなわけもないのに）

企画書の作成を重治に任せてしまい申し訳なさそうな顔をしていた宮田に「頼ってください」と重治は言った。その言葉を覚えていて、こうして逆の立場で行動を起こしてくれた宮田の申し出を蹴ったら、あの日の自分の言葉を否定することにならないだろうか。

きっと勇気を出して声をかけてくれたのだろう宮田の想いを無下にはしたくない。

重治は迷いを蹴り飛ばし、パソコン画面を宮田に向けた。

「おかしなところがないか、少しだけ見てもらっていいですか？」

尋ねると、宮田は張り切った顔で「はい！」と頷いてパソコンを覗き込んだ。

その後、宮田はじっくりと企画書を読んで、システムの説明についてのミスや、専門用語を誤用しているところをいくつか指摘してくれた。説明が抽象的になりすぎている部分も、具体的でわかりやすい文章に修正してくれる。

もの三十分で悩んでいたところがみるみる解消され、重治は感嘆の息をつく。

「さすが。最初から技術のプロに相談すべきでしたね。ありがとうございます」

「もういいんですか？　他には？」

長々とつき合わせてしまったというのに、宮田は嫌がるどころか楽しそうな顔で次の質問を待っている。自分の得意分野なので苦にならないらしい。これ以上質問がないとわかると、

「少しはお役に立てました？」と不安そうな顔で尋ねてくる。「もちろん」と返すと、たちまちその顔に笑みが浮かんだ。

「よかった。いつも鳴沢さんにはお世話になってばかりだから、少しお返しができて」

「お返しだなんて」

「こっちが頼ってばかりだと、いろいろお願いするのも悪いかなって気になっちゃって。でもこれくらいでよかったら、いつでも声かけてほしいです。僕も鳴沢さんに教えてほしいことといっぱいあるし」

心底ほっとしたような顔でそんなことを言われてしまい、重治は小さく目を瞠る。

仕事を頼まれること、教えること、引き受けることは重治にとってあまりに日常茶飯事で、それに対して何か返してほしいなどという気持ちは持ったことがなかった。それを望んだこともない。

相手が何も返せないことを心苦しく思っているなんて、なおのこと想像したことがなかった。嬉しそうな顔で席に戻っていく宮田を見送り、重治はオフィスをぐるりと見回してみる。

フロアに集まっているのは、大学生のような服装の若い社員たちだ。猫背気味にパソコン画面に視線を注ぎ、会話は少なく、専門知識には長けているがあまり視野は広くない。そんなふうに思っていたが、実際はどうか。

この会社の最年長者は自分で、年の分だけ一番周りがよく見えていると思っていたが、そんなものは思い上がりだったのかもしれない。

重治の仕事を引き継いだ社員たちは、不満も言わず黙々と仕事をしてくれる。たまに質問攻めにされたり泣きつかれたりすることもあるが、あくまで重治をサポート役として扱い、なんでもかんでも仕事を押しつけてきたりしない。なんだ、こんなに問題なく仕事を回せるんじゃないかと重治が感心してしまうくらいに。

（苦手そうだって勝手に判断して、仕事を取り上げてたのは俺の方だったのかもしれない）

良かれと思ってやってきたことは、単なる独りよがりだったのではないか。

ぼんやりとオフィスを眺める。随分と久しぶりに、立ち止まって周囲を見回した気がした。

重治は大きく深呼吸して立ち上がると、少しだけふわついた足取りで給湯室へ向かった。すでに定時は過ぎているが、せっかくなので宮田から指摘してもらった部分だけは修正してから帰りたい。

廊下を歩いているとコーヒーの香りが漂ってきて、誰かが給湯室にいるのがわかった。案の定、給湯室の方からぼそぼそと押し殺した声が漏れ聞こえてくる。

「とりあえず、鳴沢さんには絶対ばれるなよ」

耳に飛び込んできた言葉にどきりとして、給湯室の前で足を止めてしまった。今のは江口の声か。

「わかってる。それよりどうしようか……。鳴沢さん、よくわからないから」

今度は長谷川の声だ。溜息交じりの声はあまり楽しそうに聞こえない。これは聞かない方がいい内容ではないか。

奇しくも自分の立ち位置を客観的に眺めて反省していたところだ。年長者面で周囲にあれこれアドバイスをしていたことを煩わしく思われていたのかもしれないと思い至って青くなる。

足音を殺し、そっと踵を返そうとしたが少し遅かった。給湯室から紙コップを持った江口が出てくる。しかも背後にいる長谷川を振り返りながらずんずん歩いてくるので、あわや正面衝突しそうになった。

「えっ、あっ？　鳴沢さん……！」

重治を認めた江口が慌てて足を止め、その弾みで紙コップの中のコーヒーが跳ねた。中身が手にかかったのか「熱っ！」と悲鳴じみた声を上げた江口の背後から長谷川も顔を出した。

「え、江口さん、大丈夫ですか？　すみません急に。お二人がいるとは気がつかなくて」

重治は動揺を悟られぬよう普段通りの態度を心掛けるが、江口と長谷川は顔を見合わせ、深い溜息をついた。

「いや、絶対聞こえてたでしょ、俺らの声」

重治の返事を待たず、江口は長谷川の腕を掴んで前に押し出した。

「ほらもう、直接本人に訊いた方が早いって。お前だってずっとこの件で悩んでたんだろ？」

「そうだけど……」

長谷川はしばし迷うような表情をしていたが、緊張した面持ちで自分を見ている重治に気づくと覚悟を決めたように一歩前に出た。

「鳴沢さん、突然で申し訳ないのですが、ご飯は何系が好きか教えてもらっていいですか？」

真面目な顔で、一瞬何を訊かれたのかよくわからなかった。どんな苦言も謹んで拝聴するつもりで唇を引き結んでいた重治は、ぽかんと口を開く。

「ご飯、ですか？」

「そうです、洋食とか和食とか中華とか。あとお酒の種類も。この前の歓迎会ではずっとビール飲んでましたけど、やっぱり生ビール必須ですか？」

「おい長谷川、ちゃんと説明しろ。鳴沢さんポカーンとしてるぞ」

「でも詳細は伏せた方が」

「詳細伏せたらもう何がなんだかわかんないだろ」

長谷川を再び後ろに下がらせ、江口はもったいつけることなく言った。

「俺たち、社長から慰労会の準備を任されてんの」

「慰労会?」

「鳴沢さんが作ってる企画書、完成したら久瀬商事にプレゼンに行くんでしょ? あれ絶対融資通るから、先に打ち上げの準備しておけって。だから主役の鳴沢さんが好きそうな店を探しておこうと思って」

「そうなんです。でも僕たち、鳴沢さんの好みとかよくわからなくて」

長谷川も眉を下げて話に加わってくる。

重治は呆気にとられて声も出ない。まだ企画書も完成していないのに打ち上げの準備なんて気が早過ぎないか。

「融資が通らなかったらどうするんです?」

呆(あき)れて呟(つぶや)いたが、江口は「鳴沢さんなら大丈夫でしょ」と軽やかに笑った。

「鳴沢さんは自己評価が低いから、今後のためにも結果を出したら全力で褒めたたえたいって社長言ってたよ。だからちょっといい店予約しとけって」

「あ、でも、こんな準備してるのがばれたら鳴沢さんのプレッシャーになるかもしれないから直前まで黙ってるようにとは言われてたんですよ。万が一駄目だったとしても新年会とか名目を変えれば全然問題ないですし」

長谷川が慌ててフォローを入れる。そんな配慮までしてくれているのかと思えばもう、はあ、という気の抜けた声しか出ない。

「とりあえず聞かなかったことにしといて」「でも後で何系のご飯が好きかは教えてくださいね」と言いながらその場を立ち去った江口と長谷川に会釈を返し、重治は給湯室に入る。

カップホルダーからカップを出し、コーヒーメーカーにセットしたはいいものの、しばらくボタンを押すのも忘れてぼんやりと立ち尽くしてしまった。

頭の中で、久瀬が言ったという言葉を何度も反芻する。今後のためにも結果を出したら全力で褒めたたえたい。

重治の自己評価は低い。すぐ自分を蔑ろにして、他人のために奔走して、最後は一人でぼろぼろになっている。久瀬はそんな重治の心持ちを改めさせようとしているのか。

（……あの人ちゃんと、社長として社員を育てようとしてるんだな）

入社したての新人ならともかく、自分のように社会人になってから十年以上経っている古参の社員でさえきちんと育てようとしている。そのために他の社員に仕事を振り分けたり、わざわざ時間を割いてまでコミュニケーションをとったりしている。

大学時代、仲間と信頼関係を築けなくて失敗した久瀬が、こんなふうに社員一人一人の内情を探って、根回しできるようになっている。大学を卒業したのなんてほんの数年前の話だろうに、この短期間で大きく成長している。

（諦めなかったんだな）

空っぽの紙コップを見詰めていたら、そんな言葉が胸に転がり落ちた。

手痛い失敗をして、そこで諦めて親の会社に入社することもできたはずなのに、久瀬はもう一度挑戦した。ごく小さなベンチャー企業を立ち上げ、学生時代と同じ失敗を繰り返さないよう、手探りで、不器用に、それでも前に進み続けている。

自分は久瀬のことを、若造扱いしすぎていたのかもしれない。

久瀬から告白されたとき、大人ぶって「すぐに考えも変わる」などと言ってしまったが、そういう自分はきちんと大人になれているのだろうか。

長いこと、我慢するのが美徳だと信じて耐えてきた。

我慢をすること自体は決して悪いことではない。苦しい状況や理不尽な要求に耐えてきたからこそ出せた結果もある。ここさえ耐えればきっと活路は見出(みいだ)せる。そう信じて前に進むことは挑戦だ。

だが自分は、我慢して我慢して、前に進んできただろうか。その場で足踏みをしてはいなかったか。誰かを前に押し出すばかりで、自分はその場から動いていなかったのではないか。

幼い弟たちにそうしていたように、手柄はすべて相手に渡した。自分の手はいつも空っぽだったが、周りが喜んでくれればそれでよかった。

十分だ。我慢しよう。このままでいい。

それは挑戦ではなく、諦めだ。

家族に振り返ってほしくて足掻いていた子供の頃から、自分は何も変わっていない。

空っぽのコップを見詰め、もう一度自問する。久瀬をさんざん若いと言ってその告白を退けた自分は、きちんと大人になれたのか。

（年齢だけ見れば俺はあの人よりずっと年上で、人生経験だって長い。あの人より、もう少し現実が見えてるはずだ）

久瀬は若く、美しく、一企業のトップに立つだけの後ろ盾と能力がある。華やかな未来がいくらでも目の前に広がっている人間だ。そんな相手が気まぐれに差し伸べてきた手を、自分のようなうだつの上がらない人間が取っていいわけがない。

いつか久瀬も我に返る。重治のような平凡な男に手を伸ばしたことを後悔する日も来るだろう。そうさせないように、久瀬の想いは退けるべきなのだ。

『お前は我慢ができて偉いな』

父親もそう言っていた。長い間、その言葉だけをよすがに生きてきた。

そのはずなのに、父の言葉を思い出してももう心が慰められなかった。だって自分にそう吹き込んだ家族はとっくに重治を切り捨て、もう何年も顔を合わせてすらいないではないか。

今となっては、父がどんな顔であの言葉を口にしたのかも覚えていない。擦り切れるほど胸の中で再生してきた声はどこまでも空虚に響く。

それに比べて、ひたむきにこちらの目を覗き込んできた久瀬の声には確かな熱があった。

『俺はお前の我儘が聞きたい』

あのとき、声と一緒に熱い想いを胸の底まで注ぎ込まれた気がした。思い出せば今も、胸の内側が湯気で大きく膨らむような気分になる。

あの言葉を退けていいのか。自分と向き合ってもくれない家族の言葉を優先して、まっすぐ向けられた久瀬の言葉を取りこぼすのか。

(──……嫌だ)

気がついたら、ジャケットの襟元を握りしめて前を掻き合わせるような仕草をしていた。まるで胸にこもった熱を逃すまいとするかのように。

久瀬に告白されてから、自分がそれを受け入れたら久瀬がどうなるかということばかり考えてきた。思い浮かぶ未来はどれもこれも薄暗いものばかりで、久瀬のまとうあの鮮烈な光を翳らせるくらいならと告白を断った。自分の気持ちなど度外視して。

けれど今、初めて自分の本音が顔を出した。

久瀬の告白を退けたくない。

受け止めたい。

あの言葉をもう一度聞きたい。

久瀬が好きだ。

自覚した瞬間、静電気に似た青白い光が胸の奥で爆ぜて、とっさに流し台に手をついた。ジャケットの襟元を掻き合わせていた手で、今度はきつく腹部を押さえる。重治のアパートから帰る久瀬を見送ったときと同じ、けれどあのときよりずっと激しいうねりが腹の底で暴れている。

久瀬の告白を断ってしまったことを猛然と後悔した。諦めたくない。思うほどに腹の奥でぐるぐると何かが暴れ回り、何十年ぶりかに思い出した。

腹の皮を突き破って外に出ようとしているこれは、長年抑え込んできた自分の我儘だ。

台についた手をきつく握りしめる。掌に爪が食い込んで微かな痛みを訴えたが、それでも指先を緩めることはできなかった。そうでもしないと喉の奥から妙な唸り声が出てしまいそうだ。

そうだった、忘れていた。何かを求める感情は、こんなにも激しくて手に負えないものだった。

幼い頃は確かにあったその気持ちを、重治は長年かけて隠してきた。薄い霧で包むように意識から遠ざけるうちに霧は重く、黒くなり、最後は真っ黒な積乱雲のようになって、その奥にある感情を完全に見えなくしてしまった。重治自身、自分の中にそんなものがあったことを忘れてしまうくらいに。

その重たい雲を、久瀬は雷光のような鮮烈さで切り捨てて踏み込んできた。我儘を言えと、重治の本音を荒々しく摑んで引きずりだしてしまった。

我儘を言えるなら、差し出された久瀬の手を摑んでしまいたかった。今からでも久瀬のことが好きだと伝えたい。

自覚してしまったらもう歯止めがかからなかった。なんの取り柄もない三十路(みそじ)を超えた男が手を伸ばすには上等すぎる相手なのに。

でも好きだ。久瀬の勘違いでもいい。勘違いを本気にさせてやりたい。未来ある若者の手を摑んで引き寄せて、道連れにしてしまいたい。

それまで装ってきた献身さをかなぐり捨てたら、自分でも薄気味悪く感じるほどどろどろとした欲望が噴き出してきてぞっとした。こんなものを直接相手にぶつけたら大惨事だ。我儘をどの程度オブラートに包んで外に出すべきなのかさえ忘れてしまった。

(そもそもこっちから告白を断ってるんだぞ。社長も忘れてくれって言ってたし)

腹部を押さえたまま給湯室の壁に背中を預け、天井に向かって息を吐き出した。深呼吸を繰り返したら少しは気持ちが落ち着いたが、久瀬に対する慕情は消えない。それどころか時間の経過とともにどんどん形を鮮明にしていく。自分の欲望もそれに沿うようにはっきりしてきて、ますます強く腹部を押さえた。

(改めて、こっちから告白し直すか……?)

あれほど言葉を尽くして久瀬の告白を断っておいて、今更どの面下げて。けれどそれで久瀬の恋人になれるなら、いっときの恥などどうということもないではないか。

己を鼓舞しかけたものの、待てよ、と思い留まった。

久瀬に告白をされてから、互いに顔を合わせぬますでに五日が過ぎている。これだけの時間が経てばもう、久瀬もすでに自分の勘違いに気づいているのではないか。

もしかすると今頃、重治に告白したことを後悔しているかもしれない。そうとも知らずこちらから久瀬に告白して「あれはやっぱり気の迷いだった」などと断られたらどうする。間違いなく立ち直れない。会社にも行きにくくなるだろうし、最悪離職だ。

重治は片手で顔を覆う。職場恋愛はこういう難しさがあるのだ。前の会社もそれで辞めることになった。上手くいかなかったときのリスクが大きすぎる。思いきって告白して断られたら、恋心だけでなく社会的な立場まで失いかねないのだ。

顔を覆った手をずるりと下ろし、でも、と重治は天井に視線を漂わせた。

（こういう怖さを蹴り飛ばして、俺に好きだって伝えてくれたんだよな……あの人は）

勢い余ってそういう選択ができてしまう久瀬は若い。無鉄砲ですらある。

けれど自分の欲望をないもののように扱って、いつまでも同じ場所から動けない自分よりもずっと前向きだ。

ゆっくりと視線を前に戻せば、コーヒーメーカーに空っぽのコップが置き去りにされていた。

しばしそれを見詰めた後、ボタンを押してコーヒーを淹れる。給湯室に温かな匂いが広がって、それを胸いっぱいに吸い込んだ。

熱いコーヒーを手にオフィスに戻ると、その場に残っていた社員たちがなぜか全員窓辺に立って外を見ていた。何人かが重治に気づいてこちらを振り返る。

「鳴沢さん。見てよ、外すごい雨で雷まで鳴り出してる。そろそろ帰ろうと思ってたのに」

「通り雨っぽいから三十分くらいでやみそうだけど」

「あっ、光った」

真っ暗な窓の外に、フラッシュをたいたような青白い光が走る。間を置いて低い雷鳴が窓越しに聞こえてきて「おぉー」と全員が声を上げた。のんきなものだが、見たところパソコンの電源はすべて落とされているようだ。そういうところはさすがに抜かりがない。

「また光るかな？　動画撮るか」

「いいね、社長に送ろう！」

江口がはしゃいだような声を上げる。隣にいた長谷川が「やめときなよ」と止めているが、半分苦笑交じりだ。再びの雷光の後、「社長に送った！」と江口がはしゃいだ声を上げた。

立て続けに雷が鳴る。光ってから雷鳴が響くまでに少々時間が空くので、さほど近くはないようだ。荒れた空模様を窓越しに見ていたら、あ、と江口が声を上げた。

「社長から返事きた」

窓辺に集まっていた社員が江口を振り返る。重治も思わずその背後に近づいた。

「『気をつけて帰るように』だって。あ、なんか写真もついてる。ホテルから撮った月だ！」

「風流！」と誰かが叫んでドッと笑い、「あっちは晴れてるんだなぁ」なんてしみじみと呟く。

そうやってわいわいと江口の携帯電話を覗き込む社員たちの後ろ姿を見て、重治は静かな感動を覚えた。

（変わった）

ほんの数ヶ月前、自分がここに入社したばかりの頃は、久瀬のいない場所でその名を口にしたがる者はいなかった。オフィスに久瀬が入ってくると室内はしんと静まり返って、久瀬と目を合わさぬよう深く俯いてしまうほどだったのに。

淀んでいた空気が動いて、変化している。

重治は、「場の空気を攪拌する力」とやらを期待されてこの会社に採用された。そういうことならと久瀬に積極的に声をかけ、他の社員のいる場所に引っ張り出してきたつもりだが、それは些細なきっかけに過ぎない。

久瀬が腹を決めて踏み出し、皆がそれを受け入れたからこの現状がある。

（……俺は？）

誰かの背中を押すことはできても、自分自身は前に進むことも、変化することもできないまま、ここまで来てしまった。

再び窓の向こうに雷が走る。

閃光(せんこう)が目に焼きついて、初めて久瀬と視線を合わせた瞬間を思い出した。

今も思い出せる。久瀬は一向にこちらを見ようとしないのに、重治は面接の間ずっと久瀬を見ていた。闇に走る青白い雷に見入られたような気分で、目を離せなかった。

——あれは一目惚れ(ひとめぼ)れだったんじゃないかと唐突に気づいて、コップを取り落としそうになった。

いいな、と思った。それは間違いない。でも手を伸ばそうなんて露ほども思わなかった。自分なんかの手に入るはずもない。諦めることが常態化して、自分がそれを欲していることすらすぐには自覚できなかった。

本当はこんなにも欲しがっているくせに。

腹の底で何かが暴れるようにのたうって、気がついたら声を張り上げていた。

「あの、お願いがあるんですが！」

遅れて響いた雷鳴と重治の声が重なる。重治は手近なテーブルに紙コップを置くと、驚いた顔で振り返った面々に向かって頭を下げた。

「雨がやむまで、少し相談に乗っていただけないでしょうか！」

「え、な、なんの？」

全員の疑問を集約するように江口に尋ねられ、頭を下げたまま答える。

「企画書の件でご相談が……！」

「あ、前に言ってたＶＲコワーキングスペースのこと？　なんだ、びっくりした」

わかりやすく江口の口調が柔らかくなった。顔を上げれば、周りの社員たちも「いいよ」「雨がやむまでね」などと言いながらミーティング用のテーブルに集まってくる。

誰か一人くらい話に乗ってくれればありがたいと思っていたのに、その場にいた全員がテーブルについてしまったので驚いた。目を丸くしていたら、宮田が嬉しそうな顔で近づいてくる。

「さっき鳴沢さんと話してるとき、僕もいくつか新しい案を思いついたんです。それもみんなと相談していいですか？」

「も、もちろんです。助かります」

「でも、急にどうしたんです？　さっきはあんまり気乗りしてなかったのに」

そんなふうに見えたかと、重治は口元に苦い笑みを浮かべる。

「やっぱり、必要なときは勇気を出して人に助けを求めるべきかと思いまして」

「そうですよ、そっちの方が話は早いんですから」

宮田の言葉に頷いて、重治は自分のパソコンを取りに席に戻る。

遠くにいる久瀬と社員たちのやり取りを見ていたら、なんだかじっとしていられなかった。

久瀬は恵まれた立ち場に満足せず、大きな失敗に押しつぶされることもなく、諦めず着実に前に進んでいる。その姿を目の当たりにしたら、自分も足掻いてみたくなったのだ。

（来週、社長が帰ってくるまでに企画書を完成させられたら、そのときは俺から告白しよう）

もしかしたらこの数日で久瀬の心は離れていて、「あれは忘れろと言っただろう」と嫌な顔をされてしまうかもしれない。それでも伝えよう。

久瀬が帰るまでに企画書を完成させられたら、と条件をつけたのは自分に発破をかけたかったからだ。数日でまとめ上げようと思ったら、自分より技術的な知識が豊富な社内の人間にあれこれ訊いて回るしかない。

他人を頼るのは苦手だ。自分の我儘で相手の時間を奪っているような気分になる。

そういうねじれた考え方も、いい加減改めよう。自分が頼られる立場なら相手に対してそんなことは思わないではないか。人によって得意な分野は違う。お互いに頼り合って効率的に作業が進めば何よりだ。

とはいえ、頭ではわかっていても心の持ちようはそう変えられない。こうして他の社員を頼るのは、いわば素振りのようなものだ。久瀬の前で、きちんと本音を口にできるように。

重治は皆が集まったテーブルにノートパソコンを置くと、大きく息を吸い込んだ。

「よろしくお願いします！」

もう雷の音は聞こえない。

雨もすっかり弱まっていたが、テーブルに集まった面々は誰一人席を立つことなく、遅くまで重治の相談につき合ってくれた。

一週間の出張から帰ってきた久瀬は、月曜のミーティングに顔を出さなかった。しばらく会社を離れていたせいであれこれ仕事が溜まっているらしい。午前中は客先を回り、帰社したのは夕方のことだ。

重治も久瀬が戻る少し前に外回りから帰ってきたところだったが、オフィスに久瀬が現れるなり、誰より早く声を上げていた。

「お疲れ様です、社長。お帰りなさい」

声に反応して久瀬がこちらを向いた。

久瀬が出張に出ている間に月が変わってもう十二月だ。外から戻ったばかりの久瀬の耳や頬は寒さで赤く染まっている。こちらを向いた久瀬の顔も凍ったような無表情で怯みそうになったが、すぐに江口たちが「お、社長お帰りなさーい」「お疲れ様です」と次々声を上げ、久瀬の視線はそちらに流れてしまった。

「ああ、ただいま」

フロアに響いた声は柔らかく、そのことに少しだけほっとした。一瞬の無表情は、急に声をかけられたことに驚いたからだと思いたい。

どきどきと落ち着かない心臓を宥め、なんとか仕上げた企画書にざっと目を通す。

ここ数日、何度となく江口たちに助言を仰いで修正を加えてきたものだ。久瀬が帰ってくるまでに完成させられたら改めて告白する、という決めごとの第一関門は突破したことになる。

重治はごくりと唾を飲んでから、覚悟を決めて企画書をメールで久瀬に送信した。

本当ならすぐにでも席を立って久瀬に内容の確認を求めたいところだが、出張から戻ったばかりの久瀬は忙しそうだ。江口や長谷川が久瀬に確認や報告をしているし、人が去ったと思ったら今度は久瀬宛ての電話が次々かかってくる。

じりじりしながら機会を窺うがなかなか声をかけられず、気がつけば外はとっぷりと日が暮れていた。

二十二時近くなってもまだ久瀬は忙しそうに仕事をしている。フロアからも人が減ってきて、重治は仕切り直しに一度会社を出ることにした。

こうなったらもう、久瀬と二人きりになるまで会社に居座ってやろう。長丁場を覚悟して、会社近くのコンビニで適当なパンを買って戻った。

買い物袋をがさがさと鳴らしながらエレベーターに乗り込む。落ち着かない心臓を無理やり宥めて階数表示板を見上げ、五階で降りようとしたらドアの向こうに長谷川が立っていた。

「あれ、鳴沢さん？　まだ帰ってなかったんですね」

お疲れ様です、と微笑む長谷川の後ろには江口と宮田の姿もある。揃って帰るところだったらしい。

入れ違いにエレベーターに乗り込んだ三人に「お疲れ様です」と頭を下げようとして、重治ははたと動きを止めた。

「あの、今オフィスに残ってるのって……？」

「今？　もう社長だけじゃん？」

江口がのんきに答えるのと同時にエレベーターのドアが閉まり始めた。その隙間から三人の「お疲れ様でーす」という声が細く漏れて、完全に消える。

静まり返るエレベーターホールに立ち、重治はぎこちない仕草で背後の廊下を振り返った。

長丁場を覚悟していたのに、いきなり二人きりになってしまった。

怯んだのは一瞬で、重治は深呼吸を一つすると大股で廊下を歩き始めた。突き当たりのドアに手をかけ、思いきって押し開く。

江口が言った通り、オフィスにはすでに久瀬の姿しかなかった。物音に気づいてこちらを向いた久瀬が、「まだ帰ってなかったのか」と声を上げる。

「はい、コンビニに夜食を買いに行ってきました」

「何か急ぎの仕事でもあるのか？」

久瀬の声も表情もこれまでと変わりはない。それに勇気づけられ、重治はコンビニの袋を持ったまま久瀬の席に近づいた。

「急ぎではないのですが、夕方にお送りした資料の件で少しよろしいですか」

「ああ、例の企画書か。すまん、今から目を通す」

「でしたら、社長も夜食をどうぞ」

ビニール袋の中から、卵の挟まったコッペパンとハムチーズサンドイッチを取り出して久瀬のデスクに置く。「甘いものがよければこちらも」とドーナッツも隣に並べた。

久瀬は次々出てきたパンに目を丸くして、デスクの向こうで直立不動の体勢をとる重治に視線を移した。

「これ全部、お前ひとりで食べるつもりだったのか?」

「食べきれなければ明日の朝食にすればいいかと思いまして」

「いいのか、明日の朝食をわけてもらって」

「もちろんです。どれでもお好きなものをどうぞ」

久瀬はデスクに並んだパンを端から眺め、「これ」と言ってサンドイッチを手に取った。

「ありがとう。今日は昼もろくに食べられなかったから助かる」

「でしたらドーナッツもどうぞ」

「それはお前が食べたらいい。ちょっと待ってろ、すぐ確認する」

久瀬はサンドイッチの包みを開けながらパソコンの画面に視線を戻す。「食べてからでいいですよ」と声をかけてみたが、画面に集中しているらしく短い相槌(あいづち)しか返ってこない。

席に戻って待っていてもよかったが、久瀬の反応が気になってその場から離れられなかった。

ほとんど手元も見ないままあっという間にサンドイッチを食べ終えた久瀬は、画面に目を向けたまま小さく頷く。

「いいんじゃないか。よくまとまってる」

「ありがとうございます」

「プレゼン資料も作ったのか。仕事が早くて助かる」

「社内の皆さんにも手伝ってもらいました」

久瀬の目がこちらを向くのを待って、重治は深く頭を下げた。

「私の仕事を皆さんに振り分けるようご指示いただいてありがとうございました。資料を作るときも、皆さんから私に声をかけてくださったので頼りやすかったです」

「そうでもしないとお前は周りを頼らないだろう」

久瀬の声に微かな笑いが滲む。思わず顔を上げれば、久瀬が口元を緩めて画面を見ていた。

「いいな、簡潔にまとまってて。江口や長谷川に頼むと企画書がとんでもなく分厚くなる。あれもこれも説明したくなるのはわかるんだが、プレゼン相手は専門知識がないのがほとんどだろ。これだけ端的にまとまってた方が話は通りやすい」

「それは、単に私の技術的な知識が乏しいからでは……」

「いや、これはわかった上で不要な情報を削いだ内容だ」

確信を込めた口調で言って、久瀬がようやくこちらを向いた。

「後で細かいチェックは入れておくが、大枠はこのままで問題ない。お疲れ様」

落ち着いた口調で言って、久瀬はゆったりと笑った。

顔立ちの美しさは重々承知していたつもりだったが、恋心を自覚した今では軽い笑みを向けられただけで息が止まりそうになる。

こんな相手に告白をされたなんて、夢でも見ていたのではないか。この期に及んで確信が揺らいだ。あるいは冗談だったのかもしれない。だとしたら、今更こちらから告白などしたところで恥をかくだけだ。

でも伝えたい。汗の滲む手を体の後ろで組んで、強く握りしめる。

話を終えても一向に立ち去ろうとしない重治に気づいたのか久瀬は不思議そうな顔をして、デスクに置かれたままのコッペパンとドーナッツに目をやった。

「なんだ、お前はまだ食べてなかったのか。サンドイッチの礼にコーヒーでも淹れてきてやろうか？」

「いえ、それは結構ですが……。あの、他に、何か……」

何かないのか。自分は久瀬の告白を断っておきながら、こんなふうに二人きりのオフィスで差し入れなんて持ってきたのだ。まだ少しでもこちらを想う気持ちが久瀬にあるなら、思わせぶりなことをするなと不機嫌になってもおかしくない。

歯切れ悪く尋ねる重治を見上げ、久瀬は束の間沈黙してからゆっくりと首を横に振った。

「いいや、何も」

柔らかな声で言って、久瀬は静かに微笑む。先週の告白を蒸し返す素振りは微塵もない。あの告白はなかったことにしてくれだとか、気の迷いだったとか、何かしら弁明をしてもよさそうなものを。

部下に告白して、振られて、それでもなお同じ職場で顔を合わせなければならない。居心地の悪い思いをしているに違いないのに、久瀬はそのことをおくびにも出さない。この先もずっと、二度と口にする気はないのだろう。

（個人的な感情で行動を変えたりしない。この人は、信用に足る人だ）

そんな確信が身の内を貫いて、自然と背筋が伸びた。ならばもう躊躇はすまい。

重治は椅子に腰かけている久瀬を見下ろし、「社長」と硬い声を出す。

「仕事とは関係のないことで恐縮ですが、お伝えしたいことがあります」

重治の顔に緊張が走ったのに気づいたのか、久瀬の顔からも笑みが引いた。静かな口調で「なんだ」と促す。

重治は体の後ろできつく両手を握りしめる。心臓がとんでもない勢いで脈を打っているせいで息が震えていた。きちんと喋れるだろうか。拒絶されたらと思うと怖い。だが、恐怖を凌駕する欲望が腹の底で渦巻いている。それを無視することはもうできない。

冷たくなった指先を組み直す。ぎりぎりまで久瀬の目を見ていたが、想いを口にする瞬間はどうしても視線が斜めにずれてしまった。

「私も、社長のことが好きです」

勢いで「私も」などと言ってしまったが、今この瞬間久瀬が自分にどんな感情を向けているのかわからない。もしかしたら今度は自分の方が振られるかもしれない。

だとしても、絶対に離職はするまいと腹を決めた。

きっと久瀬は公私混同しない。重治の告白を退けても、それで業務中の態度を変えるようなことはしないだろう。

どんな結果に転がったとしても、自分は久瀬についていく。以前そう伝えたとき、久瀬は心底安堵した顔で笑っていた。あの言葉を違えたくない。

振られたら「忘れてください」と頭を下げ、明日も何事もなかった顔で出社しよう。たった今、久瀬が自分にそうしたように。

改めてそう決意して、ゆっくりと久瀬の顔に視線を戻す。

久瀬は先ほどと同じ格好で椅子に座ったまま、大きく目を見開いてこちらを見ていた。

硬直して、息をしているのかどうかも定かでない。心配になって「あの」と声をかけるとようやく瞬きをしたが、表情は変わらないままだ。

話を進めればいいのか引っ込めればいいのかわからず、重治は声を小さくした。

「もう、無理でしょうか。でしたら私の今の発言も、なかったものにしてください。忘れろと言われたのに蒸し返してしまって申し訳ありません」

頭を下げた途端、ガタッと大きな音がした。久瀬が勢いよく椅子から立った音だ。

「待て、急になんだ、自己完結するな」

デスクに両手をついた久瀬が勢いよく身を乗り出してくる。

「どういうことだ、前回はきっぱり断られたはずだぞ」

「はい、ですからもう無理かもしれないとは思ったのですが」

「何が無理なんだ。というか、無理をしてるのはそっちじゃないか？」

久瀬の表情は怖いくらいに真剣だ。今にも食いかかってきそうな剣幕に呑まれて体を後ろに反らすと、久瀬も我に返った顔で身を引いた。片手はデスクについたまま、もう一方の手を腰に当てて深く息を吐く。

「……すまん。前回のあれは、パワハラだったな」

「え」

「セクハラか。どちらにしろ、悪かった。雇い主から従業員に言うべき事柄じゃなかった」

重治から目を逸らし、久瀬は苦々しい表情で「申し訳ない」と繰り返す。

重治に告白をしたあの日、アパートを出た久瀬はとんでもない後悔に苛まれたらしい。

自分のような立場の者が従業員に交際を迫るなんて、パワハラかセクハラ以外の何物でもない。こちらにその気はなくとも、断ったら解雇されるかもしれないと相手を怯えさせてしまう時点でアウトだ。

「あのときはお前がきっぱり断ってくれてよかった。とはいえ、振った相手と同じ職場で顔を合わせるのは気まずいだろう。居心地が悪くなってお前から辞職を申し出られるかもしれないとこの一週間は気が気じゃなかった。でも今日、久々にオフィスに顔を出したら今まで通り真っ先にお前が声をかけてくれて心底ほっとしたんだ」

久瀬にしては珍しく早口でまくし立てられ、口を挟む隙もなかった。と同時に、今朝挨拶をしたとき、久瀬が無表情でこちらを見た理由も理解する。あれは様々な懸念が去って気が抜けた顔だったのか。

一息でそこまで語った久瀬は、息を整えるように深呼吸をして改めて重治と向き合った。

「そういうわけで、あの件については忘れてもらえるとありがたい。間違っても無理にこちらの感情に添おうとしないでくれ。本気でパワハラになる。こちらも今後お前に対する待遇を変えるつもりはない」

「いえ、あの」

「話は以上だ。夜食をありがとう。企画書はこのまま進めてくれ」

「待ってください、そちらこそ自己完結しないでください！」

話を切り上げられそうになって、思わず声を大きくしてしまった。

ようやく久瀬の目がこちらを向く。その視線を逃したくなくて、今度は重治が前のめりになった。

「パワハラともセクハラとも思っていません！　お断りしてしまったのは嫌だったわけではなく、単に私が、臆病だったからです……」

語尾が尻すぼみになった。胸の内を打ち明けるのはこんなに気恥ずかしいものなのか。もう長いこと、家族にも誰にも本音を打ち明けてこなかったのでたどたどしくしか言葉を選べない。

「あんなふうに、真正面から想いをぶつけられたのは初めてだったんです。自分にあんなに真摯に向き合ってくれる人がいるなんて想像したこともなくて、それで、受け止め方がわからず逃げました。私自身が貴方をどう思っているのか口にしないまま、卑怯なやり方で」

放っておくと勝手に視線が下がってしまって、慌てて顎を上げた。

デスクを挟んだ向こうから、久瀬がまっすぐこちらを見ている。

「どう思ってたんだ」

尋ねる久瀬の表情には余裕がない。焦れたようにデスクについた手を握りしめている。

「その前に、お伝えしておきたいことがあります。前の会社を辞めるきっかけになった私の元恋人は、男性でした」

ひゅっと久瀬の喉が鳴った。息を呑んで、それきり呼吸を止めてしまったようにも見える。

多分、今の今まで久瀬はこちらを異性愛者だと思い込んでいたはずだ。世の中の人間の大多数は異性愛者なのだからそう考えるのは当然である。先にその勘違いを正しておかないと、また久瀬がパワハラ、セクハラと言い出しかねない。

「ですからこの先の言葉は、貴方の立場に逆らえず無理に口にしているわけでもなんでもないことだけ、ご理解いただければと思います」

「わ……かった」

肺に残っていた空気でなんとか言葉を押し出したような、掠れた声で久瀬は言う。

よし、と重治は覚悟を決めて口を開いた。

「初対面のときから社長のことは、好みのタイプだと思っていました」

「はっ⁉」

「もちろん最初は恋愛感情抜きです。単に綺麗な顔だな、とか、高圧的な物言いがいいな、と思っていただけです」

「こ……っ、高圧的な物言いがよかったのか？」

食いつくところはそこなのか、と思いつつ、重治は頷く。

「雷のような、美しいけれど不穏なところに惹かれました」

そうか、と頷いたものの、久瀬の表情は複雑だ。あの頃の久瀬の態度は本人が苦心して演じていたもので、本来の性質とは異なる。いわば偽りの振る舞いに惹かれたと言われては素直に喜べまい。

「実際にお話をさせていただいて、元来はもっと素直で大らかな方だとわかりました。不穏どころか、明るい性質をお持ちなのも十分承知しています」

「お前の好みとはだいぶ違ったか」

「はい」と応じれば、久瀬の表情がわずかに歪んだ。傷口を引っ掻かれたような顔だ。わかりやすく傷ついている。

初対面のときは久瀬のことを、何を言われても動じない人物のように思っていた。露骨に悪意のある言葉を投げつけられても鼻であしらうのだろうと思ったし、そんな姿を想像して胸をときめかせてもいた。

唇を引き結び、傷ついている顔を隠そうと無表情を装う久瀬を見て、重治は耐えきれず顔を伏せる。

「……その、はずだったんですが」

床に向けた頬が熱い。顔に集まった熱が逃げ場を求め、首筋や胸の方にまで流れていく。

多分今、ワイシャツからはみ出た部分は全部赤く染まっている。だから顔を上げられない。

久瀬の素の部分を知るほど自分の好みからは離れていくはずなのに、逆に惹かれてしまった。

素直で、まだまだ青い部分も残っていて、でも自分のなすべきことを見極めようとまっすぐ前を向くその実直さが眩しかった。ときどき感情的になって本音を隠せなくなるのを見て、可愛いと思ってしまったときにはもう取り返しがつかなくなっていたのだ。

「……自分の好みなんてどうでもよくなるくらい、好きになってしまった、ので」

顔を伏せたまま、重治は体の後ろで組んでいた手をほどく。その手を体の脇に添わせ、腰を折って深く頭を下げた。

「一度はこちらからお断りしてしまいましたが、もう一度だけご検討いただけませんでしょうか」

こんなとき、とっさに営業用の言葉しか出てこないのがもどかしい。けれど固い言葉の下には確かに自分の本心がある。伝わってほしいと、これ以上ないほど深く頭を下げた。

「どうか、我儘を許してください」

声が震えてしまった。こんなの我儘以外の何物でもない。久瀬は忘れろと言ったのに忘れられなかったし、諦めきれなかった。

応えてほしい。切実な願いが腹の奥で激しくうねる。

しばらくそうして頭を下げていたが、久瀬からの返答はなかなかなかった。心臓の鼓動が大きすぎて、自分の爪先しか映っていない視界が揺れている。やはりもう無理だったか。唇を噛(か)んだところで、視界の端に黒い革靴の先が映り込んだ。

デスクを回って傍らに来ていた久瀬に腕を掴まれ、引き上げられる。半ば無理やり顔を上げさせられ、見遣(みや)った先にあったのは頬どころか額まで赤くした久瀬の顔だ。

「雇い主の前だからって心にもないことを言ってるわけじゃないだろうな?」

怒ったような顔は照れ隠しだろうか。明確な言葉をもらうまでもなく、声と表情と顔色に全部答えが出てしまっている。

第一印象では、こんなにわかりやすくて可愛らしい人ではないと思っていた。知った今となってはもう、この人の魅力に抗えそうにない。

重治は眉を下げ、泣き笑いのような顔で答えた。

「はい。もう、一目惚れでした。知るほどどんどん好きになるばかりで」

言い終える前に久瀬の腕が伸びてきて、問答無用で胸に抱き込まれた。

勢いがつきすぎて軽く踵が浮いたし、互いの胸を強く打ちつけて咳き込みそうになったが、耳元で上がった声があまりに大きかったので痛みも苦しさも全部吹っ飛んだ。

「だったら前回断る必要なんてなかっただろう！」

背中に回された腕が痛いくらい強い。視界の端で捉えた久瀬の耳は真っ赤だ。

つい先ほどまで床を見詰めて動けなかった自分と同じだと思ったら、安堵と歓喜が同時に押し寄せてきて体から力が抜けた。声まで芯を失って、「すみません」と寝ぼけたような声で謝罪をした。

「俺が諦めてたらどうするつもりだったんだ！」

「諦めてなかったんですか」

「だからこうしてるんだろうが……！」

きつく抱きしめられて息が止まりそうになった。もう少し若かったら久瀬と同じくらい興奮して力の限りに抱き返せただろうが、三十を過ぎるともう駄目だ。興奮するより脱力した。もう自分で自分の体を支えていることもままならなくなって、久瀬の胸に寄りかかる。

「我儘を聞いてくれて、ありがとうございます」

久瀬の背に腕を回し、上下する背中をゆっくりと撫で下ろす。たちまち久瀬の背中が強張って、背中が反るほど強く抱きしめられた。

「……この程度、我儘にもならない」

もっと言え、と耳元で囁かれて身を固くした。久瀬の声が熱っぽい。

目を見開いたら、久瀬の肩越しにフロアを囲む窓が見えた。夜空を透かす真っ黒なガラスに、オフィスで抱き合う自分たちの姿が映っていて息を呑む。

自分たち以外誰もいないとはいえ、ここは職場だ。誰かがここに戻ってくるとも限らない。

「社長、あの……っ」

「この状況で社長呼びはやめてくれ、パワハラしてる気分になる……」

「く、久瀬さん！　とりあえず今は離してください」

「下の名前じゃないのか」

「ここは会社なので！」

前の職場では同じような状況で相手に押し流された。自分なんかを求めてくれるなら応えたい、と思ってしまったのだ。その結果自分はあの会社を去ることになったし、会社に残った元恋人だって、きっと居心地の悪い思いをしているに違いない。

今度こそあの失敗を繰り返すまいと、重治は渾身の力で久瀬の胸を押し返した。

「社長……！　私はもうこういう現場を他の社員に見られて退職したくありませんし、社長が窮地に陥る姿も見たくありません。社内では部下として扱ってください。一社員としてこれからも貴方を支えたいんです、その立場は奪われたくありません！」

言葉とともに腕に力を込めれば、背中に回っていた腕がほどけて互いの間に隙間ができた。

盛り上がっているところに水を差す格好になってしまったが、見上げた久瀬の顔には満足そうな笑みが浮かんでいた。

「あれこれ言うようになったな」

指先が伸びてきて、赤くなった重治の頬を一撫でする。自分の要求を口にしたことを褒めるような仕草だ。十も年下の相手に甘やかされている気分になって、ぎこちなく視線を逸らした。

「ここでなければいいのか？　俺の部屋なら続きをしても？」

頬を撫でながら問われ、口の中でもごもごと「まあ、はい」などと返事をする。

「これから来るか？」

囁く声が急に低く、甘くなってどきりとした。今日の今日で誘われるのか。なんの準備もしていない。目を泳がせていたら、頬に触れていた手がぱっと離れた。

「と言いたいところだが、明日は朝から新幹線に乗って客先に直行だ」

体を前のめりにした久瀬が重治の肩に顔を押しつけてくる。両手はだらりと体の脇に垂らし、重治に寄りかかるような格好だ。

　これくらいなら、疲れた上司が部下に凭れているように見えなくもない、だろうか。

　さすがに苦しい言い訳だとは思ったが、久瀬と身を寄せ合うのは嫌ではない。これ以上の接触がないのであれば無理に突き放す必要もなく、あくまで労る体で軽く久瀬の背中を叩いた。

「このままお前を部屋に引っ張り込んだら、間違いなく明日は寝過ごす。今週はずっとこんな調子で忙しい」

「それは、お疲れ様です。私にも手伝える仕事があれば振ってください」

「だったら金曜の夜は時間を空けておいてくれ」

「今週ですね、わかりました。時間は――」

　言葉の途中だったが、久瀬の笑いを含んだ声に遮られた。

「仕事が終わったら、俺の部屋に来てくれ」

　真面目に金曜のスケジュールを思い返していた重治は、中途半端に開けていた口をきゅっと引き結ぶ。

「……それは、仕事ではないですね」

「仕事ではないが、忙しい今週を乗り切るために必要だ」

　つい先ほどまで顔中赤くしてこちらに詰め寄ってきたのが嘘のように、久瀬に余裕が戻っている。いや、浮かれているのか。

久瀬の背中に手を添えて、重治は天井を仰いだ。

「承知しました」

なるべく硬い声でそう返したつもりだったが、自分の声もやっぱりどこか浮かれた響きを伴っていたのだろう。掌の下で、笑いをこらえる久瀬の背中が小さく震えた。


今週は忙しい、と本人が言った通り、久瀬はその週ほとんど会社に顔を出さなかった。ついでに重治も一気に多忙になった。新事業の融資を受けるため、久瀬が早々に久瀬商事と面談の約束を取りつけてきたからだ。

プレゼン資料は一応作っていたとはいえ、まだ細部は詰めていない。他の社員の手も借りてバタバタと準備に奔走する羽目になった。

そろそろ疲れも溜まってきた木曜日、社内で久しぶりに久瀬とすれ違った。

客先に向かう準備を済ませ、廊下に出ようとしたらちょうど久瀬がドアを押し開けオフィスに入ってきた。顔を合わせた瞬間、「お帰りなさい」「ただいま」という言葉が同時に出る。

久瀬は重治のために大きくドアを開け、壁際に寄って道を譲ってくれた。

「今から外出か」

「はい、今日はこのまま直帰します」

「外、少し雨が降り出したぞ。傘持ってるか？」

「折り畳み傘なら準備があります」

手にしたカバンを軽く叩いた重治を見下ろし、「気をつけて」と久瀬は目を細める。

「……行ってきます」

ぺこりと頭を下げて久瀬の前を通り過ぎる。すぐに背後でドアが閉まって、久瀬の「ただいま」という伸びやかな声がドア越しに聞こえてきた。

人気のない廊下を足早に歩いてエレベーターホールにやってきた重治は、乗り場の呼び出しボタンを押して深く息を吐いた。

（わ……わぁー……）

特別な言葉をかけられたわけでもなければ肩を抱かれたわけでもないのに、心臓がバクバクと激しく脈打っていてよろけそうになった。

（ぜ、全然、声が違った……）

重治が廊下に出た後、オフィスにいた社員たちに向かってかけられた「ただいま」と、重治にだけ聞こえる声量で口にされた「ただいま」がまるで違っていた。出がけに交わした二言三言のやり取りも、声がやたらと甘く聞こえて無表情を装うのが大変だったくらいだ。

（あの人、つき合うとこんな感じになるのか）

意外なことに、つき合うとなったら久瀬は毎晩携帯電話から重治にメッセージを送ってくるようになった。お疲れ、とか、お休み、なんて他愛のない内容ばかりだが、自分たちは恋人同士なのだと自覚ができて感動した。ワンナイトばかりしてきた重治にとっては新鮮ですらある。

到着したエレベーターに乗り込んで、掌で軽く頬を扇ぐ。

明日は金曜日。仕事が終わったら久瀬の部屋に行くことになっている。

いよいよか、と嚙みしめるように思う。なんだか焦らされているような気分だ。

久瀬が出張に出ていたときからずっと、久瀬のことばかり考えている。告白されて、そのまま久瀬の部屋に連れ込まれていたらこんなにじりじりすることもなかっただろうに。もし狙ってやっているのだとしたら大した策士だ。

木曜の時点でそんな状態だったので、金曜ともなれば朝から終始上の空だった。こんな状況でミスをしては笑い話にもならないので、外出は午前中で済ませ、午後は事務作業に没頭する。

朝から外出していた久瀬は夕方に帰社した。「ただいま」とオフィス全体に声をかけつつ、重治に目配せするのも忘れない。きっと重治しか気づかなかっただろうささやかな仕草だが、まっすぐ胸を撃ち抜かれた気分でデスクに突っ伏しそうになった。

(帰り、何時くらいになるんだろう……)

フレックスで遅めに出勤している社員も多いので、毎日二十二時くらいまでは誰かしらオフィスに残っている。久瀬はいつも最後の一人になるまでオフィスに残っているので、おそらく今日もそうなるだろう。時計を確認し、あと何時間、と指折り数えている自分に気づいて、待ちきれないみたいじゃないかと頭を抱えた。

雑念を振り払って仕事に集中し、時刻が二十時を過ぎる頃、ふっと傍らに影が落ちた。

「まだ帰らないのか？」

見上げれば、帰り支度を終えた久瀬がカバンを片手に立っていた。

いつの間に、と目を見開いた重治を見て悪戯が成功したような顔で笑い、久瀬は「お先に」と声をかけてオフィスを出て行ってしまった。

慌てて追いかけては周りに何か気取られそうで、重治もさりげなく帰り支度を済ませ、久瀬から遅れること数分後「お疲れ様です」と周囲に声をかけてオフィスを出た。

エレベーターで一階に到着すると、エントランスで久瀬が待っていた。重治は大股でそちらに近づき、「出るなら一言声をかけてください」と声を低める。

「かけただろう。お前もこうして追いかけてきたし、問題ない」

機嫌よく言い放ち、久瀬は会社を出るとすぐにタクシーを捕まえた。

「いつもタクシーで通勤してるんですか？」

久瀬と一緒に後部座席に乗り込んで尋ねると、「まさか」と苦笑された。

「そこまで豪勢な生活はしてない。普段は電車通勤だ。会社から二十分くらいか」

「じゃあ、どうして今日はタクシーを……」

ふっと重治の声が途切れる。久瀬が顔は前に向けたまま重治の手を握ってきたからだ。

シートの上で、互いの指を絡ませるようにして手をつながれる。運転席からは見えないだろうが、うっかり息を詰めてしまった。

久瀬は視線だけこちらに向け、車内に響くエアコンの音に紛れ込ませるように囁いた。

「待ちきれないって顔をしてたから」

親指で手の甲を撫でられ、見られていたのかと思ったら一気に顔が熱くなった。

道中はずっと久瀬に手を握られたままだったが、それを握り返すこともろくにできず俯いているうちに車が停止した。

到着したのは八階建てのマンションだ。

オートロックの入り口を潜った重治は、エレベーターの前に立って辺りを見回す。

「てっきりコンシェルジュつきのタワーマンションにでも住んでいらっしゃるのかと思ってました」

「うちの会社の規模を見ればそんな大層な家には住めないことくらいわかるだろう」

苦笑しながらエレベーターに乗り込んだ久瀬に重治も続く。

各フロアの部屋数は三つと少ない。久瀬の部屋は五階の角部屋だった。

玄関の鍵を開けてもらい、どうぞ、と中に通されて先に敷居をまたぐ。

「お邪魔します……」

自動センサーで玄関の明かりがついた。玄関からまっすぐ続く廊下は長く、一人暮らしにしては広い家だな、などと思っていたら背後で玄関の鍵が閉まる音がした。次の瞬間、後ろから肩を摑まれ強い力で振り向かされる。腰を抱き寄せられたと思ったときにはもう、目の前に久瀬の顔があった。

「んん……っ」

嚙みつかれるようにキスをされ、唇をふさがれたまま小さく声を上げてしまった。よろけて玄関の壁に背中をつければ、久瀬も一歩前に出て重治の体を壁に押しつけてくる。

「ん、ん……っ、ちょ、っと、ま……ぁっ」

性急なキスは息苦しいくらいで顔を背けようとするが、顎を摑まれて逃げられない。久瀬の舌先が唇を割って入ってきて、口内を熱い舌で蹂躙(じゅうりん)される。

会社やタクシーの中ではもっと余裕のある態度だったのに、部屋に入った途端箍(たが)が外れたかのように唇を貪られた。もしかするとずっと自分を抑えていたのか。ちっともそんなふうには見えなかったので完全に油断した。待ちきれずじりじりしているのは自分ばかりだと思っていたのに。

「ん、し……っ、社長！」

息継ぎの合間にどうにか声を上げると、ようやく唇を離してくれた。けれど体は壁に押しつけられたまま、久瀬の顔も鼻先が触れるほど近くにある。

前髪の隙間からこちらを見る久瀬の目は、よくこれを今の今まで隠してきたものだと感心するくらいに熱を帯びていて背筋が震えた。

「待ってください、あの、こんな場所でなくても……」

こちらが喋っているのに、久瀬はお構いなしに重治の唇を舐めてくる。言葉を引っ込めた重治を至近距離から見詰め「社長はよせ」と低く囁いた。

「……久瀬さん」

「下の名前にしろ。前も言ったな？」

「玲司さん」

間髪を容れずに返すと、久瀬の瞳が丸くなった。直後、満足げに目元が緩む。

「案外ためらいがないんだな」

「久瀬さんにしろ玲司さんにしろ、呼び慣れていないのに変わりはありませんから」

それより、と重治は自ら腕を伸ばして久瀬の首に回す。

「先にシャワーをお借りしたいのですが」

首を抱き寄せられた久瀬は機嫌よく笑い、うん、と頷いてまた重治に唇を寄せてくる。

「わかった。でも、もう少し」

腰に久瀬の両腕が回され、唇をすり寄せるようなキスをされる。押しつけられる唇の柔らかな感触が心地いい。首を傾けて深く重なるように仕向ければ、またすぐに久瀬の舌が唇の隙間から忍び込んできた。

「ん……」

今度はゆったりと口の中を舐め回されて背筋が震える。久瀬の動きに応えて自分から舌を絡ませると、腰に回された久瀬の腕に力がこもった。唇の隙間から漏れる息遣いが荒くなって、そのことにそっと胸を撫で下ろす。

久瀬は自分をバイセクシャルだと言っていたが、これまでつき合ってきた相手は全員女性だ。実際に同性の体に触れてみたら、やっぱり無理だ、なんてことになるかもしれないと危惧していたが、この反応を見る限り問題なさそうだ。キスはますます深くなるし、腰を押しつけられると久瀬の下腹部が兆しているのも伝わってくる。

玄関先で靴も脱がぬままひとしきり舌を絡ませた後、重治は掠(かす)れた声で尋ねる。

「あの、今更なんですが……どこまでします？」

久瀬は軽く息を弾ませ、「どこまで？」と怪訝(けげん)そうな顔で繰り返した。

「男同士ですから、触り合うだけとか、挿入までとか、いろいろあるので」

「最後までしたい」

即答だ。重治は緊張していることを悟られぬよう次の質問に移る。

「でしたら、どちらの役をご希望でしょう。男役と、女役とありますが」

「お前はどっちがいいんだ？」

頬に唇を寄せられ、柔い口づけとともに尋ねられる。くすぐったさに肩を竦(すく)め、迷いながら口を開いた。

「私は……ネコ役が多かったです。受け入れる方ですね」

「そっちが好きなのか」

からかうでもなく真面目に問われ、耳まで赤くなった。

久瀬の言う通り、重治は受け入れる側が好きだ。けれど三十を過ぎたあたりから、周りからタチ役を求められることが多くなった。小柄でもなければ可愛げもない、趣味は筋トレなんてごつごつした男を好んで抱きたがる相手はあまりいない。

久瀬に顔を覗き込まれ、重治は揺れる視線を隠すように目を伏せる。

「まあ、そう、ですが、私はどちらでも。もし貴方がネコ役をお望みなら、それでも構いません」

久瀬は好奇心が旺盛そうだし、抱かれる側に興味があるということも十分考えられる。

「一応どちらでもいいように用意してきましたが、お任せします。私はどちらでもいけますし、貴方に悦んでもらえるなら、どちらでも嬉しい、ので……」

さすがに気恥ずかしかったが、これも本心だ。久瀬が同性を相手にするのはこれが初めてなのだし、できるだけ意向に沿う形で完遂してもらいたい。

目を伏せて返事を待っていると、また久瀬の顔が近づいてきて唇を軽く一舐めされた。反射的に唇を開いたが、久瀬は重治の唇を舐めたり軽く噛んだりするだけで深く舌を絡めてこようとはしない。不思議に思って目を上げると、そのタイミングを待っていたように唇が離れた。

「お前はこんなときまで献身的なんだな」

唇の先で密やかに囁かれて喉が鳴る。久瀬の視線は溶けた蜜のようで、見詰められると唇や頬や目の周りがとろりと熱くなった。

「本当ならお前には我儘を言ってほしいんだが、今回ばかりは俺の要望を通していいか？」

「も……もちろん、です」

「次はお前の希望をきくから」

「いえ、私は、本当に、どちらでも……」

貴方に触れられるなら、と続けようとしたのに、飴を煮詰めたような久瀬の声に遮られた。

「抱かせてくれ」

喉元まで出ていた言葉が霧散して、は、と小さな息だけが唇から漏れた。

久瀬が目を伏せて、長い睫毛が頬に影を落とす。そんなものに見惚れていたら、唇を軽く吸い上げられた。

「あ……っ、の……抱くって、貴方が……」

「抱きたい。なあ、駄目か。本当はどちらがいい？」

甘えた口調はやけに堂に入っている。甘え慣れている人の物言いだ。そういえばこの人末っ子だったな、などと頭の片隅で考えたところで、がくんと腰が落ちた。

　腰に回した腕でとっさに久瀬が支えてくれなければその場に尻もちをついていたかもしれない。どうした、と慌てたように顔を覗き込まれ、重治は息を震わせる。

「すみません……あの、どっちでもいい、つもりだったんですが」

「なんだ、やっぱり抱かれるのは嫌か?」

　無言で首を横に振る。言おうか言うまいか迷ったが、久瀬が返事を待っている。ここでごまかしてはいらぬ誤解を招きそうで、恥を忍んで呟いた。

「貴方に、抱いてもらえるのかと思ったら……興奮して」

　どちらでも構わないと言ったくせに、こんな反応をしてしまう自分が情けない。唇を噛んで羞恥に耐えていると、久瀬の小さな笑い声が耳を打った。頬にキスをされたと思ったら、唇が耳元まで移動して、笑いを含んだ声で囁かれる。

「腰が砕けるほど?」

　耳朶に吐息が触れて、本当に腰が抜けそうになる。久瀬の首に縋りついてなんとか立っていると、いっそう強く抱きしめられた。

「そういうことはちゃんと言え。こんなの俺を喜ばせるばかりで我儘にもならない」

　軽く耳に歯を立てられて背中がのけ反る。言っていいのか、許されるのかと思ったら、いよいよ膝から力が抜けた。崩れ落ちそうになる体を久瀬がしっかりと抱き留めてくれて、体の芯に震えが走る。

「……善処します」

そう返すのが精いっぱいで、必死で久瀬の首にしがみついた。

先に久瀬にシャワーを浴びてもらい、続けて重治もバスルームに入った。

久瀬のマンションは一人暮らしにしては大きな2ＬＤＫの部屋で、浴室も重治のアパートのそれと比べると広かったが、そんなものをじっくりと堪能している余裕はなかった。

シャワーを終えて脱衣所に戻ったところで着替えがないことに気づく。一応新しい下着を持ってきていたが、リビングに置いたカバンの中だ。迷った末、腰にタオルだけ巻いて脱衣所を出た。

リビングに向かうと、スウェットのズボンにＴシャツという部屋着に着替えた久瀬が何するでもなくソファーに腰かけていた。重治に気づいて振り返り、軽く目を見開く。

「すみません、こんな格好で。着替えがカバンの中で……」

これからすることを思えば半裸を見せるなんて大したことでもないはずなのに気恥ずかしい。ソファーの後ろを通り過ぎ、その脇に置かれていたカバンを手に取った瞬間、突然久瀬が立ち上がって重治の腕を摑んできた。そのまま腕を引かれて奥の寝室に連れ込まれる。

寝室にはダブルサイズの大きなベッドが一つ置かれているだけで、ほとんど物がない。部屋のドアが閉まるなり、明かりをつける間もなく久瀬に唇をふさがれた。

「あ、ん……っ、ぅ……」

すぐに唇の隙間から熱い舌が押し入ってきて、首の後ろがかぁっと熱くなった。抱きしめられたままもつれる足取りでベッドに近づき、二人してシーツの上に倒れ込む。

「あ……っ、は、ぁ……っ」

暗い室内では久瀬の表情がよく見えない。代わりに上からのしかかってくる体の熱さや、唇の隙間から漏れる息の荒さが鮮明に伝わってきた。

同性相手でもちゃんと興奮している。ほっとして、久瀬の後頭部を軽く撫でた。

「……余裕だな？」

頭など撫でられて子供扱いされているとでも思ったのか、キスの合間に囁かれた声は少しだけ低かった。重治は久瀬の首に腕を回し、まさか、と掠れた声で笑う。

「体から芯が抜かれたような気分ですよ。まともに動ける気がしません」

寝室のカーテンは開いていて、窓からうっすらと下界の光が届く。闇に目が慣れてきて、暗がりに半信半疑の久瀬の顔が浮かび上がった。

「意外とお前は経験がありそうだから、わからないな」

久瀬が大きな手で重治の頬を包んでくる。親指で唇をなぞられ、薄く開くと歯列を爪で叩かれた。前より大きく口を開けば親指が口内深くに入ってきて、舌先に指が触れる。

舌の表面をざらりと撫でられ口の中に唾液が溢（あふ）れた。喉を鳴らしてそれを飲み下し、悪戯な久瀬の指を軽く噛む。

　ほら見ろ、と久瀬が目を細めた。

「会社にいるときとは別人だ。こんな色っぽい仕草をする男だとは思わなかった」

　会社でこんな状態になっていたら問題でしょう、と返す代わりにもう一度久瀬の指を噛んだ。

　久瀬は「痛い」と笑って指を引き抜き、重治の唇にキスをする。唇はすぐに喉元に移動して、仕返しのように鎖骨に甘く歯を立てられた。

　胸に久瀬の手が這う。腰に巻いていたバスタオルはすっかりはだけて肌はどこも剥き出しだ。重治の唾液で濡れた親指で胸の突起をとろりと撫でられ、思わず久瀬の頭を抱き寄せてしまった。

「……男も感じるんだな」

　重治の体の強張りを感じたのか、久瀬が感心したような口調で言う。濡れた指でくるくると胸の尖りを弄られ、緩く背中が反った。

「……っ、ん、う……っ」

　加減がわからないのか、ごく弱い力で撫でられてもどかしい。さりとてもっと強くしてくれとも言えない。切ない息をついていたら、反対の胸に久瀬が唇を寄せてきた。

「え、ちょ……っ」

「お、初めてうろたえたな」

久瀬の声が跳ねる。なんだか嬉しそうだ。止める間もなく尖りを舐められて息を詰めた。

「そ、そんなところ……っ、抵抗ないんですか……」

「ん、俺がか?」

「だって男の胸ですよ」

特に久瀬は女性としか経験がないというし、柔らかくもなければ膨らみもない胸を弄っているうちに我に返ってしまいそうだ。

「別に、抵抗はないな」

重治の胸に舌を這わせながら、久瀬が視線をこちらに向ける。

闇の中でも久瀬の容貌の美しさは損なわれない。こんなに綺麗な人が何を間違って自分に、という疑問が頭を掠めたが、胸の先端を口に含まれて余計な思考が吹っ飛んだ。口の中で舐め転がされ、軽く吸われて爪先が丸まる。

「あっ、あ……っ」

もう一方の胸は指先で押しつぶされて、腰の奥がジワリと熱くなった。必死で声を殺していると、胸から口を離した久瀬が濡れた胸の先に息を吹きかけるようにして笑う。

「お前が感じてくれるから、楽しい」

「お、面白がらないでください……」

「面白がってない。嬉しいだけだ」

鎖骨の少し下に唇を押し当て、久瀬は指先でするすると重治の腹筋を辿る。

「毎日筋トレを欠かしてないって話は本当らしいな」

薄く筋肉のついた腹をなぞり、久瀬は楽しそうに笑う。

「腹は割れてないのか」

「腹が割れている人は、筋肉以前に脂肪がないんです。私はそこまで節制していないので。でも、ちゃんと筋肉はついてますよ。ほら」

ぐっと腹に力を入れると、久瀬が感心したように「硬い」と呟いた。臍の周りを漂った指先はさらに移動して、下腹部に辿り着く。下生えをかき分け、躊躇なく重治自身に指を絡ませた久瀬が闇の中で密やかに笑った。

「こっちも硬いな」

「貴方……っ、年の割に物言いがオッサン臭くないですか？」

「そうか？　事実をあるがまま述べただけだぞ」

久瀬が伸びあがってきて、重治の胸にキスをする。また胸の尖りを舐められ、同時に屹立をゆるゆると扱かれて、下腹部がびくびくと震えた。

「あ……っ、の、両方は……っ、あ……ぁっ」

やめてほしい、と言いたいのに、こちらが声を上げるタイミングを見計らったように胸の先端を甘く吸われて語尾が溶けてしまう。久瀬の手の中のものも小さく震え、先走りがその手を汚した。

　重治から素直な反応が返ってくるのが嬉しいのか、久瀬はこちらを追い上げる手を緩めようとしない。あっという間に達してしまいそうになって、久瀬の背中に爪を立てた。

「も、もういいので……っ、カバンを取ってください！」

　久瀬がきょとんとした顔でこちらを見る。起き上がり、寝室に入ってきたとき重治が持っていたカバンが床に転がっているのに気づくと腕を伸ばしてそれを取り上げた。

「中に、ローションが入っているので」

　ぼそぼそと伝えると、久瀬に大きく目を見開かれた。開けていいか、と問われて頷き返す。ごそごそとカバンの底を探る久瀬の手により未使用のローションとゴムが取り出され、さすがに居た堪れなくなって目を逸らした。

「会社にこんなもの持ってきてたのか」

「……必要になるかと思ったもので。一応、業務中はロッカーに入れておいたのですが……。申し訳ありません。社内の風紀を乱すような真似を」

「いや、構わないが……事前に言ってくれればこっちで用意したぞ？」

　久瀬はローションとゴムをシーツの上に放り投げると、着ていたものを脱ぎ落とした。

　若い体は鍛えていなくても張りがある。ぼんやりと見惚れていたら、服をすべて脱ぎ去った久瀬が再びのしかかってきた。

「頼ってもらえなかったのは残念だ」

唇に軽くキスをされる。間近に迫った剝き出しの肌から自分より高い体温が伝わってくるようで、ごくりと喉を鳴らしてから口を開いた。

「次回からは、ご用意をお願いします……」

「わかった」と機嫌よく笑って、久瀬がもう一度キスを落としてくる。今度は深く舌を絡めるキスだ。自ら腕を伸ばして久瀬の体を抱き寄せれば、思った通りひどく熱い。

「ん……ぅ……」

舌を絡ませながら腰を揺すられると、互いの屹立が触れ合った。久瀬のそれも硬くなっていて、それだけで頭が沸騰するくらい興奮してしまった。下手をすると互いのものを緩くこすり合わせているだけで達してしまいそうになって、慌ててキスをほどく。

「あの、とりあえず、慣らさないと入らないので」

色気がないことを承知で告げてローションを差し出すと、久瀬も真顔でそれを手に取った。すぐに後ろを向いて四つ這いになろうとしたが止められる。

「その体勢でないと駄目なのか？」

「駄目というわけでは」

「だったら前からがいい。顔が見たい」

「……物好きですね」

「好きな相手の顔を見るのがか？　普通だろ」

なんでもない口調でとんでもないことを言うので、顔を赤くして黙り込むしかなくなってしまった。重治が照れていると悟ったのか、久瀬は声を殺して笑って重治の頬にキスをした。

柔らかなキスの後、ローションをまとわせた指先が窄(すぼ)まりに触れた。吐息をたっぷりと含ませた声で「いいか？」と問われ、無言で頷く。

指先がゆっくりと中に入ってくるのを感じ、意識して深く息を吐いた。この一週間準備をしておいたし、バスルームでもそれなりにほぐしたので、長い指は抵抗もなくずるずると奥まで入ってくる。

根元まで押し込まれ、またゆっくりと引き抜かれる。途切れそうになる呼吸をなんとか繰り返していると、久瀬がぽつりと呟いた。

「柔らかい」

感心したように言われて頬が熱くなった。準備万端だな、と指摘された気分になったからだ。

「も、もう一本、増やしても大丈夫ですので」

もうさっさと先に進んでほしくて事務的に促せば、「うん」と真顔で頷かれた。狭い場所にもう一本指が添えられ、じっくりと中に押し入ってくる。

手元を見る久瀬の目はどこまでも真剣だ。初めてのことで勝手がわからないのだから当然か。一点に視線を注ぐその姿は何かに熱中する子供のようにも見えてふと唇が緩んだ。体から力が抜ける。

　たどたどしく指を出し入れしながら、久瀬がこちらに目を向ける。重治の唇に残った微かな笑みには気づかなかったらしく、案じる顔つきで「痛みは？」と尋ねてくる。

「ありません……」

　答える声に熱っぽい溜息が交じってしまった。今度は久瀬もそれに気づいたようで、身を乗り出して重治の顔を覗き込んでくる。

「随分色っぽいな……気持ちいいのか？」

　たっぷりとローションをまとわせた指が内側で遠慮がちに動く。撫でるようなその動きに、重治はわずかに唇の端を上げた。

「今、は……じれったい、です」

　慎重にしてくれているのはわかるのだが、なんだか焦らされているようだ。

　爪先で久瀬の脚に触れて撫でると、久瀬がぐっと奥歯を噛んだ。

「……煽ってるのか？」

　重治は久瀬の目を見上げ、潜めた声で「多少は」と囁いた。

　たちまち久瀬の眉間に深い皺が寄った。険しい顔を見て、さすがにやりすぎたかと慌てたが、内側を探る久瀬の指はやはり丁寧だ。意外に思って目を向けると、ふん、と鼻を鳴らされた。

「じれったくても我慢しろ。こっちは初心者なんだ、加減がわからん」

そろりと内壁を撫でられて息を詰めた。

「それに、傷つけたくない」

唇の先で囁かれ、たまらなくなって自分から首を上げてキスをした。ねだるように舌を出せば、甘く噛まれて吸い上げられる。

「ん……んっ」

甘やかすようなキスをされ、優しい人だな、と改めて思った。緩慢な動きで中を探られると、じわじわと腹の奥が熱くなってくる。感じるところでなくとも、久瀬の指だと思うとそれだけでどこもかしこも気持ちよくなってくるから不思議だ。

ぬるま湯の揺蕩うような心地よさに浸っていたら、ふいに腹の奥でちりっとした刺激が散った。前立腺に触れたらしい。臍の裏で静電気が爆ぜたようなそれに体が跳ねる。

「あっ、あ……っ！」

「痛んだか」

足をびくつかせた重治を見て、久瀬が慌てて動きを止める。指の腹は前立腺に添えられたまままで、重治は声を上ずらせる。

「ちが、います、けど……そこは、乱暴にしないでください……」

久瀬は心外そうに眉を寄せ、ゆっくりと指を動かす。

「じれったくなるほど丁寧にしていたつもりだが？」

「わかってます、でも……っ」

息を乱す重治の目が、とろりと蕩けていることに久瀬も気づいたらしい。先ほど重治が反応した場所に再び指を添えてきた。

「そんなにいいのか？」

じっくりと押し上げられ、体の芯にびりびりと痺れるような快感が走った。

「あっ、ひ……っ、あぁ……っ！」

ごく弱い力で撫でられるだけでも体がのたうってしまう。

身もだえる重治を見下ろす久瀬も息が荒い。間近に迫った体も熱を上げている。たまらなくなって、重治は涙声を上げた。

「も、もういいですから、早く……っ！」

慌ただしい手つきでゴムを手に取った久瀬が手早くそれをつける。膝裏に腕を差し入れられ、大きく脚を開かされて息を詰めた。

「あ、あ……あ――……っ」

ぐずぐずに溶けた場所を熱い屹立がかき分けてくる感触に喉をのけ反らせた。目の前が白んで、一瞬周りの音が聞こえなくなる。

小さく震えていると、耳元で感じ入ったような声がした。

「すごいな……熱い」

耳に声を吹き込まれただけで、内に接するものを甘く締めあげてしまった。

ぐっと久瀬が息を詰め、激情を逃すように深く息を吐く。

こちらを気遣っているのだろう。すぐには動き出そうとしない久瀬の背中に腕を回し、汗の滲んだ肌に軽く爪を立てた。

「もう、いいから……っ、動いてください……っ」

「でも、まだ」

「あっ、ぁっ、もう……っ」

腹の奥で何かがうねる。幼い頃に手放して、最近になって唐突に思い出したあれだ。何かを欲しがるとき、腹の底で縦横無尽に暴れる強い感情。

欲しい欲しいとのたうって、腹を突き破り外に出ようとする。厄介なそれを宥めることは放棄して、重治はもがくように腕を動かし両手で久瀬の顔を挟んだ。

「ほしい……！」

子供の頃、喉をふさいでいた言葉が飛び出して心臓がひしゃげそうになる。

こっちを向いてほしい、優しくしてほしい、笑ってほしい、大事にしてほしい。

ほしい、ほしい。

全部貴方にしてほしい。

目の縁に溜まった涙が溢れそうになった瞬間、下から勢いよく突き上げられた。

「あぁっ！」

ひときわ大きな声が寝室に響く。自分の声とは思えないくらい甘ったるくて満たされたそれが耳に届いて、その後を追いかけるように頬を流れた涙が耳朶を伝った。

目元に唇を寄せられて涙を吸い上げられる。優しい仕草に反して、頬に触れる呼気は荒い。目を開けると、余裕なんて欠片(かけら)もないぎらついた目で久瀬がこちらを見ていた。

「……お前、我儘を言えとは言ったが、今言うか」

自分を律しきれなかったことを悔いているような表情を見上げ、重治は息を震わせる。

「我儘、聞いてくれるんですよね……？」

「そのつもりだが、こっちは初心者だって言ってるだろうが。知らないぞ」

脅しつけるような低い声で言って、久瀬が重治の脚を抱え直す。それだけで背筋にぞくぞくと震えが走った。

「あっ、あ、あぁ……っ」

揺すり上げられて声が出る。狭い場所を押し開かれ、ほころんだ奥を突き崩されて、体の奥から蜜のような快感がしみだしてくる。

「本当に……っ、どこも痛まないんだろうな？」

知らないぞ、なんて言っておきながら、久瀬は重治を揺さぶりながらこちらを案じるようなことを口にする。痛くないです、気持ちいい、と答えたつもりだったが、きちんと口が回っていたかどうか自信がない。ぼやけた視界の中、久瀬が食い入るような目でこちらを見ている。目が合っただけで、体がねだるように久瀬を締めつけてしまった。息を詰めた久瀬に睨まれて、体の中で急速に期待や興奮や快感が煮詰められていく。

これは駄目だ、と思った。

久瀬のこの目は駄目だ。食い散らかされそうでぞくぞくする。好きにされたい。何をされても全部許すつもりで、久瀬の首を抱き寄せて逞しい腰に脚を絡ませた。早く早くと体全部で促せば、一瞬で久瀬の目の色が変わる。

期待で肌が粟立った次の瞬間、体ごとぶつかるように突き上げられた。

「あぁっ！　あっ、や、あぁ……っ！」

一番感じる場所を抉るように穿たれて悲鳴じみた声を上げてしまった。衝撃と快感が交互に襲い掛かってきて目の前がちかちかと明滅する。

「ま……っ、て、あ、あぁ……っ！」

無意識に懇願するような声を漏らせば、奥歯を噛みしめた久瀬の顔が眼前に迫った。

「さんざん煽っておいて……っ！」

興奮しきった顔を見せつけられて息が止まりそうになる。やっぱり駄目だ。強すぎる快感は苦しいくらいなのに、このまま手加減なく責め上げられたくなる。

「ひっ、あぅ……っ！　あぁ、んぅ……っ！」

噛みつくようなキスをされ、ますます激しく揺さぶられる。言葉を奪うような荒々しいキスと突き上げに翻弄され、久瀬の首にしがみつくのが精いっぱいだ。

熟れて蕩けた場所を熱い屹立で突き崩される快感は強烈で、爪先が何度も跳ねる。息が上って苦しいのに、口の中を食べられるような荒々しいキスが気持ちよくて顔を背けることができない。上からのしかかってくる久瀬の体は重たく熱く、身動きが取れないのが心地よかった。

体の中に快感が溜まって逃げ場がなくなる。腹の底から溶け落ちそうだ。久瀬に深く唇をふさがれたまま、重治は全身を慄かせる。

「んんっ、ん――……っ！」

手も足も久瀬に絡ませ、びくびくと体を震わせながら絶頂に至った。互いの腹の間で欲望が弾ける。

締めつけに引きずられたのか、久瀬もキスをほどいて低く呻き、小さく身を震わせた。

「あ、あ……っ、あ……」

快感の余韻が引かぬまま強く抱きしめられ、唇から心許ない声が漏れた。体が芯を失って、背中からベッドに吸い込まれてしまいそうだ。

輪郭がぼやけたような体を抱き留めてくれたのは久瀬だ。まだ体の熱が引かず小さく震える重治の体をしっかりと抱きしめ、汗を拭き、後始末までしてくれた。

とろりとした目でその様子を眺めていた重治は、再びベッドに戻ってきた久瀬に抱き寄せられてようやく我に返る。夢から覚めたような顔で瞬きを繰り返していると久瀬もこちらを見た。

久瀬がそっと指を伸ばし、重治の額にかかる前髪を後ろに撫でつける。言葉でも探しているのか無言で髪を撫で続け、しばらくしてからようやく口を開いた。

「……悪かった、無理をさせて」

やっと出てきたのは謝罪の言葉だ。ばつの悪そうな顔を見て、ふっと小さく笑ってしまった。ねだったのはこちらなのに。

「無理なんてしてませんよ」

髪を撫でる久瀬の手を掴まえ、自身の頬に押しつけて手を重ねる。

「……でも、なんだか信じられません」

「何がだ？」

「貴方とこうしているのが」

室内に沈黙が落ちる。夢のようで、と続けようとしたら、先に久瀬が口を開いた。

「そんなに俺はタイプじゃなかったか……？　こうなる展開も思いつかないくらいに？」

そう言った久瀬の表情は真剣そのものだった。いくらか不安そうにも見える。

予想外の反応に呆気にとられ、遅れて「まさか」と噴き出してしまった。

「むしろ高嶺の花すぎて、私とどうにかなるなんて夢にも思ってませんでした。その上、一度は貴方の告白を断ってるんです。こちらから改めて告白したときは玉砕覚悟だったんですよ。

貴方はあっさり引き下がってしまったし、もしかすると私に告白をしたこと自体なかったことにしようとしてるんじゃないかと……」

今度は久瀬が「まさか」と強い口調で割り込んでくる。

「あの場であっさり引き下がったのは、お前があんまり意固地だったからだ」

頬に添えられていた久瀬の手が離れたと思ったら、犬の頭でも撫でるような荒っぽさでぐしゃぐしゃと髪を撫でまわされた。

「こっちが口を挟む暇もないくらい自分の駄目なところをプレゼンされた俺の気持ちがわかるか？　こいつの自己評価の低さはちょっとやそっとじゃなさそうだって覚悟したぞ」

久瀬の告白を退けるべく淡々と言葉を重ねる重治を見て、以前重治が言っていた、根の部分で絡まっているもの、という言葉を久瀬は思い出したそうだ。

おそらく重治の抱える問題は根が深い。重治がどれほど優秀か、自分にとって必要かをここで掻き口説いたとしても、納得させることは難しいだろう。

そう考えたからこそ、久瀬は長期戦に切り替える決断をその場で下したそうだ。

「問題はお前の自己評価の低さだ。他人のためにぼろぼろになるのを当たり前だなんて思わせておくわけにはいかないからな。自己評価が低いなら他人が評価を上げてやるしかないだろう。放っておいてもお前は成果を出すだろうから、会社ぐるみで大げさに褒めたたえてやろうと思ってた。口説くのはその後だ」

久瀬に撫で回されてすっかり乱れた髪の隙間で、重治は目を瞬かせる。

「じゃあ、諦めてはいなかったんですか……？」

「当たり前だ。こっちは長期戦を覚悟してたんだからな」

自分で乱した重治の髪をまた丁寧に整えて、久瀬は溜息をつく。

「お前の根っこに絡まった問題が解決するまでは手も出せない。その間、どうやってお前に対する未練を隠そうか本気で悩んだ」

重治の前髪を指先でつまみ、目にかからぬよう横に流しながらそんなことを言う久瀬を信じられない思いで見詰める。自分はそんなふうに未練を持ってもらえるほどの人間ではないのに。

でも久瀬は本気だ。本気でそう思ってくれたのだ。

「どっちにしろお前は有能だからな。会社的にも手放すわけにはいかないだろう。俺の我欲で離職なんてされないように必死で……なんだ、どうした？」

久瀬はまだ何か喋っていたが、構わずもぞもぞと布団に潜り込んでその胸に体を寄せた。なんだなんだと言いながら、久瀬もごく自然に重治を抱き寄せてくれる。

重治は久瀬の胸に顔を押しつけ、赤くなった頬や耳を隠す。

確かに久瀬はあれこれと根回しをして、重治が動きやすい環境を整え、他の社員が重治に感謝していること、応援していることをわかりやすく示してくれた。あれはとても嬉しかったし自信もついた。だからこそ、自分から久瀬に告白しようと覚悟を決めることもできた。

けれど何より嬉しいのは、久瀬がこうして自分を諦めずにいてくれたことだ。

(……今、人生で一番自己評価が高いかもしれない)

無言で久瀬の胸に顔を押しつければ、「本当にどうした?」と言いながらも久瀬が背中を撫でたり髪を梳いたりしてくれる。

久瀬がこんなに大事にしてくれるのだ。

自分もそれほど悪いものではないのかもしれないと、初めて素直にそう思えた。


職場でゲイだとばれて恋人と破局、離職に転職、さらに転職先の社長と恋愛関係に至るという盛りだくさんの一年が終わり、新しい年が始まった。

今にも雪がちらつきそうな曇り空の午後、重治は白い息を吐きながら会社に向かう。

毎年のことながら一月はあっという間に過ぎていく。ついこの間年が明けたばかりだと思ったのにもう月末だ。請求書の発行だの交通費の精算だの、慌ただしく日々が過ぎていく。

でも今日は金曜日だ。仕事が終わったら今夜は久瀬と食事に行く約束をしている。

勝手に緩んでしまう口元をマフラーに埋めて隠した。浮かれているな、と我ながら思う。年下の恋人にすっかり骨抜きにされている。

外回りから会社に戻ってきた重治は、気を引き締めてエレベーターに乗り込む。久瀬にはだらしのないところを見せたくない。有能だ、優秀だ、と言葉を尽くしてくれる久瀬に報いたかった。

「ただいま戻りました」

長い廊下を抜けてオフィスに入ると、ミーティング用のテーブルに集まっていた社員が一斉にこちらを振り返った。打ち合わせ中かと思ったが、全員重治を見るなりわっとこちらに駆け寄ってくる。

「よかった、鳴沢さん帰ってきた！」

「ど、どうしたんですか？」

「実は今、会議室に久瀬社長のお兄さんたちが来てて……」

江口の言葉に、思わず「またですか？」と返してしまった。ほんの数ヶ月前にも二人揃ってやって来たばかりではないか。

「今回はどんなご用件で？」

「わかんない。今回もなんの前触れもなかったみたいでさすがに社長も呆れてたけど。『兄貴面して会社の様子を見に来ただけだろうから気にするな』とか言ってたから、たぶん大した用件じゃないとは思う」

前回久瀬の兄たちがやって来たときは、久瀬商事から融資を打ち切られるのでは、なんて青い顔をしていた江口だが、今はさほど緊張した様子がなかった。今回は久瀬が兄たちの来訪の理由を隠さなかったせいかもしれない。

「それで皆さん、どうしてこんな所に集まってるんです?」

不思議に思って尋ねると、江口は顎をしゃくってミーティングテーブルを示した。そこにはテーブルの端にしがみつくようにして突っ伏す長谷川(はせがわ)の姿があった。

「会議室にお茶出しする役、今回もじゃんけんで決めようとしたら長谷川が負けちゃって。そしたらあいつ、『もう絶対行きたくありません!』って……」

「当たり前じゃないですか! 僕はもう行きましたよ! なんで僕ばっかり!」

机に突っ伏したままくぐもった声で長谷川が叫ぶ。前回の失敗で負った傷がまだふさがり切っていないらしい。「行きたくありません!」と宣言する声は頑(かたく)なだ。

「そんなことで揉(も)めてたんですか。別の人が行けばよかったじゃないですか」

「だって俺たちだってお茶出しとか緊張するし……」

江口を筆頭に、背後の社員たちも気まずそうに目を逸らす。重治は呆れ交じりの溜息をつくと、手にしていたカバンを江口に手渡した。

「わかりました、私が持っていきます」

「マジで! さすが俺たちの鳴沢さん!」

カバンを抱きしめた江口が叫び、テーブルに突っ伏していた長谷川までガバリと顔を上げた。この程度のことでそんなに感動した顔をされても困ってしまう。

カバンと一緒にコートも江口に預け、コーヒーを淹れて会議室に向かう。カップを三つ載せたトレイを手に会議室の前に立つと、ドアの向こうから微かに話し声が聞こえてきた。静かにドアをノックすると一瞬声がやみ、「どうぞ」と久瀬の声で返事があった。

ドアを開け、「失礼します」と一礼してから室内に入る。

八人掛けの長机には、窓に近い場所に寄り集まるようにして三人の男性が腰かけていた。ドアに背を向けて座っていたのが久瀬で、その正面にいるのが久瀬の兄たちだ。

（右奥にいらっしゃるのがご長男の慶一さんで、隣が次男の智也さんか）

久瀬商事のホームページに掲載されていた写真を見たことがあるので二人の顔は知っていたが、近づくのに少し躊躇した。さすが久瀬の兄弟というべきか、二人揃って大層な美丈夫だ。

長男の慶一は顎ががっしりして目つきの鋭い、いかにも硬派な顔立ちだ。対する智也は目元が甘やかに下がった柔和な容貌で、なんとも対照的な二人である。

重治が入室するなり久瀬の兄たちはぴたりと口を閉ざし、じっと重治に視線を注いできた。重治が目礼すると一応は会釈を返してくれたが、笑みを見せるわけでもなく、二人して露骨にこちらの様子を観察している。

長谷川がコーヒーを持っていったときもこんな調子だったのだろうか。だとしたら、二度と行きたくないというのも頷ける。

とりあえず、まずは慶一、次に智也、最後に久瀬の前にコーヒーを置いた。

久瀬がちらりとこちらを見る。隙のない無表情は慶一と似ていると思ったが、重治と視線が合うと久瀬の目元は柔らかくほころんで、今度は智也の印象に近くなった。久瀬は二人の兄のいいところをもらったのかもしれない。

人目があるので、重治も唇にあるかないかの笑みを含ませて久瀬の視線に応じる。それに目ざとく気づいたのか、智也が「へえ」と声を上げた。

「今回の人はちゃんと玲司と目を合わせてくれるんだね」

重治の持ってきたコーヒーを手に取ってそんなことを言った智也は、重治の顔をしげしげと眺め、ああ、と目元をほころばせた。

「もしかして、この前うちにプレゼンに来てくれた人？　鳴沢さんだっけ？」

隣で腕を組んでいた慶一も、「メタバースのあれか」とぼそりと呟く。

重治がプレゼンのため久瀬商事に足を向けたのは年末のことだが、その場にこの二人はいなかったはずだ。なぜ自分の顔を知っているのだろう。

智也は重治の疑問を読んだかのように、「録画してたの見せてもらったんだ」と笑った。仕事の話でも始まるのかと身構えたが、智也の表情に深刻さは微塵もなく、弟の運動会の様子でも語っているような気楽さがある。

「随分規模の大きな企画だったけど、あれくらいぶち上げてくれた方がやりたいことが明確でいいよ。プレゼン自体もすごくわかりやすかった」

重治は久瀬の傍らに立ち、「ありがとうございます」と頭を下げる。

「前に勤めていた会社は医療器具メーカーだと聞いているが」

今度は慶一に声をかけられ、こちらの前職を把握されていることに内心動揺した。弟の会社に転職してきた人間だからわざわざチェックしたのだろうか。プレゼンの内容を録画したものにまで目を通しているし、二人とも過保護とは聞いていたが、想像が追いついていなかったのかもしれない。

「まるで職種が違うが、あのアイデアは君が？」

「いいえ、社内全体で出たアイデアを私がまとめさせていただいただけです」

控えめに訂正するが、横から久瀬が「違う」と口を挟んできた。

「ミーティング中の鳴沢の発言がきっかけで話がまとまったんだ。こいつのアイデアで間違いない」

「そうなの？」と智也に尋ねられ、慌てて首を横に振った。

「私は技術的なことはよくわからないので、思いつきを口にしただけです。社長が学生時代に作ったアプリの話で場が盛り上がって、皆さん面白そうな話をしていたので……」

慶一と智也が同じタイミングで目を見開いた。何やらひどく驚いた様子だ。

「玲司の学生時代の話で盛り上がったりするの？」

「その場には玲司もいたのか？」

「はい。最近は社長も定例ミーティングに参加してくださるので」

重治の言葉が終わるのを待たず、二人が同時に感嘆の声を上げた。

「玲司は会社に居つかないものだと思ってたんだが」

「心境の変化でもあった？」

兄二人から顔を覗き込まれ、久瀬はうるさそうに体を後ろに引いた。

「鳴沢に小言を言われたんだ。わざわざ俺に送るためだけに議事録なんて取らせるな、人件費の無駄だって」

危うく悲鳴を上げそうになった。確かにそんなようなことを言ったが、慶一たちの前で暴露してくれるなと冷や汗をかく。過保護な兄たちにどんな顔をされるかわかったものではない。睨まれるだけでは済まないかと思いきや、室内に響いたのは智也の明るい声だ。

「そっか、ちゃんと玲司に苦言を呈してくれる人がいるんだ。安心した」

智也は不機嫌になるどころか晴れ晴れとした顔で笑っている。隣でコーヒーを飲んでいる慶一も肩の荷が下りたような顔だ。コーヒーに息を吹きかけ、「ワンマンが過ぎると誰もついてこなくなるから注意しろよ」とぼそりと呟く。

久瀬は面白くなさそうな顔をしたものの、溜息交じりに「わかってる」と呟いた。

「急に素直になったね。鳴沢さんみたいに色々と注意してくれる人が現れたおかげかな？　優秀な人材が増えてよかったねぇ」

それまでどこか不貞腐れたような顔をしていた久瀬が、そのときばかりは表情を改めた。目の前に置かれたコーヒーに視線を落とし、神妙な様子で頷いてみせる。

「俺は本当に、人に恵まれていると思う。鳴沢はもちろん、他の社員たちも揃って優秀だ。技術面が優れているのはもちろん、起業したばかりの会社で不安にさせることもあっただろうに誰一人欠けることなくついてきてくれた。……感謝してる」

これには智也と慶一だけでなく、重治まで目を丸くしてしまった。普段久瀬が社員たちにどんな想いを抱いているのかはっきりと口にされたのは初めてだ。

そしてこの発言に驚いたのは、室内にいた人間たちだけではなかったらしい。

会議室の外で、ドドドッと何か重たいものが崩れるような音がして重治たちはいっせいにドアを振り返った。その向こうから、複数の人間が声を殺して何か喋る気配が伝わってくる。

久瀬が重治を見上げ、確認しろと目顔で促してきた。言われるままドアに近づきそっとノブを捻ると、ちょうど誰かがバタバタと部屋を離れようとしているところだ。

「江口さん？」

思わず声をかけると、江口の背中がびくりと震えた。よく見れば、江口だけでなく長谷川と宮田の姿まである。廊下に出て後ろ手でドアを閉めた重治は、声を潜めて三人に声をかけた。

「どうしました、社長に緊急の電話でも？」

「い、いや、そうじゃなくて。なんの話してるのかなって。もしかして社長、またお兄さんたちに責められてるのかも、とか、宮田が心配してたから」

「え、江口さんが見に行こうって言い出したんですよ……！」

宮田が小声で反論する。長谷川はと見れば相変わらず青い顔で「前回粗相をしてしまったので、その件で社長が叱られていないかと……」とぼそぼそ呟いた。

詰まる話が、久瀬の様子が心配で会議室の前で聞き耳を立てていたら、思いもかけない言葉を耳にしてしまい動揺して転んだか何かしたようだ。

そうこうしているうちに久瀬まで廊下に顔を出した。

江口たちを見た久瀬は目を見開き、すぐに居心地が悪そうな顔で三人から目を逸らしてしまった。思いがけず自分の本音を聞かれてしまって気まずかったのかもしれない。

一見不機嫌そうにも見えるが、その表情の下からじわじわと滲み出ているのは照れ臭さだ。いち早くそれに気づいた江口の口元に笑みが浮かんだ。と思ったら、長谷川と宮田の腕を摑みオフィスに向かって廊下を駆けていく。

「今の話、他の奴らにも伝えてきます！」

「伝えなくていい！」

とっさに久瀬が叫ぶも、三人は振り返りもせず廊下の角を曲がって消えてしまう。

久瀬たちのやり取りを見守っていた重治は笑いを嚙み殺し、喉の奥で唸る久瀬の背中を軽く叩いて部屋に戻るよう促した。

久瀬と二人で会議室に戻ってみると、慶一と智也が満面の笑みを浮かべて待ち構えていた。廊下でどんなやり取りがあったのか大方想像がついているのだろう。

「ちょっと見ない間に会社の雰囲気よくなったね。もしかして、鳴沢さんが年長者として他の社員との仲を取り持ってくれたとか？」

久瀬は椅子に腰かけながら、若干疲れた声音で「そんなところだ」などと返している。

「いいえ、社長と社員の皆さんが歩み寄った結果です。私はこれといって大したことは……」

久瀬の傍らに立って言葉を添えると、智也の顔に浮かんだ笑みが深くなった。

「鳴沢さん、謙虚でいいね。よかったらうちに来ない？　久瀬商事だから待遇悪くないよ？」

よくある冗談に「本当ですか？」などと返そうとして、直前でその言葉を引っ込めた。目の端で久瀬が表情を強張らせたからだ。

冗談に決まっているのに本気で警戒した表情を見せる久瀬がおかしい。

それに、たとえ冗談でなかったとしても重治の返答なんて決まっている。

これはきちんと答えた方がよさそうだと重治は姿勢を正した。

「大変光栄なお話ですが、私は今後もリバースエッジで働きたく思っておりますので」

「そう？　久瀬商事も悪くないと思うけど」

智也の言葉に、そうですね、と笑顔で相槌(あいづち)を打つ。

「ですが私は、久瀬社長がまとめ上げたこの会社が好きなので」

今回は単なる軽口の応酬でしかないが、本当に他所の会社から引き抜きが来たとしても自分の答えは決まっている。

リバースエッジは若い会社だ。足りないところはまだたくさんある。それでも社員たちがあれこれ考え、声を掛け合い、ようやく歯車が嚙み合い出したところなのだ。

その中心には久瀬がいる。動いたり止まったりする歯車に悪戦苦闘しながら、どうにか全体を動かそうと懸命になっているその背中を自分も支えたい。

にこやかに言い切った重治を見て、「そう」と智也も目を細めた。

「給与とか待遇の話だったらいくらでも交渉の余地があるけど、会社が好きって言われたらもうお手上げだね」

満足そうな顔でそう言って、智也はコーヒーを飲み干した。

「玲司の様子も見られたことだし、そろそろお暇しようか」

智也と慶一が立ち上がったのを見て、重治は一足先に会議室の入り口に向かい二人のためにドアを開けた。久瀬も立ち上がってドアのそばに立つ。

「ありがとう、見送りはここまででいいよ。それじゃ、玲司もまたね」

「次はちゃんと事前に連絡してくれ」

はいはい、と軽やかな返事をして智也が部屋を出ていく。

慶一はドアの前で一度立ち止まると、重治に向かって軽く頭を下げた。

「コーヒーをありがとう。こんな弟だがよろしく頼む」

　自分のような一社員にわざわざ頭を下げてくれるなんて、年の離れた弟のことがよほど気になるのだろう。気持ちはわかる。重治は唇に微かな笑みを浮かべ、「精いっぱい努めさせていただきます」と返事をした。

　続けて慶一は久瀬に向き直り、低い声で言った。

「思ったより、きちんと会社を回せているようで安心した」

「必死にやってるからな」

　当然だろうと久瀬は眉を寄せる。まだ子供扱いする気かとでも言いたげに。

　慶一は久瀬の顔をじっと見詰めた後、ほとんど独白のような口調で呟いた。

「もう、甘い顔ばかりしていられないな」

　それまで不満げな表情をたたえていた久瀬の横顔から、潮が引くように表情が消えた。慶一も真顔で久瀬を見返して、コーヒーを飲んでいたときとはまるで違う固い声で言う。

「新事業の方向性が見えてきたのなら早いところ形にして結果を出せ。いつ潰れてもいいような会社のままじゃ困る。これからは、グループの一翼を担う立場になるべく努力しろ」

　それまで弟を案じて過保護に振る舞うばかりだった慶一が初めて厳しい言葉を口にした。

　瞬間、ぐっと久瀬の肩に力が入った。

　兄の威圧に委縮したのかと思ったが、その横顔を見て勘違いを悟る。

「わかってる」

短くそう答えた久瀬の横顔に滲んでいたのは、直接触れずとも熱を感じるほどの高揚だ。

慶一は唇の端をわずかに上げると、久瀬の肩を軽く叩いて部屋を出て行った。

二人が廊下の角を曲がるまで見送って、重治はゆっくりと会議室のドアを閉める。

振り返ると、背後にいた久瀬が唇を真一文字に引き結んでいた。興奮しているのか目元がわずかに赤い。

「……初めて兄貴にあんなことを言われた」

「グループの一翼を担う立場になるべく努力をしろってやつですか?」

「今まで冗談でもそんなこと言われたことなかったぞ」

久瀬の声にかつてない熱がこもっている。兄たちに認められたようで嬉しいのだろう。

「よかったですね」

こちらまで嬉しくなって笑いかければ、つられたように久瀬の口元も緩んだ。嬉しさを隠せていない表情だ。その様子を微笑ましく見守っていると、視線に気づいた久瀬が慌てたように笑みを引っ込めた。

「それより、兄貴たちから久瀬商事に誘われたときお前ちょっとぐらついてなかったか?」

「まさか。そもそも冗談ですよ、あんな話」

「わからんだろう。兄貴たちはときどき笑えないことをするから全くわからん。あの様子だと、お前かなり兄貴たちに気に入られてるぞ」

「だといいんですが。そう遠くない未来、私はお二人から邪魔者扱いされるでしょうから」

「なんでそうなる。おまえみたいな優秀な人材が」

本気で訳がわからないという顔をする久瀬に、重治は声を潜めて囁いた。

「万が一私たちの関係がばれたら、うちの可愛い末っ子をたぶらかして、なんて激怒されそうじゃないですか？」

久瀬の顔から表情が抜ける。実際にそういう状況を想像してしまったのかもしれない。

しかしそれは一瞬のことで、すぐに好戦的な笑みがその顔に広がった。

「そうなったら実力で黙らせればいい。どうあってもうちが手放せないくらいの成果を出したら兄貴たちも黙るしかない」

「簡単に言ってくれますね」

「お前ならできるだろう。今でもとっくに、うちになくてはならない存在だ」

久瀬の声には揺るぎがない。重治ならば当然できると信じ込んでいる。それが伝わってくるから、つい重治もその気になってしまう。

「ご期待に添えるよう、尽力します」

久瀬が信じてくれるなら、きっと自分にもできるだろう。

この自己肯定感は久瀬が育ててくれたものだ。

「これからますます大きくなるだろう貴方の背中を支えられれば幸いです」

慇懃(いんぎん)に告げると、久瀬に呆れた顔をされてしまった。

「お前な……その献身ぶりは変わらないのか」

「献身?」と重治は唇の端を引き上げる。

「我儘ですよ、これは」

久瀬は軽く眉を上げた後、不可解そうに眉間を狭くする。

「どういう意味だ?　もう少しわかりやすく言ってくれ」

言葉のままだ。貴方の背中を支えたい。一番近くで、手の届く距離で。

これからもずっと貴方のそばにいたいってことですよ、なんて社内で軽々しく口にすることはできず、重治は敏腕営業らしい愛想の良さとふてぶてしさで、にっこりと笑った。

あとがき

仕事をしようと思ってパソコンを立ち上げたのに、データを開けないまま四十分が経過した、というようなことがよくある海野です、こんにちは。

我がことながらあの現象はなんなのでしょう。仕事自体が嫌いというわけではないし、始めてしまえばそんなに苦も無く作業も進むのに、その一つ前の『データを開く』という動作がなかなか実行できません。仕事そのものではなくて、仕事を始める前の動作に苦痛を感じるこの現象は一体……？

会社勤めだったら気が乗らなかろうとなんだろうと作業を始めるしかないのですが、自宅は誰にも監視されていないだけに全く作業が始まりません。誰かと一緒に作業ができればいいのですが気楽に声をかけられる相手もおらず、せめて人の気配を求めてライブカメラを見たり、キーボードでタイピングをする人の手元の動画を流したりして孤独を紛らわせております。

作中に出てきた、喫茶店の環境音を流すサイトも以前はよくお世話になっておりました。学校のチャイムの音を五十分ごとに流したりするのも授業っぽい気分になれてよかったです。

世の中には作業通話アプリなるものもあるようですが、私はひたすら無言で作業をするのでホストとして誰かをお招きするのは気が引け、だからといって見知らぬ方が『どなたでもどうぞ！』と言っているのを信じて本当にふらりと立ち寄っていいのかもわからず、結局一度も使ったことがありません。いつか思いきって飛び込んでみたいものです。

今回のお話に出てくる仮想コワーキングスペースは『他人の作業環境音をリアルタイムで一方的に聞きたい』という自分の欲望から出てきたものでした。家の中にいながら喫茶店で作業するような空間が欲しくてたまりません。実際に家の外で作業をすると周りの目が気になって全然手が進まないんですよね……！

そんな私の欲望もこっそり紛れ込ませた今作ですが、イラストはミドリノエバ先生に担当していただきました。ラフの重治の笑顔がすごく素敵で、「こういう営業さんに担当してもらえたら安心する～！」と心底思いました。久瀬もスタイリッシュな男前で、ラフのちょっと不機嫌そうな顔を見たときは「久瀬だ！」と歓喜の声を上げました。ミドリノ先生、素敵なイラストをありがとうございました！

そして末尾になりますが、この本を手に取ってくださった読者の皆様、本当にありがとうございます。恋と仕事に奔走する年の差カップルの物語を楽しんでいただけましたら幸いです。

それでは、またどこかでお会いできることを祈って。

海野　幸

この本を読んでのご意見、ご感想を編集部までお寄せください。

《あて先》〒141-8202　東京都品川区上大崎3-1-1　徳間書店　キャラ編集部気付
「社長、会議に出てください！」係

【読者アンケートフォーム】
QRコードより作品の感想・アンケートをお送り頂けます。
Chara公式サイト http://www.chara-info.net/

■初出一覧

社長、会議に出てください！……書き下ろし

2023年11月30日 初刷

著者 海野 幸
発行者 松下俊也
発行所 株式会社徳間書店
〒141-8202 東京都品川区上大崎3-1-1
電話 049-293-5521（販売部）
03-5403-4348（編集部）
振替 00140-0-44392

Chara

社長、会議に出てください！

……【キャラ文庫】

印刷・製本 図書印刷株式会社
カバー・口絵 近代美術株式会社
デザイン 百足屋ユウコ+タドコロユイ（ムシカゴグラフィクス）

ISBN978-4-19-901117-7